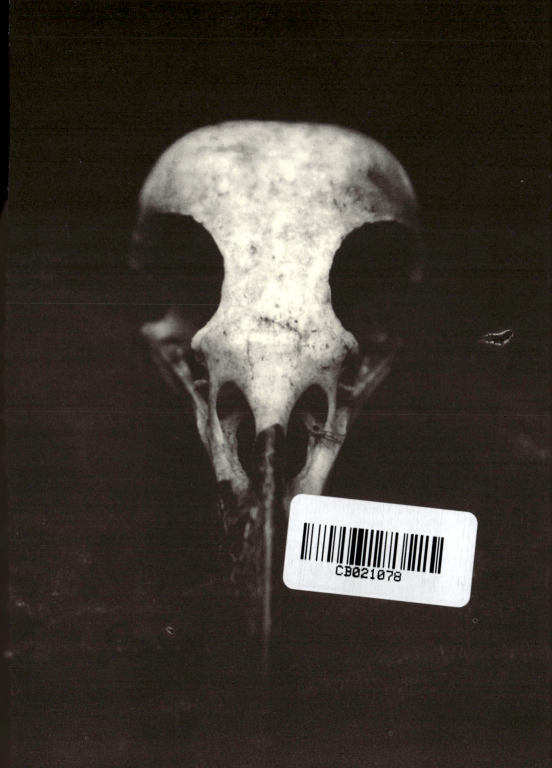

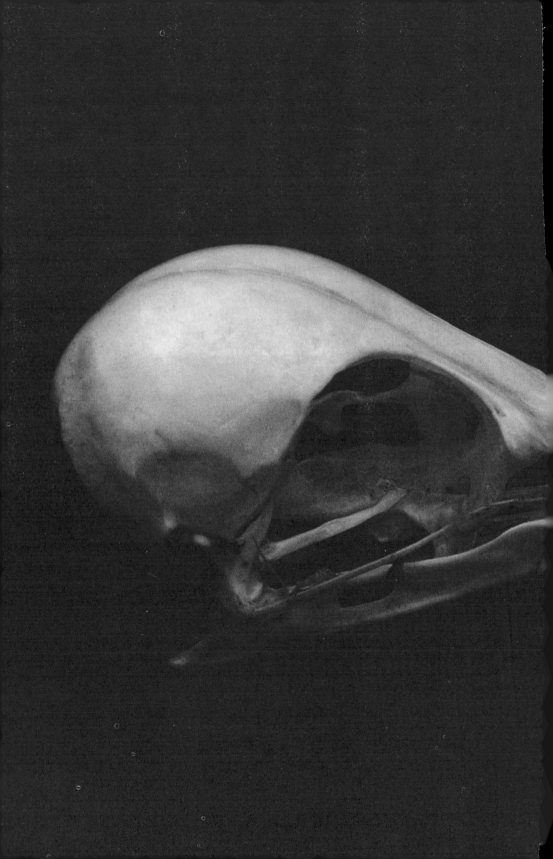

TIAGO TOY

FANTASMAS

FARO
Editorial

COPYRIGHT © FARO EDITORIAL, 2021

Todos os direitos reservados.
Nenhuma parte deste livro pode ser reproduzida sob quaisquer meios existentes sem autorização por escrito do editor.

Diretor editorial **PEDRO ALMEIDA**
Coordenação editorial **CARLA SACRATO**
Preparação **TUCA FARIA E DANIEL WELLER**
Revisão **CÉLIA REGINA, GABRIELA DE AVILA E THAÍS ENTRIEL**
Capa e diagramação **OSMANE GARCIA FILHO**
Ilustrações de capa **BEBETO DAROZ**
Imagens internas **SEBASTIAN_PHOTOGRAPHY, ANNA ACKERMAN, MIKELEDRAY | SHUTTERSTOCK**

Dados Internacionais de Catalogação na Publicação (CIP)
Angélica Ilacqua CRB-8/7057

Toy, Tiago
    Fantasmas / Tiago Toy. — São Paulo : Faro Editorial, 2021.
272 p.

ISBN 978-65-5957-025-6

1. Ficção brasileira I. Título

21-2365   CDD-B869.3

Índice para catálogo sistemático:
1. Ficção brasileira

1ª edição brasileira: 2021
Direitos de edição em língua portuguesa, para o Brasil, adquiridos por **FARO EDITORIAL**

Avenida Andrômeda, 885 — Sala 310
Alphaville — Barueri — SP — Brasil
CEP: 06473-000
www.faroeditorial.com.br

"Não há armadilha mais mortal do
que a que você faz para si
próprio."

-- Raymond Chandler, em
O longo adeus

"Nenhum fantasma, em todas as
histórias longas de fantasmas,
jamais machucou alguém
fisicamente. Os únicos danos são
causados pela própria vítima a si
mesma. Não se pode nem dizer que
os fantasmas atacam a mente,
porque a mente consciente,
racional, é invulnerável; em
todos os nossos conscientes,
sentados aqui conversando, não
existe uma gota de crença em
fantasmas."

-- Shirley Jackson, em
A assombração da casa da colina

Terça-feira, 22 de novembro de 1988

A ansiedade com que Sancho entornou outra golada de cachaça significava bem mais que o simples desejo de aquecer as entranhas. Os últimos seis dias haviam exaurido a pouca paz que ainda restava em seu espírito, e secar garrafa após garrafa era a sua forma de se distanciar da realidade.

Quando seus olhos encontraram o fundo seco do litro de aguardente, ele seguiu até um canto da guarita e colocou a garrafa junto a outras vazias sobre um aparador de madeira. Não conseguiu contá-las. Poderiam ser duas ou quatro, ou talvez simplesmente o olhar de um bêbado as estivesse duplicando.

Prestes a se desequilibrar com o próprio peso, a barriga dura e redonda escapando sob a camisa velha, Sancho se apoiou no aparador. O movimento repentino moveu as garrafas, e uma delas se espatifou no chão. Erri soltou um ganido.

— Desculpe, amigo. — A língua embolada de Sancho tinha a textura de meia velha no fundo da garganta. Ele também estava assustado. Tudo o que queria era ser embalado pelo abraço de um sono profundo e sem sonhos e acordar apenas quando o sol já estivesse a pino, mas parecia que o sangue e o álcool haviam firmado um pacto. Não importava quanto bebesse: atravessaria mais uma noite sem pregar os olhos.

Lá fora, a garoa o envolvia em uma redoma de solidão.

Tirou a última garrafa da geladeira e depois foi até a televisão ao lado da janela. Deu um trago na cachaça e encarou o televisor enquanto o corpo roliço oscilava. Havia um estranho sabor sob o álcool, mas Sancho não deu importância. Estava acostumado. Todo líquido, nos últimos dias, adquirira para ele o mesmo amargor, como se estivesse bebendo lama.

Estreitou os olhos enquanto a abertura do programa exibia um círculo branco e, dentro dele, o contorno negro de uma pessoa em fuga. A trilha sonora entoada por palmas e um canto ritualístico era acompanhada pelo chiado da interferência. Sancho usou a mão livre para batucar o quadril no ritmo da música, segurando com a outra o porto seguro feito de cana-de-açúcar. No embalo rítmico, uma confusão aos poucos dominou seus sentidos.

Envolvido em uma súbita escuridão, seu corpo desligou.

Num piscar de olhos, estava de volta à guarita.

Sancho se voltou para a tela e continuou acompanhando a silhueta ainda em fuga. Dos cantos do monitor, um borrão escuro cresceu em ramificações até o círculo branco no meio. A cadência das vozes acelerou, e elas, por sua vez, adotaram um tom mais grave. A silhueta corria, mas nunca chegava a seu destino. Antes que o gargalo retornasse aos lábios curtidos em álcool, Sancho viu algo que o fez frear o movimento. A garganta secou como se ali nenhuma gota jamais tivesse descido.

O vulto havia parado de correr e, embora fosse um contorno negro em sua totalidade, uma silhueta chapada sem olhos nem traços, Sancho soube que ele o encarava de volta.

Sentia cada batida cardíaca pulsar nos ouvidos e abafar qualquer outro som que pudesse macular o momento de crescente terror. Sancho sentiu o álcool evaporando pelos poros, e a sobriedade tomou conta de seu ser. Não teve reação para evitar que a garrafa escorregasse dos dedos. Um baque seco ecoou seguido do som do vidro rolando intacto pelo chão.

Ouviu Erri rosnar. Os limites da tela do aparelho de TV foram tomados por uma interferência esbranquiçada, cujas linhas verticais se irradiaram, cada vez mais amplas, aos poucos transformando o negro em luz, até a silhueta perder seu tom escuro e fundir-se à cortina branca que dominava a imagem.

O interior da guarita foi tomado pelo clarão.

Sancho encontrou o cão com o tronco encurvado, os pelos ralos eriçados, semelhantes aos do seu próprio braço. O rosnado do bicho, ainda que entrecortado por engasgos característicos da velhice, era ameaçador.

— O que deu em você, diacho?

Erri baixou o focinho, mas não desviou os olhos. Sancho constatou que o rosnado não era para ele, mas a algo do outro lado da porta. Algo lá fora.

— Que foi? — Tentou engolir, mas não encontrou saliva. A garganta era uma lixa. — Tem alguém lá?

Mesmo sabendo que nenhuma resposta viria do animal, ele esperou. Era duro admitir o medo em voz alta. Agir como um imbecil trazia uma falsa sensação de conforto.

— Eu não 'guento mais esse tormento — disse para si mesmo e fez o sinal da cruz.

Com as sobras de coragem que encontrou nos bolsos de sua pouca dignidade, aproximou-se da janela e, através da vidraça, examinou o lado de fora. As trevas imperavam. A garoa caía ininterrupta, determinada a seguir até que as nuvens se exaurissem.

Sancho esticou a mão trêmula, acionou o interruptor, e a lâmpada externa banhou uma pequena área com um círculo de luz vermelha. De onde estava, ele nada via além da comprovação de sua solidão.

O incômodo causado pelo rosnado do cão não cessou quando o animal se calou: pesou ainda mais nos seus ombros, além do calafrio que alisou a espinha, e o silêncio durou pouco.

De início, Sancho imaginou que o novo som era provocado pela garoa no telhado, mas sabia que a mente só estava buscando explicações racionais para afastá-lo da realidade vivida nos últimos dias. Ele tentara se embriagar para não ver mais uma vez aquilo que o assombrava.

Cada vez mais próximo, o som penetrou seus ouvidos. Parecia vir das paredes aquela melodia entoada por uma voz feita de melaço rançoso, ressoando em cada parte do casebre.

Aos poucos o temor se dissipou. Os músculos finalmente relaxaram. A bebida, por fim, cumpria sua função.

A acolhedora abnegação na qual se encontrava, porém, foi rompida. Primeiro, Sancho sentiu a perna ser puxada. Depois, a umidade no rosto e torso. Num rompante, viu-se livre da síncope e olhou ao redor.

A guarita estava longe, no alto do morro, do outro lado do denso cafezal. E fazia frio. Frio demais. Sancho olhou para baixo e descobriu-se seminu.

Além da enorme barriga exposta, encontrou Erri com os dentes enroscados na barra de sua calça. Segurou-a antes que ele a arrancasse, o cinto frouxo recém-desafivelado. Olhou por sobre o ombro e viu-se em uma trilha estreita que se embrenhava no cafezal, os pés enterrados na lama. Os cafeeiros balançavam contra o negrume que vinha da plantação. Demorou algum tempo para que entendesse por que estava ali; quando se deu conta, o medo revelou que jamais havia ido embora.

Um alerta ecoou em sua cabeça.

Não estava mais sozinho.

Quando se preparava para desafundar os pés e voltar à proteção da guarita, um facho de luz desceu de um poste de madeira poucos metros à frente. Sancho perdera um pouco da desorientação causada pela embriaguez, mas não o bastante para enxergar com clareza qualquer animal, vegetal ou mineral a mais de dois metros. Contudo, o luzeiro adiante era bastante nítido, um holofote prestes a apresentar a cena mais pavorosa de um teatro dos horrores. A respiração falhou quando ele intuiu a chegada do antagonista.

O estômago gelou quando o enxergou, arrastando-se na lama. Sancho não distinguiu detalhes, mas sabia com precisão qual era sua aparência. Não era seu primeiro encontro.

Sozinho entendeu como fora burro em acreditar que a cachaça anularia a fatídica visita. No terceiro dia consecutivo das estranhas visões, temeu não estar batendo bem da cabeça, mas bastou seus olhos encontrarem o olhar de quem o assombrava em um dos malditos sonhos para entender: não era loucura. Compreendeu também que estar na guarita, no cafezal, naquela noite, havia sido um erro fatal.

A lâmpada do poste falhou, mas voltou a iluminar. Quando Sancho tornou a olhar, não havia nada ali. Procurou ao redor, os pés afundando mais na lama, e, então, a eletricidade acabou, trazendo a mais pura negridão. Percebeu que havia desaprendido a respirar quando o som de um farfalhar sobre lama e folhas roçou seus ouvidos.

Aproximava-se.

E vinha rápido.

Assim que Sancho girou para o lado contrário e desatou a correr, Erri já estava a meio caminho da guarita, obedecendo a seu instinto de sobrevivência. Latia de forma acovardada para, mesmo fugindo, não abandonar a valentia canina do revide. Sancho descartou qualquer pretensão de coragem, pois carregava no peito somente o terror do desconhecido. Não por ignorar quem o perseguia — conhecia muito bem sua identidade —, mas pelo próprio porvir.

O casebre parecia estar mais longe a cada passo. A porta escancarada era a promessa de abrigo, sua salvação. O percurso, no entanto, cuja lama retardava seus passos, era difícil. As botas atolavam, engolidas por algum artifício sobrenatural que pudesse estar de complô com seu algoz. Zombavam de sua vontade de viver. O riso vinha com o vento e fazia cócegas no cangote.

Tão logo Sancho alcançou a parte iluminada, a poucos passos de atravessar a soleira, espiou por sobre o ombro. Não havia sinal de homem ou bicho. No alto, a lâmpada tremeluziu. Decidido a não passar nem mais um minuto sozinho, ele fechou a porta e deixou pegadas de barro em sua corrida até o rádio.

— Pascoal que dê um jeito de vir pra cá — disse num resmungo, a voz oscilando. — Essa merda toda é culpa dele.

Na tarefa de desenrolar o fio do comunicador, as mãos trêmulas encontraram uma missão impossível. Cego pela própria burrice, ele puxou o fio num impulso precipitado, atrasando a empreitada ao levar o rádio ao chão.

Teria quebrado a porcaria?

Abaixou-se e o apanhou, mas pousou-o novamente no chão antes mesmo de testá-lo, certo de que o danificara. Cobriu o rosto com as mãos.

Pressentiu que não estava mais sozinho quando um sopro quente o atingiu na nuca. Quem quer que estivesse ali, logo atrás dele, esperava pacientemente que Sancho se virasse. E foi o que ele fez.

Sobre a cama, um detalhe o fisgou dos próprios devaneios.

Despontando no lençol, uma mancha do tamanho de um punho fechado se destacou. Era uma poça escura, empapada. Sancho forçou a vista para distinguir o borrão.

Parecia crescer.

Torceu para que fosse um truque da sua mente alcoolizada, mas teve a impressão também de uma pressão invisível no colchão.

Sobre sua cabeça, a última lâmpada ainda acesa vacilou.

— Não...

A cortina encerrou a peça com a treva mais negra e a certeza de que não haveria aplausos. A escuridão vencera.

Cego, Sancho procurou um norte. Coisas deslizavam sobre a pele. Poderiam ser dedos, cabelo molhado, sussurros. Ele girou o corpo, as mãos em busca de apoio, temendo tocar com a ponta dos dedos a indesejada companhia.

De frente para a janela, Sancho encontrou seu reflexo. Pendurado no pescoço, o cordão de bronze com um medalhão oval reluziu. Aberta, a joia exibia as fotografias de sua esposa e de seu filho, perdidos há cinco anos para um acidente na estrada.

Mas o colar desaparecera uma semana antes.

Ao observar melhor, ele notou algo diferente.

No reflexo, a parte do rosto inchado que não estava coberta pela cabeleira volumosa e encharcada, que não lhe pertencia e destoava de sua própria calvície, tinha um tom desbotado, sem vida. Sob a pele, tecido podre. Os lábios eram escuros, esponjosos. A mente assustada pregava mais uma peça.

Quando os cantos da boca de seu reflexo curvaram-se para cima, Sancho se deu conta de que não era um reflexo. No sobressalto, ouviu os próprios pés deslizarem, mas não conseguiu evitar a queda.

Sem forças para levantar-se, ouviu o ranger da porta, que se abria. Embaçados, seus olhos detectaram algo surgindo na altura da maçaneta, que logo sumiu junto com a escuridão. Dedos?

Antes que a imagem fizesse sentido em sua cabeça, a porta se abriu completamente, dando passagem a uma forte lufada de garoa e vento.

Sancho se arrastou apressadamente até sentir as costas se chocarem contra a cama. Através da porta escancarada, divisou o contorno dos cafeeiros sacudidos pelo vento. Ao mesmo tempo, sentiu que a presença anterior retornara com seu ruído molhado e achava-se bem atrás dele, sobre a cama. Ele soube que, não importava onde sua atenção estivesse, seu destino já havia sido escrito. Não podia mais voltar no tempo e corrigir os pecados; então, restava apenas aceitar a sorte que lhe era reservada.

Sancho girou o pescoço.

Sua mandíbula perdeu a capacidade de permanecer fechada, assim como o esfíncter, e queixo e fezes desceram. Seus olhos finalmente foram brindados pela completude do horror que o acossava, e ali, sujo e indefeso, subjugado ao desejo de alguém que buscaria em sua dor a vingança tão cobiçada, emitiu seu último grito.

PARTE 1

O BARÃO E A PRINCESA

Domingo, 12 de fevereiro de 1989

Era tudo ou nada.
Sairia dali com o isopor cheio ou não se chamava Barão.
À beira do lago, recostado em uma pedra, ele mantinha a vara firme e o olhar concentrado. Sabia que pescar exigia equilíbrio entre corpo e mente, então se deixava ficar, hipnotizado, esperando o caniço avisar a hora certa. Não se tratava de um passatempo; pescar era um trabalho, um trabalho que fazia bem e que lhe traria algum lucro — como todos os outros. Para que perder tempo sem receber algo em troca? Queria ser útil e importante. Queria ser um barão de verdade.
Olhou para a vara, que permanecia estática. Ainda não era o momento. Passou a mão esquerda pelo braço direito, que brilhava ao sol de final de tarde.
O vento agitava a água de leve, e a luminosidade formava escamas sobre as pequenas ondas. Só de olhar ninguém diria que no fundo do lago Lameiro existia um vilarejo submerso.
O Lameiro não era um lago de fato. O nome fora atribuído pelos habitantes de Monte do Calvário, um povo sem instrução e simples demais para entender definições geográficas. O que conheciam era a história da Tragédia da Barragem, que os castigara em julho de 1962, que dera origem ao lago artificial, e as marcas deixadas pela sua passagem. Quase uma centena de vidas em troca de uma bela paisagem.

Bela paisagem...

No coração de Barão, era aquilo que a tragédia havia oferecido: um lugar de refúgio onde ele podia esquecer sua luta por algumas horas. Era menino quando aconteceu e, por isso, não tinha ideia da real dimensão da perda. Preferia assim. Emoção e luto eram atitudes de mulher ou de gente fraca.

Ele era forte.

Era Barão.

Pegou a lata de cerveja, passou a mão pelo cabelo castanho ondulado e bagunçado, e continuou a esperar. Quando a pressão na linha anunciou a vitória, ele foi rápido: levou segundos para arrancar o peixe daquela água de fantasmas e jogá-lo no isopor cheio de gelo.

Sorriu satisfeito.

Por um momento, a visão das bolhas d'água estourando nas guelras do peixe o hipnotizou. Meio tonto, Barão se sentou, tentando afastar a imagem da mente. O rabo lhe dera uma impressão estranha, um peso na consciência que nunca existira antes.

Melhor preparar a próxima isca e deixar de fraquezas bobas. Levantou a cabeça de cão treinado quando, ao fundo, ouviu nitidamente o eco do rádio.

Não deu chance ao destino. Podia ser domingo, mas, se Tarso pedisse, ele ia, porque Tarso mandava. Tarso Casagrande era o dono do cafezal e, por consequência, dono de Barão também. Pelo menos, até quando conseguisse provar seu valor e fazer parte da família.

Com algum esforço, ele subiu o paredão pedregoso. Sem dúvida era preciso cautela, mas Barão levou a lata junto e usou só a mão direita como machado de escalada. Se a chance de provar que era bom se mostrava, ele aproveitava mesmo que não tivesse testemunhas.

A escadaria entalhada era quase tão íngreme quanto uma escada de mão. Era velha e estava ali desde sempre, com seus degraus estreitos e lisos nas bordas, alguns quebrados e outros se rachando sob o peso de Barão. Ele segurou em um espaço desnivelado e deu o último gole da cerveja. Depois, soltou a lata e a assistiu quicar em um amontoado de pedras à beira do lago.

Quando alcançou o topo do barranco, seguiu até a caminhonete.

Sua Ford F-1000 1975 reluzia verde, quase como as águas do lago. Barão enxugou o suor do rosto com o pano que trazia pendurado no bolso de trás da calça e secou cuidadosamente as mãos. Passou-as pela lataria como se acariciasse o corpo de uma mulher e deu dois tapas de leve, feliz, satisfeito. A picape anterior dera perda total em um acidente cinco anos antes, mas essa, presente do patrão, brilhava diferente. Tinha cheiro de promessa, de aceitação. Reconhecimento.

O rádio chiou novamente e a voz do chefe veio, embaralhada em estática. Não podia deixá-lo esperando, pois era seu braço direito. Na verdade, queria sentar-se à direita de Tarso Casagrande, Deus Todo--Poderoso, mas, por enquanto, fazer o que fazia estava bom.

Um toque viscoso grudou nos dedos ao puxar a maçaneta. Barão afastou a mão de uma vez, num misto de nojo e surpresa. Examinou a ponta dos dedos enegrecidas pela substância pegajosa cuja textura experimentou esfregando de leve. Parecia piche. De onde aquela merda surgira? Tornou a pegar o pano para limpar a porqueira e esfregou forte, querendo arrancar a pele.

Pela janela aberta, enfiou o outro braço e abriu a porta por dentro.

— Pronto — atendeu, sentado no banco do motorista, esfregando os dedos no pano. — Na escuta.

— Onde vo... está? — Tarso perguntou, a voz perdida nos ruídos da interferência. — Estou te chamando... um tempo.

— No cafezal. Vim adiantar umas coisas pra amanhã — mentiu, sem sentir o peso de uma mentira.

A competência de Barão era conhecida. Qualquer que fosse a tarefa, ele a executaria com eficiência, independentemente de quais meios usasse para chegar lá. Seus afazeres estavam todos em dia. Tirar umas horinhas de folga não traria prejuízos. Contudo, seus olhos acinzentados não conseguiam se desviar das manchas pretas que ainda restavam nos dedos.

Tossiu, entalado pela inverdade para o quase pai e a dúvida sobre o piche. Tenso, perguntou:

— Precisa de mim?

— Vá à estaç... *Shhh...* — A estática cortava as ordens e frustrava Barão, que gostava de certezas. — A Vi... *Shhh...*

— Patrão? — Barão soltou o botão do comunicador, esperando resposta. Depois apertou novamente: — Não tô ouvindo direito.

— A Victoria tá esperando... estação de ônibus — Tarso repetiu, devagar, enquanto Barão, de olhos fechados, procurava entender todas as nuances da voz que chegava para saber se o retorno da moça era bom ou ruim. — Pega ela lá.

— Sete anos na capital e ela volta só agora que você... — Barão soltou o botão do rádio antes de continuar. Tossiu de novo, olhou para cima e respirou fundo, engolindo o orgulho. Não podia abusar da intimidade: Victoria era a filha do homem. — Isso é ótimo. A boa filha ao castelo retorna.

— Traz... direto pra cá — disse Tarso, pausadamente. — Só para em algum lugar se... vida ou morte.

— Tarso... — Barão sentiu um pingo de poder crescendo dentro de si, o poder do tempo, de conseguir enrolar se quisesse. — Vai demorar um pouco. Tô terminando a contagem das sacas. — Soltou o botão, calculando quanto poderia se atrasar sem afetar o humor do patrão. Apertou. — Vou pra lá em seguida.

— Seja rápido.

O ruído da interferência persistiu por alguns segundos, mas foi logo encoberto pelo canto do bando de anus-pretos que passou sobre a caminhonete.

Com a testa apoiada no volante, Barão se deixou estar por longos minutos, perdido entre a frustração da chegada de Victoria e o mistério do piche que formigava nos seus dedos. Ergueu-se e esfregou o rosto com as mãos. Ouviu-se rangendo os dentes e suspirou fundo, tentando sorver algum tipo de calma que pudesse encontrar no ar do cafezal. O aroma que dele emanava tinha o poder de apaziguá-lo, mas não naquele momento.

Abriu o porta-luvas para pegar seu anel. Nele, o ourives local forjara um grande B dourado. Revirou os papéis no compartimento, mas não o encontrou. Que não tivesse caído no lago.

Um farfalhar diferente o colocou em alerta. Pelo canto do olho captara um movimento.

Como cão treinado, empertigou-se e deixou os olhos correrem. Abriu a porta com o máximo de cuidado e saiu, milímetro a milímetro, silencioso, farejando. O instinto de conhecer aquele cafezal como a palma da mão confirmava que havia algo estranho, mas os ouvidos e os olhos cismavam em não encontrar o intruso.

Frustrado, bateu a porta com força. Se fosse bicho sairia correndo. Se fosse homem... bem, se fosse homem, seria na força bruta, como sempre.

Ergueu a mão para se proteger do sol e se acercar de alguma certeza. De um lado a outro, nada. Só os cafeeiros balançando, e os frutos vermelhos prometendo aumentar a fortuna do patrão. De Victoria. Mas não a dele. Pelo menos, não ainda.

Concluiu que estava sozinho, embora não fosse como se sentia.

Enfiou o rabo no meio das pernas e voltou, sem pressa nenhuma, para o barranco. Descer com ambas as mãos foi mais difícil do que havia sido a escalada com apenas uma delas.

À beira do lago, chutou as latas vazias e olhou com desprezo para o peixe boiando de barriga para cima na água do isopor. Pegou algumas das poucas pedras de gelo que haviam restado e passou no pescoço para aplacar um pouco o calor. Depois jogou uma na boca, mastigou e riu.

— A princesinha que espere.

Desafivelou o cinto, tirou as botas e livrou-se da calça jeans. Nu, lançou um último olhar para trás, para o alto, em sua desconfiança de perdigueiro.

Ninguém.

Sem pensar duas vezes, sorriu para o brilho do lago e mergulhou.

2

Victoria Casagrande soltou a fumaça do último trago pelo nariz, parecendo um boi bravo. Apagou o cigarro com o tênis, praticamente afiando os cascos, e avaliou a rodoviária. Não bastasse ter que esperar pela carona de Barão, ainda tinha que aguentar os olhares que a mediam e pesavam como se estivesse exposta em uma feira.

— Esse povo não muda. Ouve só. — Tirou o fone do ouvido e o esticou para fora da cúpula do orelhão. Retomou a conversa: — Viu? Estão tocando a discografia toda do Sérgio Reis. Já quero ir embora. Ô cidadezinha careta!

— Quem mandou recusar a minha oferta? — Simony disse, soltando uma gargalhada. — Ouve só. — Ela aumentou o volume, e os ouvidos de Victoria foram inundados pela música de um Cazuza incrédulo quanto ao valor dos seus sonhos vendidos. — Se tivesse ficado por aqui...

— Simony, não viaja na maionese e não me tenta — Victoria devolveu a ironia, mesmo sabendo que a amiga só queria ajudar. Colocou a cabeça para fora da cúpula do orelhão, observou a rodoviária e entrou novamente. Encolheu-se ao lado do aparelho, cobriu o fone com a mão e sussurrou, tentando esconder a decepção e o quase desespero: — Casa, comida e roupa lavada não bastam. Além disso, você sabe o que aconteceu... — Fechou os olhos e encostou a testa no metal do aparelho para não desabar. — Sei que foi de coração e te agradeço, sério, mas só o meu pai pode me salvar agora. — Soltou

22

uma risada baixa, parecida com um pigarro. — Preciso encarnar a Victoria pura e virginal que saiu daqui há sete anos.

— Ih, amiga, você ainda lembra como é isso? — Simony deu risada. — O que disse pra ele?

— Como foi tudo de última hora, tive que inventar que tava de férias. Não queria que ele tivesse um ataque pelo telefone. Ao vivo a coisa é sempre mais fácil. Quer dizer... — Ficou em silêncio por alguns segundos, rezando para a ardência nos olhos passar. — Espero, né?

— Vai dar tudo certo, *baby*. — A voz de Simony bateu em Victoria e a lembrou da distância, da impossibilidade de deitar no colo da amiga para chorar. — Já decidiu como vai contar pro teu coroa?

— Pensei nisso a viagem toda. — Victoria riu de nervoso e resolveu acender outro cigarro. Depois de tragar, continuou: — E não tenho a menor ideia.

— Você sabe que a culpa não foi sua, né? A culpa foi deles. A gente já falou sobre isso.

— Eu sei, eu sei. Já conversamos... — A lembrança veio com um gosto amargo. Victoria levou o indicador aos dentes da frente. — Até cansar, pra ser franca.

A verdade era que o retorno a Monte do Calvário despertara em Victoria sentimentos que estavam havia muito adormecidos.

Desde quando podia se lembrar, ela tivera a sensibilidade aflorada. Estranhamente aflorada. Era como se pudesse sentir, eternizadas em cicatrizes, as emoções mais intensas vividas em um ambiente. Sem poder entendê-lo, tentara ignorar o dom por todos aqueles anos. Contudo, assim que botou os pés no cenário dos seus pesadelos, a energia opressiva da cidade natal cavou seu caminho de dentro da terra e subiu por seu corpo, tomando-a como se fosse mantê-la cativa para sempre.

Como se a tivesse esperado com toda a paciência.

— Ô minha Madonna dos trópicos! — Simony soltou, debochada.

Victoria se assustou e tentou afastar o espectro de angústia que a envolvia com dedos invisíveis.

Simony continuou:

— Para de cutucar os dentinhos, vai... Dá pra ouvir daqui.

— Desculpa. — Victoria tirou o indicador da boca e passou a traçar o contorno das teclas do telefone. Depois deixou o dedo repetir o número da amiga sem digitar, como se quisesse reforçá-lo na memória. — Força do hábito. Tô nervosa, você sabe. É um jeito de eu me concentrar. — Tragou o cigarro e soltou a fumaça, procurando Barão novamente. — Mas por que Madonna dos trópicos?

— Os dentes separados na frente você tem. O cabelo curto, também. — Simony bufou. — Só não quis jogar o loiro-platinado, por mais que eu insistisse. Ia ficar um arraso.

— Imagina a cara do meu pai se eu chegasse aqui com o cabelo loiro-branco! — Ela riu, e o olhar caiu no anúncio do prostíbulo local, escrito em caneta hidrográfica vermelha no teto da cúpula do orelhão. — Si, você não vai acreditar. O puteiro aqui da cidade chama Olimpo. Aposto que as putas têm nome de deusas gre...

— Não foge do assunto. E para de se desculpar — interrompeu Simony, com o mesmo tom que usava quando queria bancar a mãe que Victoria nunca tivera. — Bicho, você tá indo atrás daquilo que acredita. Pra mim, você tá errada, mas que se dane. Vai fundo, sem medo. Teu nome é Victoria, porra!

— Eu sei, eu sei. — Ela pegou uma bala de hortelã de um saquinho em sua bolsa e meteu na boca para aliviar a garganta seca de nervoso. — Detesto depender do meu pai, mas não tem outro jeito. Vou ter que engolir o orgulho. Não posso montar nas tuas costas, Si.

— Mas se decidir que quer outra coisa, se resolver que quer mandar teu pai e a herança pra puta que pariu, você sabe que estarei te esperando com a casa, a comida e a roupa lavada que não te bastam. Nem sempre bufunfa é a solução.

— Espera. — O ronco de uma caminhonete afastou dos pensamentos de Victoria a tentação de aceitar a proposta da amiga. Colocou a cabeça para fora da cúpula, mas mal prestou atenção à picape verde que se aproximava. — Simony, preciso ligar pro meu pai. São cinco pras seis. O cão de guarda dele só pode ter morrido no caminho.

— Beleza. Quando vai me ligar?

— Não sei. — Victoria tornou a apoiar a cabeça no metal do orelhão, soltou a última tragada do cigarro e sussurrou: — Não dá pra usar o telefone do meu pai porque: um, não quero que ele fique reclamando dos interurbanos; e dois, não quero que fiquem ouvindo minhas conversas. Te ligo quando vier pra cidade. A casa dele fica um pouco longe, não dá pra vir a pé, senão não tava esperando há duas horas.

— Não tem táxi aí?

— Não tô vendo nenhum.

— Tá bom. — O suspiro de Simony chegou a Victoria cheio de preocupação. — Só não me deixa...

— Já bateu saudade da cidade grande? — perguntou uma voz grossa, com sotaque carregado, que subiu pelo corpo de Victoria como um terremoto. — Vombora ou tá boa a conversa?

Victoria bateu o telefone no gancho sem se despedir da amiga e mordeu o nó do dedo indicador para não gritar. Olhou para os tênis já sujos de uma poeira laranja e para a mala a seu lado. Quanto tempo Barão estava parado atrás dela? O que teria ouvido? Respirou fundo.

— Credo! — Ela pegou a mala e saiu de baixo do orelhão. — Que susto.

— Quem não deve não teme, princesa. — Sem olhar para Victoria, ele esticou o braço e, sem maiores cerimônias, apanhou a mala como se fosse dele. — Por isso que é bom nunca ter o rabo preso com ninguém.

Victoria fez menção de pegar a mala de volta, e sua mão tocou na dele, grossa e queimada de sol. Um tremor percorreu sua pele, partindo da ponta dos dedos. Ela recolheu a mão para junto do peito e olhou para Barão a tempo de vê-lo indo para cima dela com uma longa faca, prestes a golpeá-la. A surpresa do ataque reprimiu o grito, que ficou entalado na garganta, mas não o salto para trás.

— Mas que...?

Ao procurar ajuda ao redor, Victoria encontrou Barão parado a dois metros, encarando-a, confuso. Com uma das mãos, segurava a mala. Com a outra, alisava o cabelo. Sem sinal de faca.

— Andou bebendo? — Ele tinha a expressão de quem viu uma mulher de três cabeças.

— É só cansaço... — desconversou Victoria, afastando-se de novo do orelhão. Chocara-se contra o tubo de metal na tentativa de evitar o ataque que nunca ocorrera. — Vamos logo.

— Arre! — Os olhos de Barão a varreram, do cabelo curto às pernas nuas, sem piscar. — Esqueceu de trazer o resto do cabelo e da roupa?

— Nesse calor? — Victoria bagunçou sua franja curta. — Não dá pra aguentar o verão daqui com cabelo até a cintura e saia comprida.

— Sete anos, e a princesinha volta abusada e parecendo um moleque. — Ele balançou a cabeça como se fosse um comprador de gado decepcionado com o lote. — Tem certeza de que teu cabelo não tá amarrado aí atrás?

Victoria deu um passo à frente e girou para garantir a decepção.

— Viu? Curto, curto. — Com um coice armado, levantou o rosto e o encarou. — Não tô escondendo nada.

— Se tá dizendo... — Barão fechou a cara numa expressão difícil de decifrar. Porém, sem esconder a desconfiança no olhar. — Quem sou eu pra *trucar* a filha do patrão?

— Você demorou — ela mudou de assunto para não criar caso e para evitar pensar no episódio da faca. O que foi aquilo? Uma visão? Decidiu tentar não ser desagradável, embora Barão representasse muito do que ela havia tentado esquecer ao deixar Monte do Calvário para trás. — Aconteceu alguma coisa?

— Não. — Barão saiu andando com a bagagem como se Victoria não existisse. — Coisas do cafezal.

— Em pleno domingo? — Ela correu atrás dele. Precisaria ter paciência de monge. Não havia engolido o orgulho e voltado à cidade para que qualquer um fizesse com que se sentisse um zero à esquerda. — Sabia que a escravidão acabou?

— Arre, Victoria! — Barão raspou a garganta e cuspiu no chão de terra. — E planta para de crescer? Se o cafezal precisa de mim, eu tô lá. E vamos logo que já tá de noite.

Adiantado dela, Barão bateu os pés ao lado de um homem que dormia debaixo de uma placa na entrada da estação. Resmungando, o homem se desenrolou de si mesmo e levantou, tropeçando em sua cantiga de ninar: o bafo de pinga que chegou rapidamente à Victoria. O sujeito arregalou os olhos ao ver o rosto de Barão e saiu rápido, como se o barulho daqueles saltos tivesse peso de lei.

Depois Victoria viu um menino franzino se materializar do escuro, como se estivesse ali esperando. Curiosa, ela os observou trocar poucas palavras. Logo o menino também se foi.

— Mais trabalho? — Victoria apressou o passo, enrolando os dedos nas franjas da bolsa hippie que trazia a tiracolo, alternando a atenção entre o caminho que devia seguir e o menino, que, correndo, já desaparecia na rua sem iluminação.

— Não, princesa. — Barão olhou para trás e a encarou com um sorriso quase indecente, arrematando grave e pausadamente: — Meu merecido descanso. — Piscou com o olho esquerdo como se a despisse.

Ela desviou o olhar, tornou a enrolar os dedos na franja da bolsa e diminuiu um pouco o passo.

— Vamos?

De perto, Victoria reconheceu a caminhonete verde que vira pouco antes. Ao entrar, encontrou sua mala no meio do banco. Relaxou ao sentar-se e perceber a distância que os separaria. Eram longos vinte minutos até o casarão e provavelmente acabariam tendo que conversar.

Mas falar sobre o quê? Sobre o clima?

Victoria deixou os olhos correrem pelo teto e pelo chão. Respirou fundo o agradável aroma de couro encerado, passou a mão sobre o painel e esfregou os dedos.

— Dá pra fazer um parto aqui de tão limpo — ela comentou, ignorando a pressão que envolveu seu corpo no momento em que fechou a porta, como se braços fortes a apertassem na altura da cintura, do peito e do pescoço. Abriu o vidro ao máximo e apoiou o braço direito na janela e a cabeça no descanso do banco. De olhos fechados, puxou a bolsa para o colo e a abraçou. A sensação ruim foi perdendo vigor. — Na época do meu pai não era assim.

— Seu nariz.

— Quê? — Voltou-se para ele.

Barão tocou no próprio rosto com duas batidinhas entre o nariz e a boca. Victoria levou os dedos médio e indicador ao ponto sobre os lábios em que sentira esquentar, mas para o qual não dera atenção. Molhado e quente. Trouxe sangue na ponta dos dedos.

Enquanto ela procurava um lenço na bolsa para limpar o nariz, Barão ligou o motor e pegou a estrada sem pressa, o que a decepcionou. Depois de apertar o tecido sob a narina direita e pelo retrovisor externo constatar que não havia muito sangue, dobrou e guardou o lenço. Em seguida, recostou a cabeça na porta. Notou que Barão mantinha o olhar fixo à frente, atento às crateras reveladas pelos faróis.

— A caminhonete é sua agora? — Victoria quis saber, observando, no retrovisor interno, o balanço do ioiô de madeira que Barão ganhara de Tarso quando menino.

— Teu pai me deu. — Ele deu dois tapas suaves no painel, como se batesse nas ancas de um boi premiado. — Recebemos aquilo que merecemos.

Victoria levou o indicador à boca, mas se conteve. Recebemos aquilo que merecemos? E ela merecera tudo aquilo que tinha acontecido no jornal?

— Como vai o cafezal? — mudou de assunto sem olhar para ele. Voltou a apoiar o cotovelo direito na janela e esticou o braço para cima para que a mão tivesse algo para segurar e não deixasse que o dedo migrasse de volta para os dentes. — Ainda lucrando?

— Nada com que se preocupar.

Victoria apertou a lataria com força. Não podia perder a razão e dar aquilo que eles queriam. Descer o nível seria a desculpa perfeita para que a colocassem no lugar onde acreditavam que ela pertencia. Sua inteligência tinha que prevalecer. Na pior das hipóteses, um contra-ataque.

Fuçou as balas que balançavam com cada solavanco em um dos compartimentos do painel.

— Caramba, como eu odiava essa bala. — Victoria pegou uma, examinou como se fosse lixo atômico e a jogou de volta. — Nem lembrava mais que elas existiam. Vai dizer que ainda fuma cigarrinho de chocolate também?

Ela percebeu, pela cara de Barão, que exagerou na tentativa de descontração. Chacoalhou o maço de Minister que estava ao lado das balas e o abriu.

— Pelo menos os cigarros são de verdade. — Victoria deu uma risada, e Barão a olhou da mesma forma que fazia quando eram pequenos, quando ela ganhava mais atenção de Tarso do que ele. Ponto para ela. — Aliás... — Enfiou a mão na bolsa, tirou um saquinho de balas de hortelã e jogou algumas por cima daquelas de que Barão gostava. — Experimenta essas depois. São muito melhores. Deve ter pra vender por aqui.

Ela pegou uma delas, tirou a embalagem e jogou na boca. Barão avançou para o papel que estava na mão de Victoria, antes que ela sequer pudesse pensar em jogar em algum lugar, e o enfiou em um saquinho de lixo.

— Posso fumar? — Victoria perguntou, tentando alfinetar, já com o cigarro praticamente aceso. O carro era tão limpo e cheiroso que era impossível que ele fumasse ali. — Espero que não se importe.

— Fique à vontade. — Barão pegou o maço e também levou um à boca. Apertou o acendedor no painel. — Não sabia que você fumava.

A parte traseira do acendedor pulou. Victoria acompanhou com o olhar. O brilho vermelho lembrava um ferro de marcar gado.

— Como tá a vida na capital? — Barão deu seta para a esquerda e entrou em uma estrada menor.

Victoria segurou com força no alto da janela quando a intensidade dos solavancos aumentou.

— Divertida?

— Quando a gente trabalha com o que ama, fica mais fácil se divertir. Nem precisa gastar com festas. — Ela olhou para ele de soslaio e decidiu zombar: — Ou precisa? Você ama o cafezal, mas gasta com o seu... merecido descanso.

— O Tarso me contou que você é secretária em um jornal. Você é tão inteligente pra isso. Não ia ser jornalista? — Esperou uma resposta, que não veio. — Já pensou em ser professora? É muito mais digno. Ensinar crianças... É quase como ser mãe.

Ela tragou o cigarro, esperando envenenar a raiva com a nicotina. Mordeu a bala e suspendeu a conversa. Ponto para ele. Um a um.

Pouco depois, encontrou o olhar de Barão pelo retrovisor e puxou o decote para tapar melhor o colo molhado de suor.

— O lago ajuda nessa quentura. — Ele abriu o porta-luvas e jogou um pano limpo no colo de Victoria. Ela pegou e passou pela nuca e rosto. Ele deu uma tragada profunda no cigarro e jogou-o pela janela. — Toma cuidado quando for jogar o teu. — Sorriu, quase cordial. — Hoje mesmo dei um mergulho. Aproveita a estada pra matar a saudade e o calor.

— Você tá brincando, né? — Victoria deixou o cigarro ser levado pelo vento, virou-se um pouco no banco para encará-lo e se deparou com um sorriso sarcástico de canto de boca. — Não entro naquele lago é nunca. Se não fosse por você, eu teria me afogado. Foi tão estranho... — Ela trouxe a mão de volta ao interior da caminhonete e abraçou a bolsa. — Até hoje a sensação é a mesma. Um par de mãos me puxando pro fundo...

Desde o ocorrido, Victoria carregava consigo a certeza de que algo sob as águas do Lameiro a queria avidamente, quase com fome. Balançou a cabeça e mexeu no cabelo, espantando as memórias como insetos.

— A minha imaginação de criança não sabia que todo lago tem galhos e raízes submersos, quanto mais o nosso, que soterrou tanta coisa. — Ela sorriu triste, pensando nas perdas das pessoas que viviam lá. — Com certeza me enrosquei.

— A Tragédia da Barragem continua mexendo com as mentes mais frágeis — sugeriu Barão, acertando o ego de Victoria em cheio. Ponto para ele. Depois de um tempo de silêncio, continuou: — Tô te achando mal-humorada. Falei algo que não devia?

— Só tô cansada da viagem. Nada de mais.

— Passar uns dias debaixo da asa do teu pai vai melhorar teu humor. — Ele sorriu e depois mordeu o lábio, pisando de leve no freio e puxando a direção para controlar o carro e não atolar. — Pretende ficar até quando?

— Não sei. O suficiente. — Victoria preferiu não entrar em detalhes que logo seriam desmentidos. Quanto menos fofoca para rodar a cidade, melhor. — Quero encontrar a Uiara.

— Arre! Pra quê? — O pneu gritou ao afundar em um buraco. Barão retomou a direção e conseguiu desviar de outro. — Não conheceu gente boa na capital?

— Não tenho notícias dela há meses. — Victoria nem se deu ao trabalho de rechaçar a crítica. Um dos passatempos preferidos do pai, e consequentemente de Barão, era falar mal de Uiara, sua melhor e única amiga em Monte do Calvário. — Trocávamos cartas desde que fui embora, mas elas pararam de chegar. Você a viu?

— Tenho trabalho demais no cafezal pra prestar atenção nessa gente. — Estalou dedo a dedo, sem pressa. — Não tenho tempo pra saber de favelado.

— Estranho. Meu pai enche a boca pra dizer o quanto você ajuda a comandar a cidade na rédea curta. — Ela o encarou e cruzou as pernas, levantando-se da lona e esperando continuar a luta. — Pensei que soubesse de tudo.

— Lixo a gente deixa no lixo. — Ele estalou o pescoço para a direita, esperou alguns segundos, e depois para a esquerda. — Não tem que ficar cutucando.

— Eu disse algo errado? — Victoria aproveitou o sarcasmo do próprio Barão para se recuperar e tentar um nocaute. — Estou te achando mal-humorado...

Ele respondeu com um rangido de dentes que arrepiou Victoria. Ponto para ela. Dois a dois.

— Victoria, escuta. A saúde do teu pai não tá das melhores — falou com uma voz muito calma, como se realmente estivesse pedindo paz. — Essa tua nova aparência já vai ser o bastante pra mexer com ele. Não cria caso, não traz mais aborrecimento. — Virou à direita, baixou os faróis altos e relaxou os ombros, navegando suavemente o asfalto. — Sério. Pro bem dele... E teu também.

Victoria não estava preparada para a notícia. Nocauteada, calou-se.

Três a dois para Barão.

3

Paralisada em frente ao casarão da família, Victoria tentava processar a energia esmagadora que a atingia como uma onda de lama. Nos vinte longos anos que passara sob aquele teto não houvera um só dia em que não tivesse se sentido um pássaro engaiolado. No momento em que a oportunidade surgiu, bateu asas para bem longe e prometeu a si mesma que nunca mais voltaria. Porém, o custo da peça que a vida lhe pregou fora alto demais.

Afastou da mente o entorpecimento que ameaçava dominá-la e, lutando contra o peso da negação que a impedia de seguir em frente, deu o primeiro passo.

Barão tinha ido na frente. Assim que a caminhonete estacionara, ele disse qualquer coisa que Victoria, absorta em seus próprios remorsos, não conseguiu entender, e saiu arrastando a mala para fora. Derrotada, ela não reagiu. Só queria enrugar no banho e afundar no travesseiro.

Após atravessar o caminho de cascalhos, Victoria parou diante da varanda. Uma luz acendeu na sala de visitas, e ela ouviu uma conversa no interior. Além da voz de Barão perguntando sobre um anel, ela reconheceu a outra, rouca e com sotaque carregado, respondendo que não o vira. Sem estar preparada, respirou fundo, ajeitou a franja atrás da orelha e torceu para que tudo acabasse mais rápido do que pronunciar a palavra "arrependimento".

— Muito difícil encontrar a entrada? — Barão indagou assim que ela botou os pés na sala. Com aquele sorriso enviesado que produzia o efeito de marteladas na nuca, ainda carregava a mala de Victoria.

— Patroa! — disse, surpresa, a voz com sotaque.

Victoria não se recordava de dona Felipa ter sido indiscreta em todos os anos prestando serviços à família Casagrande. Porém, naquele momento, poderia afirmar que a empregada foi pega desprevenida. As mãos cobriam a boca, mas o espanto no rosto era claro como a sua enxaqueca.

— Dona Felipa, como vai? — Victoria não recebeu resposta. Para quebrar o gelo, levou as mãos ao peito como se estivesse ofendida. — Tô muito feia?

— Não, patroa! Imagina! — Felipa se recompôs e reassumiu a postura de pavoa adestrada. — Perdão, mas a senhora tá... diferente.

— O mundo é grande demais pra sermos uma coisa só. — Victoria sorriu, cansada. — Vou tomar *diferente* como elogio.

— Esse mundo tá perdido, Felipa — Barão comentou, balançando a cabeça. — Quando a gente pensa que já viu de tudo... De princesinha ela não tem mais nada. Eu quase voltei pra trás quando encontrei a Victoria desse jeito. Nem quero tá por perto quando o Tarso aparecer.

— Já vou chamar o seu Tarso. — Felipa se apressou em direção à escadaria.

— Não, não precisa incomodá-lo agora. — Victoria fingiu não notar a ousadia de Barão. Aquela confiança grosseira só pôde ter sido permitida por seu pai, por isso, sabia que bater de frente seria inútil. — A viagem foi longa e preciso descansar. Tô destruída. E ele já deve tá dormindo, não? Não se preocupa. Converso com ele amanhã.

— É que o seu Tarso pediu...

— Fica tranquila, dona Felipa. Amanhã eu me resolvo com o meu pai.

— Bom, vocês decidam o que fazer. — Barão se virou e começou a subir os degraus. — Vou deixar isto lá em cima. — Na metade da escadaria ele parou e assim ficou por um tempo. Não muito, mas o suficiente para parecer que estivesse refletindo ou que tivesse se lembrado de algo. Por fim, voltou-se para Victoria com uma expressão confusa. — Você vai ficar no seu antigo quarto ou...?

— Lógico que vou ficar no meu quarto. Ele ainda existe, não?

Barão soergueu uma sobrancelha.

— Sim, ele *ainda* existe.

Por um momento que pareceu longo demais, Barão e Victoria sustentaram o olhar um do outro. Ela o sentiu penetrar em sua cabeça, como se do alto ele impusesse seu lugar de direito como macho alfa. No fim, ela cedeu e desviou os olhos.

Esperou o eco das botas de Barão ficar mais distante, até sumir, para se voltar a Felipa.

— Tem algo pra beber? Minha garganta tá o Saara.

Antes de responder, Felipa lançou um demorado olhar ao mezanino.

— Preparei uma limonada pra senhora, patroa. Com duas colheres de açafrão, né? — Felipa pareceu sorrir, os lábios crispados em uma linha reta com curvas que pareciam parênteses nas extremidades, e uma teia de rugas se formando no rosto rechonchudo. — Vem, tá na cozinha.

— A sua memória continua a mesma. — Victoria sentiu um pouco do peso nos ombros ceder. — A senhora é a única que nunca me julgou por detestar o café da família.

— Quem sou eu pra julgar patrão?

Quando Felipa seguiu até a porta e a fechou, Victoria apertou a alça da bolsa com tanta força que os nós dos dedos perderam a cor.

4

Victoria retardou ao máximo o fim da limonada com pequenos goles. Pousou o copo na mesa só quando ouviu Barão descer a escada e sair.

— A senhora sabe se aconteceu alguma coisa no cafezal? Barão tá tão azedo...

— Perdão, patroa, mas eu não meto o bedelho nos assuntos dele.

— Hum... — Victoria se levantou e enxugou as mãos no short. — E a dona Faustina, como vai?

— Coitada, lelé que nem um pião.

— Não melhorou nem um pouco?

— Nadinha. Aquela ali não tem mais jeito.

Uma pontada de remorso atingiu Victoria.

Ter ficado plantada durante horas na rodoviária era só uma das causas de seu mau humor. Ela teria preferido vir da capital a pé se soubesse que poderia voltar no mesmo dia. Além disso, as alfinetadas de Barão tinham sido uma provação bem pequena diante do que ela sabia que a esperava. Agora, porém, ao ficar a par da situação de Faustina, apiedou-se do jagunço.

Pediu licença e seguiu para o andar superior na ponta dos pés, para evitar fazer barulho pelo caminho. Ainda não estava preparada para o reencontro.

Ao passar em frente ao escritório do pai, a porta entreaberta balançou com o rangido de uma cripta. Victoria alcançou a maçaneta para fechá-la. Estava escuro lá dentro, mas o luar que entrava pela janela refletiu no vidro de um quadro.

O quadro.

Após sete anos, continuava no mesmo lugar. Nas sombras, Victoria não pôde vê-lo com detalhes, mas o mal-estar que ela conhecia havia tempo a enjoou. Fechou a porta e seguiu para seu quarto.

Antes de mergulhar na nostalgia, Victoria verificou sua mala. Zíper fechado, sem sinal de uma inspeção desautorizada. Finalmente sozinha, olhou ao redor. Era como se tivesse saído dali na véspera — e essa não era uma sensação boa.

No alto de uma prateleira, as bonecas remanescentes de sua coleção, que não tinham sido doadas antes de ir embora, a encaravam com olhos brilhantes e sorrisos pintados. Victoria se aproximou e apanhou uma delas.

O toque revelou velhas lembranças impregnadas no vestido de cetim, algo de enclausuramento, de angústia. O mesmo aconteceria com cada uma das outras bonecas. Crescendo em um ambiente dominado por machos imperantes, somado à educação bastante restritiva que recebera, a solidão da infância a fizera chegar ao ponto de ter bonecas como suas únicas amigas.

Por um segundo, seus olhos captaram um brilho por trás dos livros. Pousou a mão sobre um livro de Clarice Lispector na prateleira e passou-a por trás do volume, alcançando o objeto. Então havia sido ali que esquecera o monóculo. Sete anos antes, quase ficara louca por não o ter encontrado antes de ir embora.

Tirou os óculos e levou o monóculo ao olho esquerdo. Dentro da pequena peça de plástico, a imagem levou cinco segundos para ganhar nitidez. Quando a retina se acostumou, Victoria se sentiu mais animada.

Na fotografia, ela e Uiara sorriam abraçadas. Reencontrar-se dentro do objeto junto à melhor amiga trouxe a velha sensação de viverem um segredo compartilhado desde que se conheceram. A classe social fazia com que habitassem mundos diferentes.

Com o braço entrelaçando o pescoço de Victoria, Uiara exibia todos os dentes para a câmera, o cabelo armado e encaracolado pulando com seu entusiasmo e os olhos claros e brilhantes de águas-marinhas realçados por sua pele negra. Mesmo com um sorriso mais contido, Victoria estava feliz, assim como estivera em todos os momentos partilhados com a amiga. A qualidade da imagem não era das melhores, mas a alegria daquele dia ainda era vívida. Mal podia esperar para rever Uiara.

Um calafrio percorreu sua pele quando uma sombra incomum passou no interior do monóculo.

A imagem se movera?

Forçou a vista e notou duas manchas paralelas na fotografia, como cortes no negativo. Seguiam direto sobre o pescoço de Uiara, que mantinha os olhos contraídos pelo riso e o rosto para o alto. Victoria podia jurar que o defeito não existia um segundo antes.

Girou a peça nos dedos e verificou a parte de trás. Nada de errado. Imaginou que o tempo pudesse ter danificado a foto. Voltou o olho ao monóculo para o último relance de um momento tão bom.

Imediatamente perdeu o ar com a imagem que encontrou.

Da boca ainda escancarada, agora um buraco negro e profundo, Uiara não mais sorria, mas emitia um lamento mudo e carregado de dor. O negror que vinha de sua garganta cresceu, levando aos ouvidos de Victoria o crepitar de papel queimando e ecos de lamentos enquanto a imagem escurecia como piche.

— O que você fez? — perguntou uma voz que, embora trouxesse o cansaço da velhice, ainda lhe era familiar.

O monóculo saltou da mão de Victoria quando ela se virou e foi cega por uma bola de fogo. Protegeu os olhos até que os feixes escaldantes que vazavam por entre seus dedos se desvanecessem. Piscando rápido, não encontrou fogo, mas o pai apoiado no batente.

Tarso trazia no semblante a confirmação do diagnóstico de Barão sobre sua saúde.

— Oi, pai.

— Barão bem que me avisou. — Ele deu dois passos lentos para dentro.

Victoria temeu que ele despencasse a qualquer momento sobre os joelhos vacilantes. Quis desviar a atenção, descobrir onde o monóculo fora parar, mas a visão deteriorada do pai era hipnotizante de um jeito doloroso. Lembrava-se dele cheio de vigor e ordens. Aqueles últimos sete anos não haviam sido gentis com ele.

Tarso tossiu e, depois de contemplá-la de cima a baixo, continuou:

— Algum motivo especial para tantas surpresas, Victoria?

O pai continuava com a fala serena. Ela não se lembrava de já tê-lo ouvido elevar a voz.

— Além de não avisar, ainda aparece desse jeito. Que cabelo é esse? Que roupas são essas? É assim que mulher se veste na cidade grande? — Voltou a tossir.

Sem saber se devia ajudá-lo ou permanecer onde estava, Victoria optou pela segurança da distância e não se moveu. Mesmo estando do outro lado do quarto, ela podia sentir a energia que o acompanhava, um peso grande demais para ombros tão velhos.

— Pai, eu...

Tarso fez sinal para que ela se calasse enquanto a tosse atingia um nível alarmante. Após um longo minuto, ele conseguiu retomar o controle dos pulmões. Victoria voltou a respirar somente ao ver que ele também respirava.

— Melhor conversarmos amanhã. — Tarso puxou um lenço do bolso e o levou à boca, e Victoria ouviu o som do escarro. Apertando o lenço entre os dedos, ele continuou, todo o tempo falando manso: — Talvez eu acorde e descubra que isso é um pesadelo, que a minha filha não tá parecendo uma...

— Licença, patrão. — Barão espichou a cabeça para dentro do quarto. — Ainda precisa de mim?

Tarso tinha o rosto voltado para Victoria, mas era como se olhasse através dela, sem encarar seus olhos. Permaneceu assim por um tempo antes de dar sinal de que havia escutado o empregado. Com a dificuldade de alguém que sentia muita dor, deu uma lenta meia-volta e fez um sinal quase imperceptível com a mão. O entrosamento entre eles era tanto que aquilo pareceu bastar, porque Barão, depois de abrir espaço para que Tarso passasse, o seguiu. Pararam a um metro do quarto de Victoria.

O monóculo estava caído ao pé da cama. Ela se abaixou e o pegou. De joelhos, tornou a levá-lo ao olho. A fotografia continuava intacta. Um pouco desgastada pelo tempo, mas sem os sinais que pensou ter visto. Podia dizer que o cansaço e o estresse haviam mexido com seus olhos, mas não era mais mulher de enganar-se com explicações fáceis. Aquele tempo acabara no dia em que, com alívio, assistira

Monte do Calvário desaparecendo no horizonte. Um pressentimento ruim aumentou seu desejo de rever logo a amiga.

Ouviu uma respiração pesada e ergueu a cabeça. O pai estava de volta. Como uma sombra, Barão vinha grudado logo atrás. Diferente de Tarso, ele a olhava nos olhos. Parecia pensar em algo divertido, pois o canto da boca subiu em um meio sorriso.

De joelhos diante deles, Victoria não se sentiu muito diferente de sete anos antes.

— Aproveite a estada, Victoria. — E antes de ir embora com o sorriso no rosto, Barão deu duas batidas de leve com o dedo no próprio nariz.

Victoria sangrava novamente.

5

— Tá se engraçando com vagabundo na minha casa, Zélia?

A menina saltou como um pássaro assustado. Se tivesse asas, teria fugido através da vidraça.

— Que é isso, seu Barão?! — Ela puxou os prendedores das laterais do vestido e deixou a barra se desenrolar até as canelas. Aproveitou para esfregar no tecido a palma das mãos suadas. — O senhor me ofende desse jeito.

— Não me vem com honra fingida, moleca! — Ele encostou a porta da sala com uma calma que não acompanhava sua voz. Varreu os cantos com olhar de cão farejador. — Eu bem vi o safado indo pelos fundos. Por essa mesma porta que acabei de fechar, ele saiu. Ou é cega ou tá me chamando de doido.

— Credo, seu Barão! — Com o indicador trêmulo, ela fez o sinal da cruz. — Tô na faxina aqui tem bem mais de uns dez minutos. Ninguém entrou nem saiu, só o senhor.

Barão sentiu o cheiro acre de mentira. Viu que Zélia tremia, como todas as vezes quando ele estava presente. Um fio de prazer se enrolou em sua língua, mas não forte o bastante para que ele deixasse a história ficar por aquilo mesmo.

— Vou avisar lá no orfanato que você tá com problema de vista. — Ele estendeu a caixa de isopor para ela, que enrolou os dedos hesitantes em volta da alça. Barão não soltou e manteve os olhos na presa.

40

— As tuas amigas freiras não vão gostar de saber que você anda chifrando Deus. Melhor fingir miopia que esconder bucho.

Os dedos de unhas roídas se afastaram um pouco da alça. Barão sustentou o olhar inquisidor com força suficiente para arrancar uma confissão. Zélia estava pronta para fugir num voo desengonçado, as asas mastigadas pelos dentes afiados do cão, mas baixou os olhos para os tacos do assoalho e puxou o isopor com a determinação de uma súplica.

— Não tinha ninguém aqui — ela afirmou, como se confessando um segredo vergonhoso.

Barão meneou a cabeça e decidiu dar o assunto por encerrado. O eco de uma dor de cabeça dos infernos anunciava sua chegada. Chutar bicho morto não traria o prazer que ele precisava naquela noite.

— Que se dane.

Deixou-a plantada no meio da sala e foi à cozinha. No alto do armário, alcançou uma caixa de plástico transparente e encheu de água um copo de acrílico — Barão tivera o cuidado de não deixar pela casa nada que pudesse machucar a mãe, inclusive copos de vidro. Zélia se desviou quando ele retornou à sala e seguiu na direção do corredor.

Sem se voltar para ela, Barão perguntou:

— A minha mãe já tá deitada?

— Tá sim, senhor.

— Deixa o isopor na pia. Mesma hora amanhã. Não quero ela sozinha quando acordar.

Por um longo tempo, Barão permaneceu na soleira da porta entreaberta. Pela abertura, encarava a escuridão do quarto, que o encarava de volta com histórias que perturbavam seu sono havia mais de vinte anos. Não como aquelas que sua querida mãezinha costumava contar antes de sua cabeça parar de funcionar. Histórias cruéis. Reais.

Empurrou a porta e buscou o interruptor só quando seus olhos comungaram com as sombras e descobriram que Faustina lhe devolvia o olhar.

— Ô minha mãezinha! Não tá dormindo ainda, por quê?

Ele foi até a cama e se sentou na beirada. Pousou a caixa e o copo na mesa de cabeceira, e ajeitou o lençol por baixo do corpo da mãe. O olhar dela, desconfiado, perguntava quem era aquele estranho.

— Sou eu, mãe. — Ele tentou sorrir, mas não conseguiu. Afagou o cabelo dela, ralo como teia de aranha.

— Eu sei. Não dá pra confundir esse teu fedor de coisa ruim grudado no couro.

— Arre, mãe! E eu tô fedendo? Tomei até banho...

— Você fede a fantasma. Já falei pra não entrar naquela água de morto.

De olhos fechados, ele balançou a cabeça.

— Mãezinha, quem é o cabra que a Zélia tá trazendo pra cá?

— Quê? Cruzes! Aquela menina é uma santa.

— Tá protegendo sua amiga, é? — Ele a subornou com um sorriso em troca da delação. Riu também pelo jeito infantil e ranheta com que ela o encarava. Percebeu que a amava ainda mais em sua fragilidade do que a amara no auge da saúde. — Os tempos mudaram. Essas molecas não são mais como antigamente. Logo vão querer se meter em assunto de homem.

Barão a viu puxar o lençol e cobrir o nariz. Demorou-se observando os nós dos dedos queimados dela, que já cicatrizavam.

— A senhora tirou os curativos de novo?

— Vai tomar um banho, menino.

— Já vou, já vou. — Ele desencaixou as travas de plástico da caixa de remédios, cujo estalido a mãe repetiu com a língua, e apanhou um comprimido. — Primeiro, a senhora precisa tomar as vitaminas.

Ela afastou o rosto.

— Eu já jantei, não tô com fome. Esse negócio me enjoa toda.

— A senhora comeu o quê?

— Quiabo refogado com galinha e batata. — Faustina voltou a encará-lo com olhos alegres. — Ela cozinha bem demais.

— Que bom, mãezinha — ele redarguiu, sem ânimo, pois o fato era que Zélia mal fritava um ovo sem deixar as bordas casquentas e escuras. — Mas a senhora sabe que precisa das vitaminas. Vai, abre a boquinha. Juro que será bem rápido. Olha, toma esta azul. Ela não deixa a senhora ver coisa que não existe.

Obediente, Faustina colocou a língua para fora e aceitou a pílula. Na sequência, sorveu um curto gole do copo oferecido.

— Pronto. — Barão voltou a mão ao recipiente de plástico. — Agora a vermelhinha.

— Pra que isso, menino? — Ela fez que não com a cabeça. — Vai me dar sono? Preciso ir pro trabalho já, já.

— Tá bom, mas esta é pra evitar as convulsões. Lembra?

Faustina levou a mão de volta ao lençol e apertou o tecido entre os dedos.

— Você sabe que o Tarso não gosta de atraso. — Ela abriu a boca e expôs a língua desbotada, mas a escondeu antes que o comprimido chegasse. Lançou um olhar desconfiado para Barão e, então, iluminou-se, parecendo tê-lo reconhecido como adulto. Durou pouco, pois deu de ombros logo em seguida. — Não sei o que teria sido da gente sem a bondade dele. Como você tá indo na escola?

Barão conteve a mão no meio do caminho e a recolheu, sem dar a última pílula, que faria Faustina apagar em poucos segundos. Aquela medicação colocaria até um boi para dormir.

— A Victoria voltou, mãe — ele informou, buscando um sinal de que ela sabia de quem se tratava. — A senhora tem que ver como ela tá diferente.

Por um momento, Faustina pareceu vasculhar a memória.

— Pobre criança. Tão bonita, mas sempre tão solitária. Você não beijou a menina de novo à força, né? Ah, menino! Se o Tarso te pega...

Barão nunca se esquecera da surra que levara da mãe ao ser flagrado roubando um beijo da princesinha de Tarso. Por muito tempo, tentara enxergar o que havia de errado em querer ser o príncipe dela e, assim, ser o filho do rei. Os vergões desenhados na pele com o primeiro sarrafo que Faustina encontrara o fizeram pensar que ele cometera um sacrilégio.

— Talvez ela não precise mais ficar sozinha. — Ele abriu um sorriso tímido. — E já tá na hora de um barãozinho vir ao mundo. Tarso ia gostar de um neto homem. — Percebeu que Faustina esfregava os dedos nas palmas, sinal de que começaria a se agitar a qualquer momento. — Vombora, é a última. — Barão lhe ofereceu a última pílula. — A branquinha vai ajudar a senhora a dormir.

— Preciso mesmo dormir.

Ela tentou pegar o copo, mas Barão o afastou.

— A língua, mãezinha. Só falta esta aqui.

Faustina apoiou as mãos ao lado do corpo para se levantar, mas Barão a olhou com cara feia. Ela desistiu e acomodou-se novamente.

— A galinha ainda tá pesando no bucho. Será que ela vai trazer amanhã de novo? — Com um gole, ela engoliu a última pílula.

— Vou pedir pra Zélia caprichar no seu almoço.

— Deus me livre! Aquela menina não sabe nem fritar um ovo.

Barão se inclinou e a beijou na testa, sobre a casca de uma ferida.

— Que cheiro de peixe, menino! Para de entrar naquela água suja, já falei. — Ela se ajeitou para que ele prendesse o lençol sob seu corpo. — Fede e é perigosa. Eu te vi afundando, só que dessa vez você não subia.

A tristeza de ver a mãe de volta ao tempo em que ele era um menino o atingiu.

— Já sou adulto, mãe. Tô com trinta e quatro, não precisa se alarmar. — Barão levou o antebraço ao nariz e respirou fundo. Nada, só suor, e nem fedia tanto assim. — E o Tarso me ensinou a nadar, lembra?

Com a caixa de plástico debaixo do braço e segurando o copo com uma das mãos, ele estendeu a outra ao interruptor, mas, antes que apagasse a luz, Faustina recuperou sua atenção:

— Não vai adiantar quando *ela* pegar o seu pé.

— Quem vai pegar o meu pé?

— Ela não tá mais debaixo da terra. Disse que tava queimando e precisava de água.

— Quem disse isso? Do que a senhora tá falando?

O copo trincou sob a pressão dos dedos de Barão. Como a mãe poderia saber?

— Apaga a luz que eu preciso acordar cedo. — Ela bocejou longamente e fechou os olhos. — Você sabe como o Tarso odeia atraso.

Menos de dez segundos depois, o primeiro ronco de Faustina encerrou a conversa.

O assoalho estalou sob o peso de Barão, mas não foi suficiente para acordá-la. No rosto da mãe não havia o menor tremeluzir de um cílio. Estava em sono profundo. Por trás das pálpebras, os olhos se moveram, observando algo que acontecia naquele momento em outro lugar.

Plantado na soleira, com uma súbita ânsia de explicar-se, Barão continuou velando o sono da mãe, suas pernas tão adormecidas quanto ela.

Quinze minutos depois, Barão estava no Olimpo para o seu merecido descanso.

Enquanto o rabo de galo era preparado pela nada atraente atendente do bar, Barão observava o salão em busca de rostos conhecidos entre os clientes que pudesse anotar mentalmente para permutar futuros favores. Nada de interessante, só os mesmos costumeiros que batiam ponto. As noites de domingo não eram lá muito agitadas.

Barão estreitou os olhos e distinguiu, do outro lado, novos moradores no ambiente familiar: uma dúzia de peixes coloridos em um aquário com luzes penduradas nas laterais externas. Brega, como tudo o que agradava Pandora.

— Um rabo saindo no capricho — disse a garota do bar.

Se o corpo da menina fizesse jus à lascívia em sua voz, Barão poderia ter se forçado a afastar o mau humor e ter sido mais gentil. Em vez disso, pegou o copo sem fazer contato visual e seguiu para as escadas, acompanhado de perto pelo Secos & Molhados soando dos alto-falantes que *mesmo assim o velho morre assim, assim...* Arre, música ruim.

No andar superior, no fim do corredor, onde quase não se ouvia o zum-zum-zum dos homens e o hi-hi-hi das putas, uma luz avermelhada escapava por baixo de uma porta em que, no alto, uma placa prometia: *Os males se foram e deixaram somente a felicidade.* Sem bater, Barão girou a maçaneta e invadiu os aposentos de Pandora. Gostava de pensar no quarto como a Boceta de Pandora, e divertia-se com a ambiguidade sacana da expressão roubada de Machado de Assis, cujos livros ele lera; afinal, não era um sujeito qualquer. Para Barão, Capitu tinha traído.

Fechou a porta atrás de si.

— Casa vazia? — Ele entornou a bebida em um único gole, deixou o copo na prateleira de discos e começou a desabotoar a camisa de baixo para cima. — Não vai lotar se continuar tocando aquelas porcarias.

O barulho da descarga veio de trás da porta do outro lado da cama de casal. Pouco depois, quando Barão atirou a camisa no sofá de couro, a porta se abriu e, recortada pela lâmpada branca do banheiro, emoldurou-se na soleira a silhueta de violão de Pandora, com suas formas banhadas pela luminosidade vermelha que preenchia o quarto. O robe de renda transparente lilás criava a ilusão de uma aura emanando de seu corpo. Parecia longe de estar cansada da guerra.

Pandora atravessou a cortina de miçangas.

— Pontual como a paga de quem nos deve. — Ela encostou a porta após desligar a lâmpada e deu a volta na cama com um sorriso misterioso nos lábios cheios e vermelhos. — Tá de folga amanhã? Se te vi duas vezes aqui num domingo, foi muito. Domingos não são sagrados pra você e pro seu cafezal?

— A filha do Tarso voltou e acabou com o meu dia. Tive que bancar a babá. — Puxando a colcha de chenile vermelha, Barão se sentou e descalçou as botas. — Você sabe a paciência que tenho com frescura.

De costas, Pandora lhe lançou um olhar breve e interessado por sobre o ombro, mas se voltou à penteadeira, que servia de bar, e deu atenção à bebida que preparava.

— Victoria, né? — Ela jogou duas pedras de gelo no copo. — Veio a passeio?

— Ainda não sei. Tô desconfiado...

— Do quê, bebê? — Pandora entregou a bebida a Barão, que terminava de desabotoar a braguilha.

— Ela tá diferente, tá arredia... — Ele deu um longo gole, deixando só o gelo. Sugou o ar entre os dentes e levou o copo à altura dos olhos. — Cachaça nova?

— Importada. Gostou?

— Amarga. Mas boa. — Barão cheirou o que sobrou misturado ao gelo derretido. Nunca admitiria que algo era forte demais para ele. — Saí do casarão quando o trem tava esquentando. O Tarso não gostou nada da nova princesinha.

Barão estendeu o copo vazio. Pandora alcançou primeiro o que ele depositou ao lado dos discos, e com as costas da mão limpou a umidade que deixou na prateleira. Depois apanhou o copo que ele balançava no ar.

Tirando a calça, Barão continuou:

— Põe uma música pra gente, mas sem ser aquela merda lá de baixo.

Pandora rapidamente preparou outro rabo de galo. Pousou as mãos no tampo da penteadeira e levantou o rosto, ainda de costas. O cabelo negro escovado caía em cascata até as nádegas expostas pela transparência da camisola. Barão a viu massagear o pescoço com ambas as mãos. Preparava-se para fazer o que fazia de melhor.

Em seguida, ela apanhou o copo e o entregou a ele.

— Alguma pedida especial?

Barão agarrou Pandora pelo pulso e, num puxão, a trouxe para perto. Pousou a bebida ao lado do abajur e afundou o nariz em seu cangote. Ela virou o rosto, arrepiada. Com a mão livre, ele a segurou pelo queixo e tascou-lhe um beijo. Pandora tinha os lábios resistentes, era preciso caçar a língua dentro da boca. Resistência. Caça. Ela sabia como instigar seu melhor cliente. Barão fez questão de calibrar os pulmões de Pandora com uma profunda baforada de vermute e cachaça.

Troca de fluidos concluída, Barão a encarou, sorrindo. Ela devolveu o sorriso por um segundo, levemente atordoada, antes de baixar os olhos e voltar-se à prateleira.

— Você ainda não comprou aquele que pedi —disse ele, dando fim à bebida com um gole. Levou uma pedra de gelo à boca e a mastigou. — Já falei que homem gosta de Tonico e Tinoco, Sérgio Reis, música da roça. Você inventa de tocar cada porcaria... Vai perder cliente assim.

— Eles têm mais interesse no som que sai do meio das pernas das putas do que no gosto musical delas. Bebê, você tá precisando relaxar. — Da discoteca, Pandora fez sua escolha. — Este vai ajudar.

Da capa do disco, uma mulher de olhar enigmático e decote generoso o encarava. Parecia saber da sujeira incrustada debaixo das suas unhas. Ah, se ele pudesse pegá-la pelo cabelo e fazê-la engolir aquele ar arrogante...

— É aquela música que lembra missa de sétimo dia?

— É o novo da Enya. — Pandora se virou, desviando o olhar do pau de Barão em plena ereção, retirou o vinil do plástico e o encaixou no toca-discos. — Confia em mim.

Os primeiros acordes inundaram o quarto.

Pandora se livrou do robe com um balançar de ombros, um movimento ensaiado e já defasado. Talvez ainda funcionasse com os outros, mas para Barão não importava, desde que o rebolado dos quadris levasse embora o peso do fim daquele domingo, que terminava como se ele tivesse recebido uma carta de convocação à guerra.

Barão se aproximou de Pandora e apertou os seios pesados como se fossem massa de pão. Desceu as mãos à cintura e, antes que ela percebesse, virou-a de costas. Dessa vez, afundou o nariz no cabelo sedoso e tragou o seu aroma de canela.

— Fica parada. — Ele se afastou. Olhou-a de cima a baixo e de volta para cima.

Balançando o corpo como uma serpente dócil, ela esfregava as pernas uma na outra. Barão analisou. As ancas de Pandora eram mais encorpadas, as coxas, mais grossas, mas...

— Prende o cabelo — ele mandou.

Hesitação. Talvez ela não tivesse entendido de primeira.

— Hum, olha quem tá variando... — Pandora suspendeu a cabeleira e a prendeu num coque. — Escovei só pra te receber.

Barão não respondeu. A embriaguez fertilizava a imaginação.

— Sobe na cama.

Submissa, Pandora pôs o joelho direito no colchão e, então, apoiada nas mãos, levou a perna esquerda. Um olhar curioso vazou por entre as mechas soltas na frente.

— Olha pra lá. Hoje eu te quero de costas.

A canção escolhida por Pandora não poderia ter sido melhor.

Relaxado, Barão se deleitou com os movimentos das sombras projetadas pela luz rubra que pareciam seguir o compasso da voz de sereia que vinha da vitrola. Sentiu-se submerso. Encantado.

Divertiu-se ao vê-la imóvel sobre a cama. Poderia deixá-la esperando o quanto quisesse. Por fim, ele foi até ela, com os olhos bem abertos.

Barão se concentrou para que a visão com que sua imaginação o brindava não se desfizesse antes que toda a raiva que queimava sem produzir fumaça na fornalha de seu peito fosse descarregada.

Com as pálpebras oscilando e saboreando seu próprio prazer, Barão se deleitava com a sensação gostosa do banho quente, a embriaguez que não arredava pé e o alívio do pós-coito.

A voz de Pandora rachou um pouco o encanto do qual ele ainda era prisioneiro.

— De onde veio aquela inspiração toda?

Barão lavou o sabão do rosto.

Pandora apoiava uma perna na privada; o coque, quase desfeito. Barão a viu passar uma pomada nas partes íntimas.

— Você nunca gemeu tão alto, confessa.

— Você nunca foi com tanta... — Pandora massageava a pomada com delicadeza, assoprando. — Tanta sede.

— Não tá acostumada com trabalho bem feito, né?

— Não tô acostumada com algo tão grande e tão bruto de uma vez só.

— Arre! Tá reclamando?

— Nunca, bebê.

Pandora largou na pia a bisnaga de pomada e juntou-se a ele sob o chuveiro, inclinando o pescoço para não molhar o cabelo. Deslizou as mãos nos pelos encharcados do peito largo dele e começou a massageá-lo nos ombros, apertando os trapézios com a ponta dos dedos.

— Quero só garantir que o seu brinquedo não quebre. Quem brinca direito brinca por mais tempo.

Barão tornou a fechar os olhos e deixou a água escaldar o rosto. Os dedos de Pandora apertaram mais.

— Como eu precisava disso... — Ele suspirou.

Pandora não respondeu. Barão tornou a abrir os olhos e pousou as mãos nos quadris dela.

— Seria ainda mais perfeito se não fosse esta lata de sardinha que você chama de banheiro.

— Assim ficamos juntinhos — ela disse, a atenção voltada ao dedilhar nos ombros de Barão.

— Com conforto pra mim você não se preocupa. — Ele buscou os olhos dela, mas os longos cílios impediam que os encontrasse. — Agora, pra botar decoração xumbrega não pensa duas vezes. — Finalmente conseguiu prender a atenção de Pandora, que o fitou confusa. — Aquele aquário lá embaixo...

— Ah, só um bibelô pra distrair os clientes. — Ela desceu as mãos de volta ao tórax de Barão e massageou-lhe o contorno do peitoral. Acompanhava o movimento com os olhos, concentrada.

— Se não posso investir em funcionárias mais bonitinhas, que a beleza esteja no ambiente. Tá difícil conseguir menina decente por estas bandas, sabia?

— Conheço uma pela qual pagariam só pra olhar.

— Me dá um presente se eu adivinhar quem é?

Barão riu alto.

— Sabe, quando o Tarso contou que a Victoria tinha voltado, minha vontade foi de esmagar a cabeça dela. — Ele levantou os braços e entrelaçou os dedos na nuca para que Pandora continuasse a massagem. — Mas aí percebi que pode não ser de todo ruim. Ela tá precisando de alguma coisa, ou não teria voltado. Não nasci ontem. Foram sete anos de paz, sete anos de reinado no castelo, e assim, sem mais nem menos, ela resolve aparecer. Foi igualzinho na primeira vez. O Tarso chegou com aquela pirralha no braço e disse *adotei*. Nenhuma explicação. Eu tinha só sete anos, mas lembro como se fosse hoje. Ela tomou tudo que era meu. Até as malditas balas, acredita? O Tarso me enchia delas, nunca faltava. Nem eram tão boas, mas eram pra mim. Aí era só bala pra Victoria, dá balinha pra Vivi não chorar, a princesinha tem que ser mimada, tem que ter cuidado senão ela quebra.

Barão afastou as mãos de Pandora e deixou a água do chuveiro cair no rosto. Depois de esfregar os olhos, continuou:

— Não sou mais criança. Sei o que tenho que fazer. A própria princesinha vai me dar o que quero, e eu vou dar o que ela precisa. É uma troca justa.

Pandora se virou.

— Esfrega as minhas costas, bebê?

— Pode deixar que reformo o teu banheiro assim que a herança sair. — Barão alcançou a bucha em meio aos cremes e xampus sobre uma pequena banqueta de madeira.

Por um momento, ele se desequilibrou, ainda tonto pela bebedeira, mas evitou a queda se apoiando na parede. Pandora não percebeu. Ele se aprumou e fez espuma com o sabonete.

— Eu mando construir outro do tamanho do seu quarto. Compro até uma banheira, mas só pra nós dois. Ninguém mais entra além de mim.

— Vou cobrar. Quer que eu te esfregue também? — Pandora suspendeu o coque, que ameaçava desabar, e inclinou o rosto por sobre o ombro, olhando-o de soslaio. — O cheiro de peixe ainda não saiu.

— Arre, até você com essa de peixe? — Barão ergueu o braço e fungou o sovaco. Cheiro de homem com sabonete. Voltou a esfregar Pandora. — Passei até perfume antes de vir...

Sentiu um toque pegajoso sob a espuma que cobria as costas de Pandora. Intrigado, parou de esfregar e, com a mão livre, espalhou a espuma.

Atordoado, viu que escamas cobriam toda a extensão do dorso da cafetina. Esverdeadas, pareciam se mover, cobertas de limo negro. De súbito, Barão se afastou e, com o movimento, enroscou o pé na banqueta. Desabou no chão junto com cremes e xampus.

— Barão! — Pandora se virou. Encontrando-o caído, estendeu os braços. — O que foi?!

Pela expressão dela, ele devia parecer perturbadíssimo.

— Que merda é essa nas tuas costas?!

— O quê? — Pandora correu até a pia. Passou a mão no espelho embaçado e se virou, procurando ver por sobre os ombros. — Tem algum bicho em mim?!

Barão se levantou rápido e, pelas partes do espelho livres do vapor, encontrou o reflexo da pele perfeita de Pandora. Bebida de merda...

Desgrudou as costas do azulejo, puxou a toalha pendurada em um gancho de metal e foi para o quarto.

Respirando com dificuldade, Barão caminhou até o toca-discos e arrancou o vinil do apoio, largando-o sobre a prateleira. Não aguentava mais aquela bruxa gemendo em uma língua que não entendia. Depois, com mãos trêmulas, empurrou um botão para baixo e puxou outro para cima no interruptor sobre a cabeceira da cama, extinguindo a claridão avermelhada e acionando a lâmpada branca. A aura mística que envolvia o ambiente se dissipou como um feitiço desfeito. A respiração desacelerou.

— Você se machucou? — Pandora apagou a luz do banheiro e chegou nua ao quarto. Esfregava a toalha no cabelo, que não havia escapado de uns respingos. — Parece que você viu o capeta.

— Você carregou na bebi... — Ele engoliu a desculpa, mas não o orgulho. Macho que era, não podia pôr a culpa no álcool. Enrolou a toalha que trazia nos ombros e, deitando-se no sofá, pousou a cabeça nela. Apoiou o braço na testa e cerrou as pálpebras. — Só tô cansado.

— Cansaço nunca te transformou numa panela de pressão.

Barão entreabriu os olhos e a viu devolvendo o disco à capa. Ela alcançou o robe sobre a cama, vestiu-se e foi até ele.

— Que bicho te mordeu? Vai, desabafa pra Pandora, bebê. — Ela o ajudou a se afastar para que pudesse se sentar. Com a cabeça de Barão aninhada no colo, acariciou o cabelo molhado dele. — Tá pensando nos seus amigos?

— Amigos?

— Sancho, Pascoal...

— Que piada, Pandora. — Barão tornou a cerrar as pálpebras, entregue ao cafuné. — A vida segue, e eu continuo vivo.

— O que foi, então? É por causa do Tarso?

— É... e não é. — Barão suspirou. Os dentes rangiam com a pressão da mandíbula. — O Tarso tá muito mal, e essa usurpadora pode prejudicar ainda mais a saúde dele. Vai ser difícil, mas eu vou conseguir o que quero. Nem que eu tenha que arrastá-la pelo que sobrou daquele cabelo até a igreja.

— Pronto, pronto. Vai dar tudo certo, bebê.

As pálpebras pesavam cada vez mais.

Aos poucos, Barão foi se desligando, enquanto a voz de Pandora estourava em seus ouvidos como as bolhas formadas dos gases de um cadáver abandonado no fundo de um lago, que acabavam de chegar à superfície.

PARTE 2

UIARA

Segunda-feira, 13 de fevereiro de 1989

Até aquele momento, a viagem não fora tão ruim quanto Barão previa.

Cautelosa, sem traços da atitude arisca do dia anterior, Victoria se aproximou pedindo uma carona até o centro da cidade. Ele podia ter negado, inventado uma desculpa qualquer, mas a noite maldormida fez minguar grande parte da disposição que costumava ter pelas manhãs. Concordou em levá-la, para poupar mais desgaste. O trabalho no cafezal o aguardava.

Não trocaram uma palavra sequer durante todo o trajeto. Ela comentou que ficaria em uma praça no centro, sem especificar exatamente aonde iria, e, assim, ele deixou. Suspeitava quem ela estava indo ver.

Faltava pouco para chegar ao destino quando a paz foi para o brejo.

— E a dona Faustina? Melhorou?

Barão sentiu os dentes prontos para se triturarem. Com força, apertou o volante imaginando o pescoço dela entre seus dedos.

— Tá levando. — Acelerou um pouco mais.

— Se precisar de ajuda pra cuidar...

— Do mesmo jeito que você cuidou do teu pai lá da capital? — Ele riu e balançou a cabeça. — Da minha mãe cuido eu. Não precisa se preocupar com nada enquanto estiver em Monte. Eu dou conta.

Victoria não respondeu, mas ele acreditou tê-la ouvido dizer algo como *imagino*. Buzinou fundo quando duas velhotas atravessaram a rua. No susto, uma delas deixou a sacola arrebentar, espatifando frutas e legumes.

Barão ouviu Victoria prender a respiração.

— Você sempre se interessou por coisas sem futuro, né? — disse ele ao espiar a câmera que ela carregava pendurada no pescoço. — O que tava fotografando no pomar?

Victoria, com a cabeça para fora da janela, olhava as duas senhoras. Pelo retrovisor, Barão as viu recolhendo do chão o que ainda restava inteiro da feira. Voltou à frente quando Victoria retomou sua posição no banco e enfiou a mão na bolsa que trazia no colo.

— Os anus-pretos. — Ela exibiu uma fotografia instantânea.

Barão desviou o olhar e tentou imaginar o que haveria de tão interessante para fotografar naquelas pragas que infestavam Monte do Calvário. Desde que tinha memória, os pássaros semelhantes a corvos vagavam por aquelas bandas. Sombras que surgiam nos locais menos esperados, por todos os lugares: porões, rios, açudes, fazendas, matas. Pragas, nada mais. Victoria e suas futilidades...

Ela balançou a cabeça antes de continuar:

— Acabei indo pra cama com uma puta dor de cabeça, e quando acordei ela continuava firme e forte. Aí decidi tirar umas fotos pra ver se conseguia relaxar. Esta câmera é como um analgésico pra mim.

— Não seria mais eficiente um analgésico de verdade?

— Uma galera na capital me alertou que a longo prazo essas paradas fazem mais mal do que bem. Prefiro métodos alternativos mais saudáveis.

— E o cigarro de ontem?

— Teria sido a minha primeira opção, mas eu não arriscaria, depois da recepção que tive. Por falar nisso... — Sem pedir permissão, Victoria alcançou o maço de Minister ao lado das balas e puxou um cigarro.

Barão franziu o rosto e alisou o cabelo, vendo-a acender o isqueiro. Após a primeira e longa baforada, Victoria relaxou.

— As fotos não ajudaram muito.

— Eu avisei que ele não ia gostar.

— O problema nem foi tanto a minha aparência, sabe? Eu já esperava algo do tipo. É que... — Ela tragou e segurou a fumaça na boca por um instante.

Pelo retrovisor, Barão viu que Victoria observava ao redor. Com certeza, notou que as pessoas que avistavam a caminhonete pareciam desviar o olhar, como se quisessem passar invisíveis diante da aproximação do automóvel. Barão se deu conta de como ela parecia deslocada, o que confirmava: só um bom motivo a teria feito voltar.

Ela soltou a fumaça.

— Então, quando o papai tava se acalmando, acabou descobrindo isto.

Embora desinteressado, Barão olhou.

Com a manga da camiseta levantada, Victoria exibia o ombro. A silhueta negra de uma sereia maculava a brancura de sua pele.

— Que merda é essa?

Ele desviou o rosto como se tivesse olhado diretamente para o eclipse. Podia jurar ter visto um sorriso malicioso desenhado nos lábios de Victoria, mas não teve coragem de virar-se e comprovar. Não queria que ela percebesse quão transtornado estava.

— A Uiara contou que ganhou esse nome da avó por conta de como ela nasceu. Você já deve ter ouvido a história, todos conhecem. — O tom de Victoria era neutro. Não demonstrava ter notado a reação de Barão. — A Uiara nasceu no dia da Tragédia da Barragem, e a mãe dela foi uma das vítimas. Conseguiram tirá-la da inundação, e ela deu à luz, mas não resistiu e morreu em seguida. A Uiara veio ao mundo no último suspiro da mãe, dá pra imaginar? O nome dela é uma alusão a sereias, nascida da água ou coisa assim.

Pelo espelho, Barão notou que Victoria o fitava de esguelha. Tentou afastar o incômodo e relaxar os nervos, mas não conseguiu e comprimiu os lábios. Virou a esquina seguinte com uma acelerada.

Victoria continuou, dessa vez com um tom mais descontraído:

— Além disso, ela adorava me azucrinar dizendo que quem puxou o meu pé naquele dia foi uma sereia. Talvez você tenha impedido que uma sereia maligna me levasse pro fundo do lago.

— Quanta besteira...

Barão fez um esforço violento para controlar o pé no acelerador. Firmou os dedos no volante. Tinha medo de relaxá-los e revelar seu tremor. Balançou a cabeça para espantar a imagem que invadiu sua mente.

Era o facho de uma lanterna, que varria a vegetação em uma noite mergulhada no mais denso breu, com um lamento de dor vindo do escuro. A lanterna iluminou filamentos pegajosos enroscados no mato alto. Com o auxílio do facho, ele os seguiu, descobrindo que saíam como veias expostas de um casulo negro e viscoso. Dentro do casulo, que brilhava quente ao encontro da luz, um par de pernas se movia.

Uma cauda negra.

— A garota, cuidado! — Victoria gritou a tempo de trazer Barão de volta e evitar que ele atropelasse a menina que se desviava aos tropeços da frente da caminhonete. Pela janela, ela se certificou de que foi só um susto. — Pelo jeito, não fui a única a ter uma noite ruim.

Barão puxou o pano que trazia no bolso e o levou à testa para secar o excesso de suor. Ignorou o comentário e seguiu o resto do caminho sem falar nada.

Pouco depois, estacionou diante de uma praça. Victoria saiu primeiro, mas não sem antes lançar a ele um olhar por sob a franja.

Barão fingiu não perceber. Permaneceu por um minuto encarando o volante. Esperava a angústia abrandar em seu peito. Quando o tremor nas mãos finalmente diminuiu, alcançou a carteira sobre o painel e saiu.

— Não vai trancar? — Victoria mantinha uma irritante expressão confusa nos olhos caídos, como se duvidasse de seu juízo.

— Acha mesmo que alguém seria besta de se arriscar? Nesta cidade não existem portas trancadas pra mim.

Barão se adiantou em direção ao bar do outro lado da rua, que recebia os primeiros fregueses do dia. Na fachada, em uma caligrafia parkinsoniana, estava pintado "Bar do Benê".

Ele parou e, após hesitar por um breve instante, virou-se. Pensou em perguntar aonde ela iria, mas tinha uma vaga ideia e queria evitar aquele assunto.

— Que horas nos encontramos aqui? Ou prefere que eu te apanhe em outro lugar?

— Ah, não se preocupe. Não sei quanto tempo vou levar. — Victoria passou a mão sobre a tatuagem. — Pode deixar que dou um jeito. Lá na capital eu ando bastante, tô acostumada. E nem é tão longe assim do casarão.

— Você manda.

Quando seguiu rumo ao boteco, Barão pensou em como os olhos de ressaca de Victoria o irritavam, e pressentiu que não haveria analgésico para livrá-lo da dor de cabeça que ela poderia causar.

58

7

Victoria batia palma em frente à casa de Uiara, tentando ignorar o repentino peso nos ombros. Era algo aflitivo, como uma constante vigia de olhos invisíveis. Imaginava que estaria tomada por alegria quando faltasse tão pouco para rever a amiga. Mas agora, diante do casebre cercado pelo quintal descuidado onde as daninhas reclamavam morada, pensava que talvez nem a acolhedora amizade fosse capaz de livrá-la da coisa ruim que Monte do Calvário despertava em seu peito.

Uma conversa dentro da casa se tornou mais clara quando duas mulheres vieram sem pressa por um caminho de terra batida. Victoria reconheceu uma delas, uma senhora de compleição frágil e membros esquálidos. Mancava da perna esquerda, onde um lenço vermelho cobria do joelho à canela. Era Dejanira, a avó de Uiara. A outra não era familiar.

Dejanira lhe lançou um aceno rápido e voltou a atenção à mulher.

Victoria deu passagem quando abriram o portão. Respondeu com um sorriso ao cumprimento da estranha, e pareceu-lhe que ela torcera o nariz antes de desviar o olhar de volta a Dejanira.

— As doses precisam ser bem pequenas, Adelaide — Dejanira disse, mas sem fitar a mulher.

Victoria sustentou o olhar de Dejanira, que revelou enfim tê-la reconhecido, e pelo crispar de seus lábios, deduziu que não era bem-vinda. Nada de novo sob o sol de Monte. Victoria manteve o sorriso zen enquanto Dejanira voltava seus grandes olhos para a outra e continuava:

— Lembre que o ciclo da lua crescente começou ontem, e o chá tem valência só até a fase terminar. A lua interfere na energia da erva, por isso é de consumo imediato. É fazer e beber.

— E se eu exagerar na dose? — Adelaide perguntou com uma voz aguda que evocava o grito dos anus-pretos. Havia algo de diversão velada na dúvida.

— Não pensa que vai conseguir um resultado melhor se for além da conta, minha filha. Teu marido pode ter delírios, virar um vegetal, isso se não cair duro e todo torto. Segue o que eu falei, e ele volta a dar no couro.

Logo a mulher desaparecia na esquina com o embrulho de ervas sob o braço.

— Como vai, dona Dejanira?

Victoria ensaiou um passo à frente seguido de um abraço, mas vacilou ao deparar com a avaliação inquisidora da velha. Seu semblante era naturalmente mal-humorado, com lábios entreabertos e respiração pesada, mas naquele momento havia algo além da rabugice.

— Uma mudança e tanto, menina. — Dejanira bloqueava o portão enquanto analisava as roupas de Victoria. — Teu pai ainda não infartou?

— Por incrível que pareça, o meu visual não foi a parte mais difícil.

— Uma afronta e tanto, isso sim. — Dejanira semicerrou os olhos e, balançando a cabeça, esboçou um sorriso irônico. — Gostei. Ah, se eu fosse uma muriçoca pra ter visto a cena...

Victoria estranhou o toque de prazer nas palavras, mas deixou para lá.

— A Uiara tá em casa?

Com um semblante indecifrável, Dejanira a encarou em silêncio por uns poucos segundos. Passou as costas da mão na testa, que brilhava de suor. Victoria se deu conta de como estava quente. Monte do Calvário cozinhava lentamente em banho-maria.

— Vem. — Dejanira saiu da frente do portão e acenou uma permissão para que ela entrasse.

Já no primeiro passo para dentro do terreno, Victoria sentiu um pouco da vigia diminuir. Mas só um pouco.

* * *

— E quando aconteceu? — Victoria juntou as mãos como se orasse e as apertou contra os lábios. Lágrimas esquentaram seus olhos, mas não caíram.

— Já tem uns três meses. — Dejanira virou o bule fumegante sobre o coador, e o aroma do chá-mate subiu. — Foi em novembro.

Victoria fez as contas.

Lembrou-se de um sonho com Uiara. Sonho não, pesadelo. Não lembrava exatamente quando, mas suspeitou que havia sido na mesma época. Nele, não enxergou Uiara com clareza. Era um lugar escuro, úmido e sufocante, mas sabia que era ela. Pedia por ajuda.

— Bem que tive um pressentimento... — Victoria disse, mais para si mesma.

Dejanira serviu o chá em dois copos simples de vidro e sentou-se do outro lado da mesa. Puxou o pano de cima de um bolo de milho e cortou uma fatia.

Victoria tentava processar a notícia.

— Come. — Dejanira empurrou o prato. — Se não estiver bom, foi a Adelaide que trouxe.

Victoria queimou a língua no primeiro gole do chá, mas não ligou. A dor era pequena demais comparada ao aperto em seu peito.

— O delegado ainda é o seu Policarpo? O que ele descobriu?

Dejanira riu baixinho, de um jeito amargo.

— Você pode ter mudado por fora, mas por dentro ainda é inocente como a Uiara dizia.

— Como assim? Ele não descobriu nada? Aliás, ele chegou a investigar?

— E essa gente se importa com preto e pobre, menina?

Dejanira pousou o copo na mesa e ajeitou um grampo entre os outros inúmeros na lateral do cabelo grisalho e crespo. Os olhos de Victoria foram atraídos ao indicador direito da velha, torto de um jeito desagradável de se olhar, como um graveto retorcido.

— Se nem as freiras se preocuparam com o sumiço dela... A Uiara amava trabalhar no orfanato e só recebeu no fim as costas daqueles hábitos hipócritas.

— Mas... ela pensava em fazer os votos?

— Não, nada disso! Ela só ajudava com o jardim; às vezes, com os meninos.

— Ela chegou a comentar sobre ir embora? Digo, de Monte.

Dejanira meneou a cabeça, os olhos baixos.

— Nenhuma pista?

A velha repetiu o movimento.

— Não pode ser assim. — Victoria deixou o chá de lado e fechou os punhos na mesa. — Eu mesma vou falar com o delegado. Ele tem que tomar providências.

— Menina, não perde o teu tempo, se concentra na tua família, que já é um lamaçal tremendo.

— O que a senhora quer dizer?

— Boataria do povo.

— E o que o povo diz?

Dejanira sorveu um gole e manteve o olhar cravado no bolo diante de si. Victoria pensou em repetir a pergunta, mas não precisou.

— O povo fala muito e pensa que sabe ainda mais. Você acha que conhece as pessoas? Acha que conhece o teu pai? A gente não conhece nem a gente mesmo. — A velha se levantou e foi até a pia. De costas, lavando o copo, prosseguiu: — A Uiara me contou que você é diferente.

— Diferente? — Victoria estava pensativa sobre as entrelinhas do que Dejanira acabara de dizer. Pegou o copo novamente. — Contou o quê?

— Que você sente as coisas. — Voltou-se para Victoria e apoiou-se na pia. — Como é isso?

Victoria nunca conversara com ninguém sobre seu dom além de Uiara. Nem Simony sabia dessa sua peculiaridade. Era difícil de explicar até para si mesma.

— Não sei direito. — Procurou as palavras enquanto o chá não mais tão quente descia pela goela. — É como uma sensibilidade aflorada, como se tirassem uma fotografia e a deixassem ali apagando com o tempo. Às vezes consigo sentir as energias entranhadas em um ambiente ou em um objeto. — Incomodou-se com o olhar penetrante de Dejanira, então virou o rosto e mudou de assunto: — A senhora chegou a levar a Uiara a um médico?

— Tudo que preciso tenho aqui. — Dejanira mostrou as palmas das mãos com os dedos erguidos. — Melhor remédio não há.

— Não falo sobre curar um mau-olhado. Nunca pensou em saber se o cérebro dela sofreu algum dano? A Uiara teve um nascimento traumático. Li uma coisa ou outra a respeito, e ela apresentava sinais de retardo. Além disso, tinha alucinações constantes.

Uiara ouvia vozes, via coisas. Não falava muito a respeito, mas comentava sobre uma mulher, que sempre a visitava de um jeito que ninguém mais podia ver, que acreditava ser sua mãe. Era a única ilusão que a fazia se sentir bem.

— Acredita mesmo nisso, menina?

No fundo, Victoria queria acreditar na existência de uma explicação racional para as situações que não entendia sobre si mesma, mas não encontrava e, por isso, escolhia fugir. Não respondeu.

— Esse presente é raro, garota. Não o rejeite. Agora vejo por que vocês se magnetizaram uma à outra. A Uiara era bonita demais pra este fim de mundo; você também é, mas não foi por isso que se aproximaram. Duas belas flores com propriedades mágicas em um matagal de raízes secas e ordinárias. Não há iguais a vocês por estas bandas.

Victoria lembrou-se de algo que Uiara dissera certa vez e que a marcara: *Eu ouço vozes na minha cabeça, mas tenho medo mesmo é das vozes reais, de ouvir o que elas têm a dizer. São elas que importam mais.*

Com o polegar, Victoria interrompeu o trajeto da primeira lágrima que desceu.

— E eu que imaginei que enfrentar o meu pai seria o pior. Isso porque ele ainda nem sabe de tudo que aconteceu.

— Você é forte. Precisa ser, pra não ter o caráter envenenado quando se é filha daquele homem.

— A senhora conhece o meu pai?

— Quem tá por cima tá sempre na boca dos outros. Já disse, esse povo fala demais. A gente acaba conhecendo os poderosos sem que eles precisem conhecer a gente. — Voltou à mesa e cobriu o bolo. — O teu pai sabe sobre esse dom?

— Nossa, não! E tem mais... — Victoria pensou um pouco antes de desabafar sobre o que tentara ignorar. — Desde que cheguei, estou vendo umas coisas.

— Que coisas? — Dejanira se sentou e entrelaçou os dedos sobre a mesa.

— Visões? Não sei. Avisos, talvez. Podem ser só impressões.

— Escuta bem, menina. — Dejanira curvou o tronco para a frente. — Esse tipo de bênção nunca é dado de graça. A cobrança vem. Pode ser cedo ou pode ser tarde, mas não se engane. Ela vem.

— Não, é só cansaço, muita pressão. Além do mais, aconteceu ontem, depois que cheguei. Hoje tô bem melhor. Quer dizer, estava. — Victoria se levantou e bebeu o resto do chá, agora frio. — Vou falar com o delegado e exigir que ele tome uma atitude. Vamos encontrar a Uiara, eu prometo.

— Não se meta nessa história, menina. O Policarpo não vai mexer uma palha. Cuida da sua vida.

— Mas... é a sua neta! A senhora não quer saber do paradeiro dela?

Mancando, Dejanira se aproximou de Victoria e a surpreendeu quando, com ambas as mãos, pegou sua mão direita. Mesmo na penumbra da cozinha, Victoria pôde ver como o olhar da velha era forte, como se penetrasse na carne e enxergasse os pecados marcados na alma. De sua pele emanava cheiro de vela e mato molhado. Suas rugas profundas faziam com que parecesse ter mais de cem anos.

— Acredite — Dejanira disse com voz firme. — A Uiara está fora do alcance carnal, mas não das minhas orações.

Um nó se formou na garganta de Victoria.

— E com essas orações, posso iluminar o caminho dela. — Os dedos de Dejanira apertaram mais. — O que não posso garantir é a tua segurança caso a menina cutuque o vespeiro errado.

Definitivamente não havia preocupação ali. Era outra coisa... A não ser que ela soubesse onde Uiara se encontrava. Estaria a amiga escondida? Mas de quem? E por quê? Algo não estava certo, mas havia também um cuidado genuíno por parte da velha em relação a ela, como um alerta. Não fazia sentido.

Quando o aperto em sua mão afrouxou, Victoria a recolheu.

Dejanira lhe deu as costas. Ela não fazia ideia de que, quando se tocaram, a imagem de uma Dejanira coberta de lama e com as mãos ensanguentadas, arrastando algo pesado na mata noturna, passou num vislumbre diante dos olhos de Victoria.

O cadeado caiu pesado, e a porta do galpão se abriu com um ranger decrépito que se assemelhava ao lamento de dor de um moribundo no leito final. Após uma última espiada para comprovar sua solidão, Dejanira entrou e fechou a porta.

A única fonte de luz vinha das velas em um altar no centro do barracão, mas Dejanira seguiu para o lado contrário. Guiada pela luminescência tremeluzente das candeias, embora conhecesse cada canto do galpão mesmo no breu total, coxeou até um freezer. Dele, exalava o fedor azedo da morte.

Ergueu a tampa sem se importar com o arroto cadavérico que subiu. Seus pensamentos estavam no que jazia no fundo do congelador e no que faria com ele a seguir.

8

O delegado Policarpo colocou a xícara de café diante de Victoria e foi para o outro lado da mesa, sentando-se de frente para ela. A jovem tentou imaginar como aquele homem, que parecia afundar dentro das próprias roupas, impunha respeito em uma cidade de grosseirões. Pensou também em como o cheiro do café subia direto para a cabeça e ameaçava fazer retornar a enxaqueca.

— O Tarso também vem? — O delegado se reclinou e apoiou as mãos nos braços da cadeira; depois girou o botão do volume do pequeno televisor no canto da mesa. — É costume dele se atrasar.

— Não tô aqui por causa do meu pai, delegado. É um assunto delicado e acredito que podemos chegar a um acordo.

— Sou todo ouvidos, dona Victoria.

— É sobre a Uiara.

— Quem?

— A garota que desapareceu. — Victoria teve a impressão de que ele ponderava se deveria demonstrar saber de quem se tratava. Complementou: — Novembro do ano passado. Neta da Dejanira.

— A macumbeira? Ah, sim, me lembro. A menina que fugiu.

— Fugiu?

— Aquela ali tava perdida. Vivia se escalando pra baixo de vagabundo. Foi a velha que te mandou me importunar com isso? — O delegado se remexeu na cadeira e tentou cruzar as pernas, mas desistiu.

— O senhor pode me dizer o que foi feito em relação ao sumiço dela pra chegar a essa conclusão? Houve uma busca?

— Dona Victoria, posso ser um exército de um homem só, mas não preciso que me ensinem o meu trabalho. É claro que houve uma busca.

— E o que descobriram?

— Era óbvia a ausência de um crime, se está imaginando um. Nada além dos sussurros histéricos de uma velha que não colocou rédeas na rameira da neta. E não pense que, por serem a escória de Monte do Calvário, o caso foi negligenciado. Se eu cuidasse só dos ricos, viveria ocupado fazendo nada. Procuramos, investigamos e minha estimativa exata é que ela fugiu com algum malandro.

— O que o levou a essa conclusão, delegado?

Policarpo analisou Victoria por um minuto. Ajeitou-se no assento e apoiou os braços na mesa, cruzando os dedos na altura do queixo de aspecto flácido, onde um chumaço de fios grisalhos se amontoava em uma paródia de cavanhaque.

— Por respeito ao seu pai, não vou colocar a senhora pra fora. Eu poderia, pois sei que a *desaparecida* não era sua parente.

Ainda de dedos cruzados, Policarpo batucou os polegares um no outro. A conjugação pretérita da relação entre elas não passou despercebida a Victoria.

— Saiba que não foram poucas as vezes que vi aquela moleca zanzando de bicicleta por aí, e tenho certeza de que não fui o único. Vá lá fora e pergunte, esta não é uma cidade grande.

— O senhor baseou a sua tese em passeios de bicicleta? Desculpe, não entendi.

— Na calada das altas horas. Ela vivia em passeios furtivos à noite. De madrugada.

— Delegado, eu conheço a Uiara muito bem. — Victoria afastou a xícara e inclinou-se para a frente, apoiando os braços no tampo e cruzando os dedos. Ergueu um pouco o rosto e o encarou. — Ser periférica não faz dela menos que eu ou que o senhor. — Modulou a voz para um tom menos confrontante antes de continuar: — Não duvido da eficiência do seu trabalho, mas sei que é por causa do meu pai que o senhor chegou à posição que ocupa. No entanto, me parece que existe a possibilidade de o caso não ter recebido a devida atenção. Então, por favor, peço que reabra o inquérito.

— Perdoe, dona Victoria. Não há muito que eu possa fazer.

— Sendo assim não vejo outra opção. — Victoria afastou a cadeira sem pressa e se levantou, controlando-se para não deixar transparecer a irritação que tomava conta dos nervos. — Serei obrigada a usar a minha posição como jornalista e acionar a polícia da capital pra uma auditoria sobre como as sindicâncias vêm sendo conduzidas em Monte do Calvário.

Policarpo também ficou de pé, e a Victoria pareceu ter ouvido seus ossos estalando.

— O caso não pode ser tratado por jurisdição externa.

Victoria estremeceu.

— Não sei se o meu pai concordaria com o senhor, delegado.

Ela sabia muito bem que Tarso não moveria um graveto quebrado por Uiara ou por qualquer calvariano, mas precisava esgotar suas cartas.

— A minha sugestão é que a senhora faça o que achar melhor. — Policarpo saiu de trás da mesa e foi até Victoria com passos de quem coleciona dores excruciantes guardadas em cada vértebra. Sorriu de canto como se tentasse amenizar a tensão instalada. — Tenho imenso respeito e admiração pelo seu Tarso. Se for da vontade dele, o que seria um pequeno milagre, farei o que estiver ao meu alcance. Os segredos desta repartição são todos abertos. Antes disso, receio estar de mãos atadas, então terei que a deixar com um "talvez" definitivo.

Victoria não respondeu. Ele se aproximou mais.

— Se preferir, posso tocar no assunto quando ele vier.

— Não será preciso. — Ela arrumou os óculos e apertou a alça da câmera pendurada no pescoço. — Com o meu pai me entendo eu.

O delegado estendeu a mão trêmula. Victoria não precisou tocá-lo para saber que era efeito da idade, e não por medo dela.

Assim como soube que ele era um péssimo mentiroso.

Pensou em dar-lhe as costas. Porém, por ser mais forte do que ela, Victoria manteve a civilidade e selou o fim da conversa com um aperto de mãos. Só então se virou e seguiu em direção à saída, sentindo que caminhava sobre uma ponte bamba feita de cordas.

Sem deixá-lo perceber, ela apertou o nó do dedo indicador entre os dentes enquanto uma veia vibrava em seu pescoço com o grito reprimido.

Victoria disparou a câmera. O dedo indicador doía no ponto em que a pele exibia marcas de dentes.

Pela manhã, encontrou a Polaroid Sun 600 LMS na mala, enrolada e protegida em uma jaqueta. Foi presente de Simony de sua última viagem para o exterior, era de segunda mão e às vezes o botão disparava sozinho, o que fez Victoria perder dezenas de papéis fotográficos — mas foi nela que encontrou seu remédio para enxaqueca, ansiedade e estresse, uma alternativa ao tabagismo. Fotografar não tinha um efeito tão rápido quanto a nicotina, mas lhe servia bem.

Agora, caminhando sem rumo, guiada pelo que a lente captava, buscava algo que apaziguasse a cacofonia na cabeça para lidar com as notícias. O conformismo de Dejanira, a indiferença do delegado, a falta de apoio que teria do pai se pedisse ajuda...

Uma parte dela agradecia por ter sido privilegiada por crescer em uma família abastada e por saber que nunca seria largada à própria sorte se algo ruim lhe acontecesse, mas tudo era sufocado pelo silêncio de um provável grito de socorro de Uiara. A amiga foi tratada como um saco de lixo jogado na caçamba do caminhão cujo destino não interessava a ninguém. Victoria não se livraria da raiva que queimava sob a carne mesmo que acabasse com o estoque mundial de polaroides. Não havia remédio para o seu mal.

Ajustou o foco e encontrou um anu-preto na sarjeta com metade da cabeça estourada. Próximo a ele havia outro com um rombo vermelho em meio às penas negras. Ergueu a câmera. Empoleirado em um fio elétrico, um bando de anus se espremia. Pareciam querer sair juntos na foto, mas explodiram em uma revoada quando o flash disparou.

Victoria não saberia dizer quantas vezes fora atacada por eles quando na presença de Uiara. Os pássaros pareciam nutrir um ódio mortal por ela. Não era de sua natureza atacar o ser humano, por isso não o faziam — exceto por Uiara. Ela nunca passara despercebida de seus olhos penetrantes.

Dejanira não exagerou ao sugerir que Victoria e Uiara tinham se atraído por algo mais que a beleza incomum para os padrões de Monte do Calvário. Rejeitadas pelo povo, as garotas encontraram uma na outra um ombro amigo para despejar todos os seus desabafos reprimidos.

Através da lente, Victoria tentou enxergar beleza naquela gente, algo tão natural para ela na capital, mas só focalizava pobreza em tons deprimentes de sépia. Imagens mofadas. Quanto mais andava, mais via que a cidade tinha parado no tempo. Chegar à capital fora como pousar em outro planeta, mas voltar agora à sua cidade natal era um teletransporte ao passado. Olhando em volta, nem parecia que a década de 1990 já batia à porta.

Guardou na bolsa a fotografia dos anus quando avistou um grupo de meninos nos escombros de uma casa. Enfileirados em um arco, eles vibravam enquanto um deles mirava o estilingue em uma latinha sobre a cabeça de um menino menor, que claramente havia nascido com uma deficiência genética. Victoria buscou um bom enquadramento antes de fotografar, mas seu dedo amoleceu antes que ela pressionasse o botão quando algo familiar se destacou na imagem. Tirou a câmera da frente do rosto.

Em uma bicicleta, um menino pedalava em círculos na frente da casa.

Era a bicicleta de Uiara.

Victoria soltou a câmera, que balançou pendurada pela alça ao redor do pescoço, e seguiu na direção dele. À medida que se aproximava, sua certeza aumentava. Achou bem difícil se confundir — a bicicleta havia sido um presente seu para a amiga.

— Olá. — Ela levantou a mão para anunciar a aproximação.

Todos os garotos pararam para observá-la. O atirador afrouxou a tensão no elástico do estilingue. O menor aproveitou para tirar a lata da cabeça. Uns cochichavam curiosos, outros riam entre si.

Victoria ensaiou um sorriso amistoso, mas sua desconfiança devia ter transparecido, pois eles se aprumaram na defensiva. O menino da bicicleta passou a desenhar círculos mais lentos.

Pisando em ovos, ela se apresentou:

— Meu nome é Victoria. Qual o seu?

Ele não respondeu. Não tirava os olhos dela, que girava parada no mesmo ponto para acompanhá-lo com o olhar. Com um tom descontraído, Victoria ergueu o indicador e sorrindo continuou:

— Posso estar errada, mas acho que essa bicicleta é da minha amiga. Você sabe onde...?

O menino arregalou os olhos e ergueu-se sobre os pedais para sair em disparada, mas a corrente se desprendeu com o tranco, e ele caiu sentado no cano batendo a virilha com força. Victoria o ouviu arfar quando o pedal abriu um rasgo na altura da canela. O grupo debandou como um bando de ratos, e, antes que percebesse, ela estava sozinha.

Quando olhou ao redor, viu apenas arbustos altos engolindo o garoto. A bicicleta ficou para trás.

Victoria se aproximou dela e, abaixando-se, tocou no guidão. Apertou-o. Não viu ou sentiu nada além do toque gelado do alumínio. Nenhuma emoção intensa impressa ali.

Para se certificar de que não se enganou, passou os dedos debaixo do banco. Sob a camada de terra que cobria o quadro, encontrou riscadas as letras U e V.

Não restavam dúvidas de que era a bicicleta de Uiara.

10

Contanto que estivesse resolvendo problemas rotineiros no cafezal — como análise foliar e cálculo de calagem ou exercendo influência psicológica sobre os empregados para espremer o máximo deles — Barão ficava tão bem quanto poderia ficar. Porém, aquela semana mal começava e ele se sentia longe de estar bem.

Para sorte dos homens, um boca a boca os manteve fora de seu caminho, evitando demissões por mau humor, principalmente após Barão receber uma ligação do delegado. Policarpo dissera que Victoria estivera lá, e achava melhor conversarem. Para piorar, Barão não encontrou seu anel. Pobre de quem o tivesse roubado, quando o descobrisse...

Ficou parado em frente à delegacia por cinco minutos antes de decidir entrar. Soltou o cigarro pela janela e saiu da caminhonete, batendo a porta sem trancá-la e esmagando a bituca com a sola. Pensou no rosto de Victoria enquanto girava o pé.

— Pensei que não viria mais. — O delegado Policarpo fechou a revista que lia, em cuja capa uma mulher de tule cor-de-rosa exibia as pernas com um sorriso largo, deixando-a na mesa.

Estava tarde para rodeios.

— O que ela queria?

Policarpo pegou metade de um sanduíche em um prato ao lado da revista. Antes de falar, deu uma mordida e enquanto mastigava:

— Uma solução impossível. Queria saber da pretinha desaparecida.

— A que fugiu?

— Foi o que expliquei.

— E por que me chamou? — Barão puxou a cadeira e se sentou.

— Acho que ela não acreditou.

— Acreditando ou não, foi o que aconteceu. — Barão apoiou os cotovelos nos joelhos e envolveu uma mão com a outra. Depois, estalou os dedos um a um.

— Bom, a moça é mesmo uma Casagrande. Chegou com uma espontaneidade calculada e depois veio com ameaças passivo-agressivas pra cima de mim.

— Como é que é?

O delegado se levantou com dificuldade e foi até a garrafa de café no aparador.

— Barão, sou cachorro velho e não vou admitir que uma cadelinha desenterre ossos que não consegui farejar. — Encheu uma xícara e fez careta ao primeiro gole. — Servido? Esfriou.

Barão recusou. Acompanhou Policarpo com o olhar, esperando que ele continuasse. Às vezes tinha vontade de segurá-lo pelo pescoço para que ele focasse na conversa, mas a senilidade era esperada àquela altura. Além disso, tinha experiência em lidar com velhos.

O delegado voltou à cadeira e pousou a xícara sobre a revista. Através de uma porta entreaberta no caminho entre a mesa e o café, Barão pôde ver que a cela no fim do corredor não estava vazia. Do outro lado, sob o pequeno quadrado no alto por onde o crepúsculo entrava, alguém estava sentado, encostado na parede. Imaginou quem poderia ser e o que teria feito para estar ali, mas as sombras impediam que o reconhecesse.

Voltou-se para Policarpo.

— O que ela disse?

— Primeiro, que usaria o "prestígio na capital" com a polícia de lá pra meterem o bedelho nos meus arquivos, mas não sou besta. Joguei um revés e ela engoliu. — Deu outro gole no café. — Aí ela apelou pro Tarso.

— O Tarso também veio?

— Não, e acho que nem virá. Não por isso. Ele não se coçaria por causa da pretinha, e devo dizer que a cara da dona Victoria comprovou isso quando sugeri falar com ele.

Barão relaxou os ombros e recostou-se no espaldar, estalando as costas.

— Ela não vai aguentar a pressão. Logo cansa de bancar a filhinha preocupada e volta correndo pra vadiagem.

— Acho bom. Tô cagando pro que a pretinha fez ou onde ela se meteu, mas não cairia bem pra mim, a essa altura do campeonato, que autoridade da cidade grande se envolvesse ou descobrisse o que não descobri. O fluxo aqui anda estático, e quero mantê-lo assim.

— Pode dormir sossegado, Policarpo. Ela tá escondendo algo, deu pra farejar. Com certeza tem problemas maiores no lombo. Por mais que finja ser boa samaritana, a Victoria não vai arrumar pra cabeça algo que a segure aqui por muito tempo. Logo ela some.

— Deus te ouça, rapaz. Não quero minhas gavetas sendo xeretadas.

— Se ela voltar, diga pra pedir a São Longuinho.

Um pouco mais tranquilo, mas ainda com a ameaça que representava a curiosidade de Victoria, Barão esticou o pescoço para aliviar a dor que sentia e voltou a olhar para o fim do corredor. O preso estava em pé no meio da cela. A penumbra, agora mais intensa, continuava a ocultar sua identidade. Barão sentiu um calafrio.

— Que foi? — Policarpo deu outro gole para ajudar a empurrar a pasta de pão e presunto que mastigava.

— Nada. Escuta... — Barão arrastou a cadeira para trás e apoiou as mãos no tampo. — Mesmo que ela insista em bisbilhotar, não tem o que encontrar. A moleca fugiu. Fim de papo.

— Fugiu, eu sei. Ou, como dizem por aí, se meteu com o cabra errado. — Policarpo se ergueu e levou a xícara ao aparador. — De qualquer forma, não valia a pena perder tempo procurando. Ninguém ligava pra aquela moça aqui em Monte.

— E tem mulher que preste neste rincão? Vagabunda não falta, mas mulher direita, pra casar? A moleca deve ter embuchado e aí resolveu fugir, com medo da bruxa velha.

— Ou se meteu com quem não devia. — Policarpo esfregou as mãos em um guardanapo.

— Quem sabe, né? Todos nós temos segredos.

Seus olhares se sustentaram por alguns segundos. O delegado foi o primeiro a desviar.

Ao se levantar, a atenção de Barão foi atraída mais uma vez para a cela, agora desprovida de qualquer iluminação. Ainda assim era possível ver o preso bem próximo das barras. Com as mãos agarradas às grades, ele pressionava o rosto entre duas delas.

Olhava diretamente para Barão.

— Tá olhando o quê, desgraçado?

Policarpo bateu a mão na xícara e virou-se.

— Com quem você tá falando, homem?

Barão indicou a cela com um aceno.

O delegado franziu o rosto, foi até a porta e a empurrou, entrando no corredor e alcançando o interruptor. A lâmpada falhou duas vezes antes de acender. De costas, Policarpo encarava a cela. Deu mais dois passos adiante e, então, após um instante de hesitação, virou-se para trás e chamou Barão.

Com a mesma expressão confusa no rosto enrugado, Policarpo saiu do caminho.

— Acho que você precisa pegar leve no trabalho, rapaz. Nem Deus fez o mundo em um dia só. Vá descansar.

Barão sentiu um arrepio gelado percorrer a espinha.

As celas estavam vazias.

PARTE 3

REVELAÇÕES

11

Terça-feira, 14 de fevereiro de 1989

Victoria diminuiu as pedaladas e freou devagar até parar em frente à grade tomada por vinhas-virgens que cercava o orfanato. Passou pelo portão aberto, que exibia uma grande cruz de madeira pintada de branco, e encostou a bicicleta no tronco de uma goiabeira, sorrindo para os meninos que jogavam bola de gude sob a sombra da árvore. Ela deu uma olhada rápida naqueles rostos, mas não reconheceu em nenhum deles os garotos da casa demolida do dia anterior.

Seu ímpeto ao encontrar a bicicleta foi correr para a casa de Dejanira; porém, deu-se conta de que nada conseguiria com isso. O conformismo da velha abandonaria a bicicleta em um canto qualquer para enferrujar. Assim, Victoria decidiu que a entregaria, mas só quando não precisasse mais dela. Até lá, ela seria o seu meio de transporte para ir aonde precisasse para descobrir o paradeiro de Uiara. Além disso, preferia pedalar Monte do Calvário de ponta a ponta a aguentar mais uma carona com Barão.

— Posso ajudar?

Victoria se virou e deparou com uma freira gorducha vindo em sua direção, parecendo desconfiada. Em vez de olhar no rosto de Victoria, ela encarava suas pernas saindo do short meio palmo abaixo da virilha como se esperasse que a resposta viesse dali, talvez do zíper.

Ajeitou a franja atrás da orelha, sorriu e se aproximou, pegando a mão da freira, que se assustou com o toque.

— Meu nome é Victoria. Eu gostaria de falar com a madre superiora, por gentileza.

A freira recolheu a mão e juntou as palmas, esfregando-as e finalmente descobrindo que a voz de Victoria saía da boca. Os lábios comprimidos entre as bochechas, que pareciam prestes a explodir, poderiam sinalizar uma dor de barriga ou apenas avaliação carola.

— A madre Agnes está muito ocupada. — Ela entortou um pouco a cabeça para o lado. Faltava-lhe convicção. Tomara que fosse mais convincente em seus votos. Manteve os lábios espremidos por mais um tempo e continuou: — Se eu puder...

— Sou jornalista na capital e tô investigando o desaparecimento da Uiara.

O efeito foi imediato.

Como se tivesse ouvido um palavrão, a freira abandonou a expressão de papel amassado e abriu os lábios em um círculo congelado. Victoria sabia que tudo o que vinha da capital era visto com lentes de aumento pelo povo de cidade pequena. Se precisasse botar medo em gente simples para ajudar Uiara, ela não hesitaria.

A religiosa balançou a cabeça, saindo do estado de choque, e passou as mãos pelas laterais do hábito.

— Perdão, senhora! É que eu não... Ai, me desculpe. Por favor, me acompanhe.

Victoria sentiu pena.

— A irmã Clara me informou que alguém da imprensa queria me ver. — A madre Agnes encostou a porta de seu gabinete. — Não imaginei que fosse uma mulher.

Victoria exibiu um sorriso simpático e baixou os olhos em subserviência, apostando em uma postura óbvia e uma linguagem mais formal para começar. Não sabia o quanto poderia ser ela mesma diante da religiosa, então decidiu ir com calma.

A madre deu a volta na mesa e sentou-se de frente para Victoria. Com olhos cansados, ela a estudou através dos óculos sobre o nariz romano.

Victoria colocou a câmera na mesa, atraindo o olhar da madre, que franziu as sobrancelhas.

— Trabalho para um jornal na capital e estou investigando o sumiço de uma calvariana. Uma jovem. A senhora deve tê-la conhecido.

— Uiara, certo? Clara me disse.

— Sim. Ouvi que ela trabalhou aqui.

— Ela não trabalhou aqui, só auxiliava as irmãs com alguns afazeres. Eu não a conhecia muito bem.

— A senhora sabe por que ela saiu?

— Desculpe... qual é o seu nome mesmo? Minha memória não é das melhores. — E bateu com o indicador na testa.

Victoria repetiu. Agnes soergueu as sobrancelhas e anuiu. Victoria teve a impressão de que ela pensou a respeito por um momento. Depois, pareceu descartar o que quer que tenha passado por sua cabeça e continuou:

— Então, Victoria, essa moça não ficou muito tempo conosco. Ela ajudava no jardim, mas tive que dispensá-la.

— Por quê?

Agnes pareceu procurar por alguns segundos as palavras mais adequadas.

— Neste orfanato, temos uma grande quantidade de meninos, e ela chamava atenção. Uiara era muito bonita. Assim como você. Pode imaginar como era difícil para eles controlarem os impulsos, não pode? As irmãs reclamavam de como eles a olhavam.

— Madre, acho bastante normal que meninos admirem a beleza de uma mulher.

— Não, o problema não era esse. Um puxão de orelha costumava resolver por um tempo. Acontece que as irmãs não podiam puxar também as orelhas dos marmanjos que costumam nos prestar serviços. O entregador, o carpinteiro, o eletricista... Os meninos tinham curiosidade. Os adultos, luxúria.

— Não teria sido mais justo conversar com eles? O que vejo é uma garota perdendo um trabalho do qual precisava por algo que estava fora do controle dela.

— Você conhece Monte do Calvário, Victoria? Sabe do patriarcado pelo qual esta cidade é comandada? Ignoro quão moderna é a vida na capital, mas aqui a coisa não é tão simples. — A freira pareceu não notar um mosquito que andava em seu rosto. — E tinha muita fofoca zanzando pelos corredores.

— De que tipo?

— Diziam que a moça tinha pé na bruxaria. Conhecendo a avó dela, não duvido disso. No fim, independentemente de qual fosse o maior problema, fui obrigada a dispensá-la. Era falatório demais pra um lugar com tanto a se fazer. Além disso, eu não sabia o que se passava na cabeça dela quando conversávamos.

— E nós realmente sabemos o que se passa na cabeça de outra pessoa?

Agnes não respondeu. Victoria prosseguiu:

— O delegado Policarpo mencionou um possível namorado. A senhora sabe de alguém?

— Eu não a conhecia assim tão bem. Muitos homens a olhavam com desejo. Ter um namorado não estaria fora de questão.

— Acha que ela fugiu com alguém?

— Não existe um horizonte muito amplo para as moças pobres daqui. Ter fugido pra uma cidade maior pra constituir família, ter uma vida melhor, ter filhos... Também não descartaria essa possibilidade.

— Fui hoje à estação rodoviária e não encontrei indícios de que a Uiara tenha passado por lá na época em que sumiu. Conversei também com os únicos dois taxistas para saber se a levaram a uma das cidades vizinhas, mas ambos negaram tê-la visto. Até onde sei, tudo o que ela tinha era uma bicicleta, que continua aqui.

— Talvez tenha ido embora de carro com esse namorado. Me diga, você tem filhos?

Victoria se remexeu na cadeira, incomodada com a invasão.

— Não sei se pretendo ter. Tenho planos pra mim. Acho que um filho só atrapalharia, e seria egoísmo da minha parte ser mãe agora.

— Gosto desse pensamento. Muitos dos nossos órfãos são de Monte do Calvário, abandonados por pais que sabem fazer filhos, mas que não têm condições de criá-los. Já nascem largados à própria sorte. Nascer pobre aqui é vir ao mundo com o destino traçado. Calvário parece um lugar esquecido por Deus. Ainda assim há quem nos ajude com doações. Homens ricos querendo que Deus os veja com bons olhos.

— Então, fui parte dessa estatística e acabei tendo a sorte de ser adotada por uma família abastada.

— É mesmo?

— Não conheço os meus pais de sangue. O meu pai nunca entrou em detalhes, e creio que, por isso, a curiosidade sobre a minha origem nunca tenha sido a parte mais importante da minha vida. Só começou a aflorar depois que me mudei pra capital.

— Dá pra ver que a vida te tratou bem. Pele boa... Uma em cada cem crianças pode sonhar com isso. Quase todas acabam seguindo o caminho da roça.

— Não acho que a felicidade seja ditada pela forma como vem o sustento. Hoje estou bem, mas não posso dizer que tive uma infância feliz.

— É fácil romantizar a pobreza quando ela não faz parte da sua realidade. Além disso, as chances são maiores na capital.

— Ah, não, madre. Fui adotada aqui mesmo.

— Aqui? Neste orfanato? — E a expressão de que Agnes buscava algo na memória voltou, até que encontrou. — Então, você... Você é filha...

— Do Tarso. — Victoria se sentiu como uma peça obscena sendo exibida a uma religiosa.

A madre tirou os óculos e balançou lentamente a cabeça para a frente e para trás.

— A senhora conheceu os meus pais de sangue?

— A minha memória é como uma caixinha de música sem corda, simplesmente não funciona. Isso foi há quantos anos? Vinte? Vinte e cinco?

— Fui adotada em 1962.

— Tá vendo? Estou velha. Às vezes me esqueço até dos nomes das irmãs. Sinto muito.

— Deve haver registro de...

— Victoria, um segredinho só entre nós: temos trabalho demais com as crianças e acabamos negligenciando a organização dos arquivos. Aquela sala é uma desordem sem tamanho. Perdemos muitos documentos com o tempo.

Victoria concordou, desapontada.

— Bem, peço perdão, mas receio que precisemos encerrar por aqui. Tenho muitos afazeres. — A madre contornou a mesa e pegou a mão de Victoria. — Vou rezar pra que a sua busca pela moça seja abençoada. Não esqueça a câmera. — Conduziu-a até a porta. — Não se preocupe, ela deve estar bem. Vá com Deus.

A porta bateu na cara de Victoria antes que ela pudesse agradecer.

12

Não existe crime perfeito quando há o desejo de saber.

Com frequência, tal afirmação rodava pelas mesas do jornal. Um detalhe sempre indicava o buraco onde o corpo fora metido e entregava o criminoso numa bandeja. Mesmo que a vítima fosse desmembrada ou desfeita em ácido, o tempo mostrava que todos eram descuidados.

Victoria tinha certeza de que se, infelizmente — e desejava muito que não —, Uiara tivesse sido assassinada, uma pista levaria a seu paradeiro, mas sentia que o descuidado, naquele caso, fora o delegado.

Conhecia bem o patriarcado mencionado pela madre Agnes, assim como conhecia o descaso com que o povo de Monte do Calvário era tratado pelos que estavam em cima. E Uiara não representava exatamente o perfil de cidadão que despertaria a preocupação das autoridades calvarianas. Ainda assim, embora não quisesse admitir, ela torcia para que estivessem certos e Uiara tivesse fugido. Não pretendia se estender ali mais que o necessário depois que conseguisse o que foi buscar. Só precisava se atentar às falhas.

De volta à mesma praça onde Barão a deixara no dia anterior, Victoria encostou a bicicleta em uma árvore e, ao entrar no Bar do Benê, travou. Das três mesas ocupadas, cada um dos homens ali presentes se voltou para encará-la entre cochichos e meios-sorrisos.

Victoria reviveu com nitidez o último dia no jornal, quando afundara as mãos num lamaçal de humilhação, em busca da coragem necessária para atravessar o corredor de homens, que apontavam para ela e zombavam. Troçaram com tanto afinco que a vergonha não desgrudaria da pele nem que ela se esfolasse com palha de aço sob água fervente.

Pensou que nunca descobriríamos?

Victoria firmou o olhar no balcão e seguiu em frente, sentindo-se um porco sarnento caminhando sob os voos rasantes de urubus famintos. Uma gota de suor escorregou da sua testa.

— Com licença. — Ela apoiou as mãos no balcão e só então deixou o ar sair.

Um senhor de expressão solícita e curiosa surgiu de trás de um grande pote de vidro rotulado como Königsberg, em cujo fundo se amontoava uma dezena de salsichas pálidas.

O homem a cumprimentou com um aceno do bigode preto de aspecto seboso que lhe cobria a boca, não sem antes lançar uma rápida espiada às mãos que ela tentava manter imóveis.

— Oi, é... — Victoria projetou os ombros e falou mais baixo do que pretendia: — Tô procurando um menino. É deste tamanho, branco, olhos escuros e sobrancelhas grossas. Tem cabelo liso, meio loiro, umas sardas no nariz e deve estar com um curativo na perna.

Podia ser só impressão, mas lhe pareceu que pelos olhos ele conversava com alguém atrás dela. Victoria quis se virar, mas o corpo se recusou. Teria sido reconhecida? Uiara sempre entrara ali sozinha para comprar cigarros enquanto ela própria esperava escondida nas proximidades. Não se lembrava de já ter encontrado o bigodão.

Ele franziu a testa e voltou sua atenção a ela, balançando a cabeça.

— Os Ditinhos daqui são bem parecidos, moça. Todos com cara de filhos de Benedito. Ande duas quadras pra qualquer lado e vai encontrar um exército desses mal-educados. Vai almoçar?

— Ele tava com a bicicleta de uma amiga que sumiu. Aquela garota que desapareceu em novembro. Uiara.

Ele tornou a balançar a cabeça.

— Não sei de nada, dona. Vai almoçar ou não?

Victoria fez uma força violenta para não levar o dedo à boca e mordê-lo. Sua vontade era agarrar o bigodão pela camisa e gritar que era importante.

Deu-lhe as costas e deparou com todos os rostos virados em sua direção. Sob murmúrios e risinhos, vieram as palavras "filha" e "Tarso". A maioria desviou de volta o olhar para seus pratos e copos, enquanto ela cravava as unhas nas palmas.

Victoria se voltou para o bigodão. Percebeu que, antes de voltar a enxugar um copo, ele trocava olhares com alguém entre os fregueses. Victoria tornou a pousar a mão no balcão, tamborilando o tampo com a ponta dos dedos. Ele pareceu fingir surpresa ao erguer o rosto.

Os ombros de Victoria despencaram em derrota.

— Qual é o do dia?

O primeiro pensamento que Victoria teve ao pousar os talheres sobre os restos no prato foi que a comida não era das piores, mas a verdade era que ela havia sentido sabor de nada com coisa nenhuma. A insipidez permaneceria como um filtro na língua enquanto a mente estivesse tão entorpecida.

Sozinha em uma mesa do lado de fora do boteco, Victoria lançou um olhar para um ponto indefinido. Como não sabia o que procurava, nada viu. Fossem os problemas que deixou na capital ou aqueles que encontrou em Monte do Calvário, não enxergava um horizonte a seguir.

Ergueu o rosto para a pessoa que saiu do bar e parou à sua frente, bloqueando o sol. Reconheceu-a no ato: era Adelaide, que esteve na casa de Dejanira na manhã anterior.

— Disseram que a dona tá procurando alguém.

Victoria afastou o prato e pediu que ela se sentasse. Uma caipira voluntária a conversa mole era exatamente do que precisava. Adelaide aceitou o convite, mas manteve as sacolas apoiadas nas pernas, parecendo preparada para se levantar ao menor sinal de ameaça.

Victoria repetiu as características do menino.

— A dona não vai encontrar esse moleque tão fácil. Criança brota dos canos por aqui. É aquela a bicicleta?

— É sim.

— Tem certeza de que é da neta da dona Dejanira? O seu Benê, dono do bar, contou isso também.

— Sim, eu mesma dei de presente pra ela.

— Ela era alguma coisa sua?

— Nada importante. — Algo sinalizou que era melhor mentir. — É pra uma matéria que tô escrevendo.

— A dona é de revista?

— Sou jornalista na capital.

Um brilho passou pelos olhos de Adelaide.

— Então me deixa falar uma coisa. Se aconteceu algo ruim é porque ela procurou.

Victoria armou uma expressão neutra antes que seu rosto se contraísse. Foi rápida, pois a mulher não demonstrou ter percebido, e continuou:

— A Uiara era uma oferecida. A dona não vai usar gravador ou anotar?

— A minha memória é tudo de que preciso.

— Sei. — O tom era de descrença, mas ela deu de ombros. — A dona Dejanira é muito boa pra mim, se é. Ela ajuda quase todo mundo daqui, de Monte, mas quase ninguém tem como pagar. Ano passado ela salvou o meu moleque. O abestado inventou de aprontar com bicho de mato e pegou uma sarna da preula. Coçava de se esfolar. Não tive como comprar remédio, então a dona Dejanira passou uma mistura que foi tiro e queda. Meu marido carpiu o quintal dela como pagamento. Lá é grande, mas nem tanto. O que levaria dois dias, ele fez em quase uma semana. Infeliz safado! E aquela descarada ficava toda se insinuando pra cima dele.

— A Uiara?

— Quem mais? A Dejanira que não era.

— Desculpe perguntar, mas o seu marido e a Uiara chegaram a...?

— Ele não é nem besta! Ela que ficava cheia de risos e remoques. Acabou que dei fim na festinha do sem-vergonha quando vi que ele virou jardineiro das duas. A minha vontade era afogar aquela pilantra no riacho atrás do terreno, mas a dona Dejanira morria por ela. Eu não ia arriscar. Saúde por aqui é coisa de rico.

— Sabe que eu notei o contrário? — Victoria acendeu um cigarro. — Ela não pareceu muito preocupada sobre o paradeiro da neta.

— É porque a dona não viu o desespero dela quando aconteceu. Andava pra todo lado perguntando da menina. Não foi aquela perna ruim dela que impediu. Mas a dona pode tá certa, parece que ela se conformou. Deve ter aceitado que a menina emprenhou e fugiu.

— A Uiara tinha namorado?

— Antes da neta sumir, a dona Dejanira contou que ela tava enrabichada com alguém. Disse que pegava a bicicleta toda noite e saía sem dizer pra onde ia.

Novamente a história das escapadas noturnas.

— Sei...

Foi a vez de Victoria endereçar à conversa um pouco de ceticismo. Ainda não tinha sido convencida de como pintavam sua amiga. Três pessoas sugerirem fuga por uma suposta gravidez precoce não significava que fosse verdade. Aquela não era a mesma Uiara que ela conhecia.

— Obrigada pelas informações. Foram muito úteis.

— Eu já disse o meu nome, não disse?

— Disse sim.

— Em qual revista vai sair mesmo?

Victoria se levantou e pegou a bolsa pendurada no encosto da cadeira. Tentava processar a nova imagem de Uiara.

Sentiu o braço ser agarrado e se voltou para Adelaide, que a segurava pelo pulso. O rosto estava rosado.

— Sobre aquilo que a dona ouviu ontem... O meu marido não funciona como antes, sabe? A dona Dejanira só me passou um estimulante pra... Bom, a dona pode esquecer isso? É que o povo daqui é muito fofoqueiro.

13

— Xô!

Com a mão que não segurava as fichas telefônicas, Victoria fazia movimentos rápidos para o alto do orelhão. A um metro e meio de distância, tentava afugentar o anu-preto empoleirado na cúpula. O pássaro não pareceu incomodado e não deu sinais de que obedeceria, então ela desistiu e foi até o aparelho dando passos cuidadosos.

Inseriu uma ficha, discou e aguardou.

— Como tá a minha Madonna dos trópicos? — A voz de Simony envolveu Victoria como o abraço que ela precisava para saber que Monte do Calvário não era para sempre e logo estaria bem longe.

— Prestes a desmoronar.

— Mas já? Vai, conta tudo. Não, espera.

Victoria captou o ruído do aparelho batendo em uma superfície dura. A voz de Cazuza dizendo o quanto era exagerado foi ficando mais baixa, o som do isqueiro estalou por meio do fone e, menos de um minuto depois, Simony voltou:

— Pronto, sou toda sua.

Victoria fez o possível para resumir tudo o que havia acontecido nas trinta e seis horas desde que desceu na estação de Monte do Calvário antes que precisasse inserir outra ficha. Gostaria de prolongar a conversa com Simony. De olhos fechados, quase podia sentir a amiga bem pertinho e também aquele cheiro de incenso que impregnava a

89

casa dela, mas o dinheiro estava curto e a facada que levou pelas fichas ainda doía.

Omitindo sobre as coisas que viu apenas em sua cabeça, Victoria terminou o relato pouco antes do bipe anunciar os trinta segundos que restavam para a ligação se encerrar. Aproveitou para puxar do bolso o maço barato que adquiriu e acendeu um cigarro.

— Bicho, que bode... — Simony disse quando percebeu que Victoria tinha concluído o desabafo. — Não tô defendendo esse delegado mané, longe de mim, mas você sabe que nem os milicos daqui se preocupam com mulher quando some, ainda mais mulher pobre. Imagina esse povo atrasado daí.

— Sei bem como eles podem ser uns cretinos na capital ou no cu do mundo.

— Já devia ter aprendido, *baby*. — Simony usava aquele tom de bronca, mas ela suavizou a forma ao longo da frase.

Victoria ficou em silêncio, batendo o fone de leve na orelha e apertando os lábios. Simony continuou:

— Desculpa, Vi, mas você sabe que não pode esperar muito deles, né?

— Você tá certa. Eu sei que não devia esperar algo diferente, mas... — Victoria inseriu a segunda e última ficha. Respirou fundo. — Não posso deixar que eles vençam de novo. Passei por toda aquela merda pra conseguir o meu diploma, e pra quê? Pra virar secretina naquela merda de jornal!

— Você é mais que isso, Vi.

— Então, por que não me vejo assim?

Victoria tragou profundamente e segurou a fumaça na boca por um tempo antes de soltá-la entre os dentes. Lembrou-se do péssimo pressentimento que tivera nos dias que precederam o ocorrido no jornal. Tinha ido embora de Monte do Calvário a fim de deixar suas estranhezas para trás e assim ser aceita como uma pessoa normal. Arrependia-se de ter calado os próprios sentidos. Se os tivesse escutado, talvez a experiência houvesse sido menos humilhante.

— É difícil ter autoestima depois do que aqueles filhos da puta fizeram.

— Bicho, respira — disse Simony com a mesma entonação que usava quando Victoria caía naquele poço de autopiedade, com a diferença de que seu toque de carinho não chegava tão longe para acompanhar as palavras de consolo; o único toque que Victoria sentia era o gelado do fone na orelha. — Você não foi a primeira nem será a última a ser enganada por um aproveitador que se fez de amigo só pra se dar bem. Mas ele não conseguiu!

— Só conseguiu caguetar pro editor que eu invadia o jornal à noite pra usar a máquina de escrever e trabalhar nas minhas próprias matérias. — Apertou os olhos com força. O gosto da derrota ainda amargava. Tirou os óculos e os prendeu no decote da blusa, depois puxou outro trago. — Acabou que perdi o emprego, não recebi um tostão furado e ainda tive os meus artigos roubados pelo urubu carniceiro daquele advogado.

— Ele fez isso porque é amigo do editor, você sabe. E sabe também que o teu ex-chefe só exigiu isso porque viu o quanto os teus textos eram bons.

— É o que mais me dói, viu? — Victoria soltou lentamente a fumaça. Não conseguiu conter a lágrima que desceu. — Tiraram de mim o que eu tinha de mais valioso depois de me tratarem como lixo por tanto tempo. E agora tem essa história da Uiara.

— Vocês eram bem chegadas, né?

— No meu último dia em Monte, lá no nosso refúgio, eu disse pra ela que um dia voltaria e a levaria embora.

Victoria percebeu que mordia o nó do dedo ao mesmo tempo que se dava conta de como todas as suas lembranças de Monte do Calvário haviam sido encobertas por uma densa neblina desde que deixara a cidade. Uma névoa que ficara mais densa a cada minuto dos últimos sete anos. Odiou-se por ter abandonado Uiara no nevoeiro.

A boca estava seca quando voltou a falar:

— Não vou fugir com as mãos vazias de novo e deixar que me roubem assim.

— Você não acredita mesmo que ela tenha fugido? Não seria a primeira.

Victoria apertou o fone entre os dedos.

— Não posso acreditar em nada sem saber.

— E teu velho? Quando pretende falar com ele?

— Depois daquela recepção? Não tô mais tão confiante que dinheiro seja o suficiente pra voltar.

— Como assim? É esse o teu objetivo. Ou era?

Victoria identificou uma leve oscilação na voz da amiga. Simony prosseguiu, sem a mesma firmeza de sempre:

— Vi, o que tá rolando nessa tua cabecinha?

Victoria jogou a bituca e observou o brilho da chama morrer em meio às folhas altas do gramado malcuidado. Mesmo sem os óculos, captou um movimento pelo canto do olho e ergueu o rosto.

Alguém parado do outro lado da rua a encarava.

Victoria estreitou os olhos, e a pessoa começou a caminhar. Movimentava-se de um jeito estranho, como se estivesse quebrada ao meio. Chicoteando para a direita a cada passo, o cabelo balançava como um pêndulo.

Victoria, que ignorara a voz de Simony ao fundo, só voltou à conversa quando os bipes dos trinta segundos soaram.

— Si, você sabe que eu faria qualquer coisa pra ter os meus textos de volta, mas sabemos que é impossível.

Ao virar o pescoço para trás, ela viu que a pessoa torta continuava se aproximando. Parecia seguir em sua direção. Caçou os óculos no decote.

— Você sabe também que pra mim não vai ser nada fácil conseguir entrar em outro jornal sem uma matéria no mínimo incrível. Nada de secretina daqui pra frente. — Victoria prendeu o fone entre a orelha e o ombro para encaixar os óculos no rosto, de costas para a rua. — A minha intuição tá me dizendo que a Uiara precisa de mim, então vou descobrir onde ela tá.

Victoria se virou. A pessoa torta havia sumido.

O tempo acabou e a ligação caiu.

— Droga... — Ela devolveu o telefone ao gancho e saiu de debaixo do orelhão.

Caminhando em direção à bicicleta encostada na árvore ao lado do boteco, olhou ao redor. Poucas pessoas andavam por ali, mas nenhuma se movimentava daquele jeito incomum.

Um grito estridente veio de trás e a fez girar nos calcanhares.

Sobre a cúpula do orelhão, um bando de anus se empoleirava, com seus olhos negros de turmalina fixos em Victoria. Pareciam querer desesperadamente revelar um segredo terrível.

14

Na lente da câmera, o reflexo de Victoria a encarava de volta. Seus ombros estavam caídos, o olhar distante, pensativo.

Com a mão apoiada na mesa, ela parou de dedilhar a superfície e enroscou o indicador na alça, girando-o algumas vezes sem tirar os olhos da lente. Livre do zum-zum-zum da cidade, onde sua mente não parava de processar o ronco de motores velhos, das fofocas dos calvarianos ou do grito dos anus, Victoria podia, enfim, beneficiar-se do silêncio para organizar as ideias que se bagunçavam em sua cabeça em meio a tantas outras preocupações e ansiedades.

Sentia como se um sussurro estivesse sempre vindo de trás, roçando a nuca sem jamais conseguir penetrar seus ouvidos com palavras definidas. Havia a sensação, mas não a compreensão. Era como se todos estivessem esfregando a verdade na sua cara, e só ela não pudesse assimilar o que diziam.

Uiara fugira.

Então, por que ela não conseguia acreditar nisso?

Um copo de limonada surgiu a sua frente e desfez o contato visual com a lente. Victoria piscou duas vezes e olhou para cima, tirando o dedo dos dentes. Dona Felipa fez uma leve mesura com a cabeça e exibiu o crispar dos lábios que se traduzia como uma tentativa de sorriso, antes de voltar para o outro lado da mesa e continuar a lustrar os talheres.

Depois de polir duas facas, ela ergueu o rosto e deparou com Victoria a encará-la.

— A patroa quer mais alguma coisa?

— Neste momento, tudo o que quero é encontrar a Uiara.

— A neta da Dejanira?

— A senhora a conhece?

— Difícil ter outra Uiara por essas bandas, patroa. Perdoa a abelhudice, mas pra quê? Ela tá lhe devendo algum serviço?

— Somos amigas.

Felipa contraiu as sobrancelhas e deixou escapar uma careta.

— A patroa trata empregado diferente — murmurou, como se pensasse que dar sua opinião seria insolência.

— A Uiara não é empregada, dona Felipa. — Victoria tentou sorrir para mostrar que ela podia falar o que quisesse, diferente do que Tarso provavelmente permitia.

— Perdão, é que essa menina trabalhou aqui, mas parou de vir. Nem voltou pra receber o último pagamento. O dinheiro ainda tá guardado.

— A Uiara trabalhou aqui no casarão? — Victoria se ajeitou na cadeira e empurrou os óculos, que haviam escorregado para a ponta do nariz. — Quando foi isso?

— Ano passado.

— Lembra o mês?

— Em outubro, mas foi por pouco tempo. Um dia ela apareceu perguntando se tinha trabalho, disse que ela e a avó tavam precisadas. A Dejanira já me salvou de uma artrose no joelho, então arrumei serviço pra menina. A Dejanira tem mão de santa. A senhora falou com ela?

— Tive a impressão de que a dona Dejanira não está interessada em descobrir o paradeiro da neta. — Victoria percebeu que, por um breve instante, dona Felipa cessou o movimento do pano e a encarou, confusa. Explicou: — A Uiara sumiu em novembro e pelo visto ninguém tá se importando.

Exalando um suspiro, Victoria se lembrou de como parecia que o delegado se esquecera do prazo da própria aposentadoria, estava fazendo hora extra, além de um péssimo trabalho. Ocorreu-lhe arriscar um movimento desesperado e envolver o pai. Se ele tinha poder, por que não usá-lo?

94

— O meu pai conhecia a Uiara?

— Não! — Dona Felipa arregalou os olhos como se tivesse sido questionada sobre sua vida sexual. — Só tem serviço aqui quando o seu Tarso não tá. Ele não gosta de ver empregado zanzando pelo casarão, por isso sempre aviso o horário que eles têm que entrar e sair. O seu Tarso nunca encontrou a menina. Não que eu saiba.

Victoria ponderou se valia a pena maturar a ideia.

Se o pai descobrisse que ela vinha se metendo com "aquela gente", sabia que seria a sentença de uma nova sessão de xingamentos literalmente cuspidos na sua cara. Mas se não quisesse enfrentar a ira de Tarso pelo bem-estar de sua melhor amiga, então o paradeiro de Uiara continuaria uma incógnita e Victoria poderia retornar à capital como a derrotada que havia chegado a Monte.

Ela apanhou o copo e o levou aos lábios. Continuava sem saber para onde ir.

A limonada com açafrão refrescava um pouco a aridez em sua garganta — um reflexo de todas as sensações que fluíam de sua alma desalentada e pareciam se concentrar no peito para sair num jorro amargo —, e Victoria captou o brilho na lâmina da faca que dona Felipa segurava antes que ela voltasse ao polimento.

15

Barão girou a chave na ignição, apoiou o cotovelo na janela da caminhonete e virou o rosto para o alto do casarão.

Acima do alpendre da varanda, viu Tarso e Victoria através da janela do escritório. A linguagem corporal de ambos não deixava claro se discutiam ou apenas conversavam. Barão torceu pela primeira opção. Temia que o tempo separados acabasse amolecendo o coração do patrão e a proximidade trouxesse confiança a Victoria. A princesinha tinha que se sentir perdida, sentir que estava se afogando para que, quando Tarso a entregasse, ela enxergasse nele a boia que a manteria na superfície. Que, por ora, a relação entre eles seguisse no mesmo tom do reencontro, amém.

Na sua opinião, o patrão tinha motivos para perder as estribeiras. Ele próprio estava se segurando. Desde o momento em que desceu os olhos sobre o cabelo curto de Victoria, suas roupas indecentes e seu jeito modernoso da cidade grande, Barão vinha se controlando, mas somente em consideração a Tarso. Ela bem precisava ouvir umas verdades. Felizmente o pai faria isso; caso contrário, ele mesmo teria de encarregar-se de fazê-la agir como mulher. Era só esperar até poder enfiar-lhe um anel no dedo. Seria um calvário, mas valeria cada afronta.

Saiu da caminhonete e bateu a porta. Do bolso de trás da calça, puxou o lenço e limpou o suor da testa e do pescoço, depois o jogou pela janela aberta.

Assim que abriu o portão, avistou uma bicicleta encostada do lado de fora da varanda. Pela manhã, quando ligou para saber se precisava buscar Victoria, dona Felipa contou que ela havia arrumado uma bicicleta. Foi um grande alívio saber da brevidade de sua carreira como motorista particular de desocupada, ou acabaria esganando a futura esposa. Riu com a ideia.

Pensou que seria melhor saber de cada passo dela, mas com sorte Victoria se cansaria de pedalar sob o sol abrasador de Monte para escarafunchar onde não devia. Que fosse uma dondoca dentro de casa, tricotando com dona Felipa, fotografando flores ou, pro diabo, penteando aquele cabelo ridículo.

Botou o pé no primeiro degrau da varanda, mas parou ao olhar para o lado. A visão provocou um sobressalto em seu coração.

O que *aquela* maldita bicicleta fazia ali?!

16

Barão encostou a orelha na porta do escritório, mantendo-se de frente para as escadas, para o caso de dona Felipa aparecer. Tinha aprendido certas manhas. Para tornar-se o Barão, foi necessário mais do que força bruta.

Ouviu a voz de Victoria:

— O senhor trata essa gente sem um pingo de respeito, pai. O mínimo é exigir que o delegado faça o trabalho dele.

Então a princesinha cansara de manter as garras escondidas.

— O Policarpo tem cuidado bem daqui.

— Pai, desculpa, mas não. Ele só virou delegado graças à sua intervenção, assim como o prefeito e tantos outros em posições privilegiadas por aqui.

— Eles não foram os únicos privilegiados pela minha influência.

Dá-lhe, Tarso!

— É pra eu agradecer por ter sido adotada?

Um baque soou. Victoria teria batido na mesa? Garota abusada...

— Obrigada, fui muito privilegiada. Privilegiada por todos me olharem diferente pensando que eu era como o senhor. Nunca tive preconceito contra ninguém, nem por classe, nem por cor, por nada, mas só o que recebi foi o desprezo de cada calvariano. Nem os filhos arrogantes dos seus amigos me aceitaram. Ou eram garotos com o rei na barriga ou eram dondoquinhas metidas. A Uiara foi a única amiga verdadeira que tive nesta droga de lugar. E, agora que ela sumiu, eu devo deixar pra lá?

— Victoria, ela foi embora. — Tarso tossiu. — Você mesma disse. O Policarpo confirmou, não foi? O que mais quer que eu faça? Que mande desperdiçarem recursos pra encontrar a menina? E pra quê? Pra você ganhar um abraço? Pra satisfazer as suas vontades?

Ele tornou a tossir, mais forte dessa vez.

— É impressionante como mistérios envolvendo gente pobre não aguçam a curiosidade de gente como o senhor.

— Você já pensou que pode não existir um mistério pra resolver?

— Como assim?

— E se ela simplesmente foi embora, deixou Monte do Calvário pra trás, pra esquecer, e quer que façam o mesmo com ela?

— Se o senhor evaporasse, deixariam pra lá? Se *eu* sumisse, o senhor deixaria pra lá?

— Paguei a sua faculdade pra te dar a chance de voltar preparada pra me ajudar a tocar o cafezal... — Tarso parou para recuperar o fôlego, mesmo tendo mantido um tom calmo e lento durante toda a discussão, como sempre fazia. — ... e você me aparece depois de sete anos desse jeito, parecendo tudo menos a minha filha. Você tá diferente demais.

Uma cadeira foi arrastada.

— Posso garantir pro senhor que mudei pra melhor. A capital me ensinou muitas coisas, mas a mais importante foi a grandeza desse mundo e de tudo o que posso ser.

— Não sabia que tinha ido estudar filosofia.

Boa, Tarso.

A voz dele ficou ainda mais baixa, e Barão se achegou mais à porta.

— Você tem que parar de querer chamar atenção, filha. Já passou da hora de encontrar um marido... — Respirou profundamente — ... e começar a tomar jeito de mulher. Você enche a boca pra afirmar emancipação, mas ainda age como uma garotinha.

— Foi o senhor que me tratou a vida toda como uma!

Barão ouviu passos em direção à porta e depois silêncio por alguns segundos. Então Victoria continuou falando mais baixo:

— O senhor nunca enxergou o meu valor, e isso não mudou. Quer dizer que pro senhor eu preciso de um homem do meu lado pra valer alguma coisa? E que tipo de homem espera que eu encontre aqui? Um *jagunço* como o seu cão de guarda?

— Barão? Claro que não, menina. Falo de um partido de verdade, com posses, de nome. Alguém que agregue aos Casagrande. Eu jamais permitiria que filha minha casasse com um empregado.

Barão ergueu o pescoço e aprumou-se. Não ouviu mais nada.

Num caminhar mecânico, desceu as escadas e foi direto para a porta de entrada. Viu dona Felipa vindo do corredor, dizendo qualquer coisa, mas não a notou realmente. Quando passou pela varanda, não se lembrava mais da bicicleta. Seguiu até o portão e saiu, deixando-o aberto.

Deu a volta na caminhonete, deslizando a mão sobre o capô, e parou quando os dedos encontraram a maçaneta do lado do motorista. Ficou ali por um minuto inteiro, o olhar perdido crescendo colérico.

Percebeu quão intensa estava sua respiração e aumentou. O maxilar doía, o ar saía com força pelo nariz, o peito subia e descia depressa. Um grito entalou na garganta.

Um movimento rápido.

Um choque subiu pelo braço.

Quando se deu conta, encontrou o punho fechado na altura da maçaneta, afundado em uma cratera na lataria da caminhonete, o bem mais valioso que ganhou daquele a quem via como um pai desde que se conhecia por gente. Não pelo valor material, mas por representar a aceitação pela qual tanto ansiara.

Barão não era homem de dar atenção aos próprios medos. Dizia que não os tinha, que eram coisas de mulher. Mas naquele momento sentiu o sabor do medo. Era amargo, rançoso.

Medo de ter sido, como Victoria dissera, só um cão de guarda que, no final, acabou descobrindo ter corrido a vida inteira atrás do próprio rabo.

17

Pela vidraça, Victoria viu Barão atravessando o jardim, mas deu-lhe as costas depois que ele saiu pelo portão e o deixou aberto. Era mesmo um bruto sem educação.

Percebeu que estava cedendo à influência deles. Temia que isso acontecesse, que acabasse domesticada pela tirania que chicoteava de todos os lados, mas estar em constante defensiva desde que chegou começava a fazê-la agir exatamente assim, apelando para a hostilidade. Queria ser respeitada, mas não lutaria com as armas deles.

— Pai, desculpa — ela disse, virando-se para ele e balançando a cabeça, envergonhada. — Não quis faltar com o respeito.

De costas, sentado na cadeira atrás de sua mesa, Tarso mexia em alguns papéis. Por sobre o ombro dele, Victoria notou as mãos senis balançando. Não era pela discussão, pois em nenhum momento ele perdeu o eterno tom tranquilo, que não condizia com suas palavras afiadas. Mais uma vez, Victoria temeu pela saúde do pai.

— Você precisa crescer, filha. — Ele parou com os papéis por um instante. — Nunca foi de acatar ordens, sempre tão curiosa, se metendo onde não devia, zanzando por aí com Deus sabe quem. Por isso permiti que fosse estudar na capital. — Um ataque de tosse o tomou. Alcançou um lenço para sufocá-lo, o que provocou um eco encatarrado no fundo do peito. — Esperava que ficasse mais esperta sobre as coisas da vida.

Por mais que odiasse admitir, Victoria tinha que concordar com ele. Se tivesse sido um pouco menos inocente, não teria precisado buscar socorro paterno. Odiou-se ainda mais pela incapacidade de ser honesta e abrir o jogo de que o único motivo pelo qual voltara era o dinheiro. Mas, ao escolher ocultar essa informação, não estava finalmente sendo esperta? Era um paradoxo.

Bem, esse tipo de esperteza não o orgulharia.

Victoria contornou a mesa e foi até a poltrona perto da estante de livros. Deparou com o quadro pendurado acima dela, que tentava ignorar desde que entrou ali. Na imagem, seu avô a observava com o olhar severo que sempre a fizera se sentir um inseto invasor. Como odiava aquele quadro...

Desviou o rosto e se sentou na poltrona, embora ainda sentisse a pintura sobre sua cabeça. Precisou do tempo que levou até chegar ali e se ajeitar para medir as próximas palavras. Tinha que apaziguar a discussão.

— Posso assegurar que foi um bom investimento, pai.

— Ótimo. — Ele guardou os documentos em uma pasta e a enfiou em uma gaveta. Parou e ficou encarando algo lá dentro, então puxou um livro grosso de capa preta e o abriu sobre o tampo. — Nunca tiveram coragem de falar na minha cara, mas sei que troçavam de nós. Apostavam que as conquistas dos Casagrande acabariam quando eu morresse. — Parou para tossir e cobriu a boca com o lenço. Depois foi se levantando devagar. — Pensavam que só um herdeiro homem daria conta de comandar o cafezal.

— O senhor podia ter adotado um menino.

Tarso apanhou o livro e ficou de frente para a vidraça, de costas para Victoria. Demorou-se ali.

— Logo chegará a hora de provar que estavam todos errados. — Virou-se para ela e apoiou o livro de pé sobre a mesa. Tossiu baixinho. — Sei que você vai fazer um bom trabalho quando eu não estiver mais aqui. Parece que, no fim, você voltou quando precisava voltar.

Pela primeira vez desde o reencontro, Tarso fez contato visual com a filha. Encarou-a com firmeza, com aqueles olhos aquosos e assustadoramente envelhecidos. Victoria não soube o que responder. Nem conseguiu sorrir ou assentir. Se ele soubesse que os planos dela eram bem diferentes...

— Precisa que eu mande buscar as suas coisas na capital?

— Pai, eu tenho o meu trabalho. Não posso só...

— Peça demissão por telefone. Simples. — Agora que seus olhos haviam se encontrado e que ele verbalizara seu desejo, parecia exigir que ela nunca mais fosse embora. — Vou mandar o Barão te passar tudo sobre o cafezal.

Victoria balançava a cabeça, arrependida de sua falta de pulso firme. Acompanhando os lábios dele se movendo em palavras mudas, ansiou que o pai desviasse o olhar. Mentir olhando no olho era impossível.

— Pai, é... — Interrompeu-o sem saber em qual ponto do planejamento da vida dela ele estava.

Tarso se calou e esperou que ela prosseguisse. Victoria tentou limpar a garganta sem fazer ruído e retomou:

— Preciso mesmo trabalhar nessa história.

— Qual história?

— O paradeiro da Uiara. — Viu que ele escutava com a expressão impassível. — O senhor tá certo sobre a minha teimosia. Antes de tomar qualquer decisão sobre o meu futuro aqui, tenho que fazer isso.

— Mais perda de tempo.

— Esse pode ser um jeito de atrair a atenção do país sobre Monte do Calvário. Tantas histórias...

— Nenhuma que valha a pena ser contada — ele falou mais rápido que o normal.

— Nenhuma? E o império que o senhor construiu...

— *Minha família* construiu.

— Essa gente carente precisando de ajuda do governo...

— Essa gente não fica doente nem se nadar no esgoto...

— A Tragédia da Barragem...

— Esqueletos se desfazendo no fundo de um lago!

O livro caiu no assoalho com um baque seco e papéis se espalharam de dentro dele. Victoria correu até o pai para acudi-lo. Ele parecia estar se afogando.

— Pai, respira! Isso, devagar... Toma o seu lenço. Senta um pouco, assim.

Enquanto o rosto dele aos poucos perdia a vermelhidão e a tosse enfraquecia, Victoria se ajoelhou ao lado da mesa.

— Não precisa pensar nisso agora. — Ela apanhou o livro e recolheu os papéis ao redor. Anotações, fotografias, uma flor púrpura seca. Colocou tudo com cuidado dentro do livro e o fechou, levantando-se. — O senhor tá melhor?

Respirando fundo, Tarso puxou o livro, atirou-o no fundo da gaveta e a bateu com força. Tremia quase em convulsão. Ergueu a mão para que ela se afastasse.

— Saia.

Victoria obedeceu. De esguelha, teve a impressão de que o avô sorria no quadro. Ao girar a maçaneta, a voz do pai chegou tão baixa que ela quase não ouviu:

— Você procura tesouros, menina, mas desenterrará somente ossos.

Em seu quarto, encostada contra a porta trancada, Victoria quis gritar até que pedaços dos pulmões saíssem pela boca. Em vez disso, mordeu o nó do dedo e parou apenas quando sentiu o sabor terroso de sangue.

18

Barão tinha doze anos quando experimentou uísque pela primeira vez.

Isso fora no escritório de Tarso, escondido, depois de perceber como ele saboreava a bebida e assim deduzindo que era a sua favorita. Àquela altura, o patrão já havia se tornado a figura paterna que o menino nunca tivera, e seria para sempre seu modelo de homem ideal, o qual ele precisaria copiar para um dia chegar a ser tão importante e respeitado. Para isso, imitaria até mesmo os gostos mais pessoais.

O dono do boteco virou a garrafa de uísque e serviu a dose de sempre: dois dedos, puro, sem gelo. Assim que ele pousou a garrafa na mesa, Barão a tomou num repente e dobrou a quantidade. Apertou os dedos ao redor do copo e o encarou por dez segundos antes de levá-lo aos lábios secos e entornar goela abaixo.

Bastou um gole para devolvê-lo vazio à mesa.

— Benê — chamou um freguês ao estalar os dedos a uma mesa próxima —, tá servindo bebida chicosa? Vê uma dose.

Mesmo olhando para o orelhão do outro lado da rua, imerso em seus pensamentos, Barão percebeu pelo canto do olho que o dono do boteco estremeceu antes de se afastar em direção ao homem. A resposta não saiu baixa o bastante para escapar a seus ouvidos treinados:

— Aquela ali é exclusiva do seu Barão. Ninguém mais bebe uísque aqui além dele.

O prazer que normalmente sentiria ao perceber daquela forma seu poder, pelo qual batalhara todos aqueles anos e que lhe custara tanto, não apareceu. De que adiantava ser temido por todos os calvarianos se, para aquele que mais importava, ele era um reles empregado?

Empregado.

Foi a palavra escolhida por Tarso para se referir àquele que lhe dedicara a vida. Não podia ter encontrado um termo melhor para se referir a um... filho? Sim, ele era mais filho de Tarso do que Victoria, que passara sete anos abençoados sem dar notícias e agora estava de volta para sugar o que pudesse do velho.

E ainda tinha mais essa.

A maldita princesinha!

Ela não queria só usurpar o lugar que era dele por direito, mas também enfiar o focinho de cadela curiosa onde não devia. Sairia bem machucada se acabasse se metendo com cachorro grande...

Barão serviu outra dose do uísque e, quando deu um gole, dessa vez mais curto, um menino se materializou diante dele. Parecia ter saltado de trás de uma árvore próxima. Sua expressão não anunciava boas notícias.

Barão largou o copo na mesa e fez sinal para que ele se aproximasse.

— O que foi, Miguel?

— Tio Barão, eu fui roubado. Levaram a minha bicicleta.

A bicicleta.

Barão empertigou-se na cadeira e girou o pescoço. O dono do boteco, que conversava com o freguês da outra mesa, desviou o olhar, pediu licença e rumou para dentro.

— Levaram como? — Barão tentou manter o timbre firme, mas sentiu que vacilou.

— Foi aquela moça que o senhor deixou na cidade ontem. Eu vi quando ela desceu da sua caminhonete. Aquela de roupa esquisita, com cabelo de homem... bem bonita. Ela tava com uma *câmara*.

Era só o que faltava. A bicicleta no jardim de Tarso não havia sido uma alucinação, afinal. Barão sabia que a bicicleta pertencia a Uiara — restava saber como ela tinha ido parar nas mãos do menino.

— E como você a conseguiu, Miguel?

— Ganhei do meu pai antes dele morrer.

Barão bufou e balançou a cabeça. O garoto se retraiu.

— Essa moça chegou a falar com você?

— Não, nem deu tempo. Eu saí correndo. Olha isso! — Miguel deu a volta na mesa e ergueu a barra da calça para exibir a canela machucada com uma coloração alaranjada de Merthiolate ao redor. — Mas nem doeu.

Barão bateu uma discreta continência à exibição de bravura e baixou mais ainda a voz:

— Acho que eu sei quem é ela. Vou dar um jeito de pegar de volta, mas, até lá, fique longe das ruas. Entendido? — Olhou fundo nos olhos do menino.

Miguel, parecendo não gostar, comprimiu os lábios e fechou os punhos. Barão franziu as sobrancelhas e repetiu:

— Posso contar com você, não posso?

— Pode, tio Barão.

— Você falou pra alguém?

— Só pra minha mãe. A minha irmã ouviu também, mas não...

— Miguel, escuta. — Ele pousou as mãos nos ombros do moleque. — Homem que é homem lida com os próprios problemas, nunca mete mulher no meio se não quiser que piore. — Desfez o contato. — Não fale disso com mais ninguém, ouviu? E nem diga que falou comigo. Fica dentro de casa que eu consigo a magrela de volta. Vou dar um jeito pra essa moça ir embora. Se por acaso ela voltar, foge, e se não der pra fugir, conta que encontrou a bicicleta abandonada em algum lugar. — Apoiou a mão na coxa e inclinou o tronco mais próximo ao menino. — Não foi isso o que aconteceu? Você encontrou a bicicleta abandonada no mato. Não foi, Miguel?

Miguel se balançou na planta dos pés. Engoliu com força, como se um sapo descesse pela garganta e levasse de volta para o peito algo que precisava sair. Os braços estavam rígidos ao lado do corpo.

Quando o menino desceu os olhos e em silêncio fez que sim, Barão viu que ele não conseguiria mentir sem parecer que sofria um ataque epilético.

19

Tarso virou o copo d'água inteiro para que o comprimido de Nifurtimox entalado descesse pela goela inchada. Depois da crise no escritório, a respiração só voltou ao normal após ele se recolher, mas a sensação de que o coração continuava crescendo de forma irrefreável prolongava-se no peito.

Massageou o tórax com seus dedos franzinos e os contemplou com tristeza. Não passavam de fragmentos esqueléticos comparados àqueles que antigamente empilharam tijolo sobre tijolo para erguer seu império. A melancolia chegou sorrateira como a lua crescente, que avistou por entre as cortinas ao desviar o olhar de sua decrepitude.

O luar recaía sobre o porta-retratos na mesa de cabeceira. Tirada em 1963, um ano depois da chegada de Victoria ao casarão, a fotografia exibia um Tarso em plena saúde sustentando todo o peso da filha com apenas um braço. Nenhum deles sorria e, quase 26 anos depois, ainda não tinham encontrado motivos para fazer diferente.

Victoria não devia fazer ideia do quanto mexeu com as emoções do pai ao descortinar as intenções por trás do súbito retorno. Erguer a voz exigindo que ele usasse seu poder para colocar o delegado para trabalhar tinha sido o de menos — Tarso sentiu até orgulho. Reconheceu na postura da filha a audácia que lhe faltara na juventude para enfrentar o próprio pai. Se tivesse sido mais corajoso, talvez a vida tivesse seguido outro curso. Quem sabe ele pudesse ter sido realmente feliz. Nada do que conquistara tinha força suficiente para expurgar o demônio da culpa que o acompanhara por todos aqueles anos, e ele continuaria atado até que liberasse o último suspiro.

Tentou afugentar as memórias de volta aos cantos escuros de sua mente, onde costumavam se abrigar e permanecer encolhidas, à espreita, mas naquela noite elas vinham intensas. Na verdade, desde que Victoria retornou, o sono de Tarso parecia ter sido espantado como um pernilongo no escuro, sempre zumbindo bem perto, mas ainda longe do alcance. Amava a filha e faria sacrifícios por ela, mas os últimos sete anos haviam sido o mais próximo que chegara de esquecer seus remorsos. Olhá-la nos olhos foi como puxar a âncora do fundo de um lago e trazer junto os cadáveres que deveriam permanecer lá esquecidos.

Esse pode ser um jeito de atrair a atenção do país sobre Monte do Calvário. Tantas histórias...

O mundo não precisava conhecer os segredos escondidos sob aquelas águas. Victoria deveria deixar as coisas como estavam... para seu próprio bem.

O som de uma gota ecoou no ouvido de Tarso.

Era como se o pingo tivesse caído das sombras e estourado no chão empoçado de uma cripta, erguida dentro de sua cabeça. Num sobressalto, ele se esticou na cama e levou as mãos ao pescoço. Foi tomado por uma súbita dificuldade de respirar, mas era diferente de quando tinha uma de suas crises. O pouco ar que entrava estava machucando os pulmões. Percebeu também que, exceto pelo ruído molhado, não havia nenhum outro som, como se o tivessem envolvido a vácuo em uma mortalha e enfiado tufos de algodão bem fundo nos ouvidos, narinas e garganta.

A luz do abajur turbou e gradativamente perdeu a intensidade até morrer, permitindo que o luar reinasse. Enquanto isso, em algum ponto que ele não conseguia identificar, a goteira continuava pingando.

Ofegante, ergueu-se e calçou as sandálias. A cada passo trôpego em direção à porta, uma estranha pressão tomava conta de seu corpo. Os movimentos se tornaram mais lentos, os pés pareciam afundar em lama. Tarso lutava contra uma força invisível, com a sensação de estar debaixo d'água.

A claridade fria que vinha da janela começava a desenhar fachos distorcidos sobre as superfícies, reflexos sinuosos passando em ondas nas paredes. Tarso observou em volta: parecia que as cortinas e os lençóis flutuavam. Das frestas por entre os tacos de madeira no chão, bolhas subiram e passaram diante de seus olhos incrédulos. Ele abriu a boca para sorver ar, mas um jorro borbulhento escapou.

Ia se afogar.

Silenciosamente a maçaneta girou e a porta aos poucos se abriu. Flutuando, ainda que sem tirar os pés do chão, Tarso deparou com o corredor diante de seu quarto submerso em água turva. Não pôde enxergar muito além; encontrou apenas a obscuridade das entranhas de um lago. Começou a parecer que era arrastado na direção do corredor, uma onda suave a empurrá-lo por trás. Afundou os pés na lama invisível para evitar ser levado, mas sua força de ancião não era páreo.

Contra o negrume no fim do corredor, uma silhueta se destacou ainda mais negra. Tinha a forma de uma pessoa... uma mulher, indistinta em um contorno escuro, mas com algas e raízes agitando-se com leveza em uma aura ao redor da cabeça. Uma melodia vinha dela. De início distante, depois soando mais próxima a cada balanço que o corpo de Tarso dava com o vaivém das ondas, que o aproximavam do corredor. Apertou os olhos por um segundo e, então, os arregalou quando foi atingido pela familiaridade da canção.

Uma nuvem de barro se ergueu por trás da figura e a envolveu, cobrindo-a com um manto costurado em trevas. Por um longo tempo, nada aconteceu... até que subitamente a escuridão engoliu o corredor metro a metro e Tarso pôde vislumbrar, em meio à cortina de barro que avançava, vultos se aglomerando em sua direção. A melodia cessara, e agora tudo o que ele ouvia eram lamentos desesperados, tecendo uma rede que o envolvia em um aperto mortal.

Tentou se mover, sair do caminho da onda marrom-escura, mas o corpo não respondia. Apavorado diante do impacto, foi engolido pelo turbilhão que o fez girar e girar e girar...

Num arfar, Tarso patinou os pés agitados nas cobertas até chocar as costas contra a cabeceira da cama. O som de seu grito reverberou pelo quarto vazio. Suava muito sobre o lençol, que já estava empapado.

Respirando como se tivesse emergido após quase morrer afogado, encarou com olhos arregalados a porta fechada do aposento e, choramingando, sussurrou:

— Me perdoe... Eu não pude fazer nada...

20

Quando precisava se livrar dos caroços que o estresse formava em seus ombros, Barão tinha duas escolhas: passar a noite descarregando as emoções entre as coxas de Pandora ou ficar contemplando o Lago Lameiro do alto da pedreira enquanto bebia até se render ao sono. Pandora era boa ouvinte, sabia quando precisava fechar a boca — e as pernas — e ouvir, mas naquela noite a única pessoa que precisava, e podia, ouvir o que se passava na cabeça de Barão era ele mesmo.

Deitado sobre o capô da caminhonete, o braço esquerdo atrás da cabeça, ele arremessou a quinta lata de cerveja para longe e alcançou a garrafa de café que deixara ao seu lado. Desrosqueou e bebeu direto do gargalo. O aroma do cafezal costumava ser o suficiente para acalmá-lo — o cafezal que um dia seria dele, custasse o que custasse —, mas duas horas depois e continuava fervendo por dentro como uma caldeira prestes a explodir e destruir tudo o que sua raiva pudesse alcançar. Não sabia mais o que fazer. Talvez o café ajudasse.

Fez uma careta ao sentir o sabor da bebida. Seu paladar era treinado para identificar cada nuance dos grãos que produzia, mas aquele gosto que acabara de sentir descendo pela garganta era novo, e amargo... ruim como tudo o que ele colocara na boca nos últimos dias. Não importava se bebesse café, cachaça ou água, sempre havia gosto de mato, de planta.

Aquela maldita planta...

— *O líder espiritual do Irã, o aiatolá Khomeini, manda matar o autor de Versos Satânicos, um livro acusado de ter ofendido o islamismo e o profeta Maomé* — informou o locutor dentro da caminhonete, a voz faustosa saindo pela janela aberta. — *O decreto de Khomeini, inédito no mundo, diz ainda que irá para o céu dos muçulmanos quem morrer tentando executar o escritor.*

Barão abandonou a garrafa térmica e se empertigou contra o para-brisa.

— *O acusado, Salman Rushdie, é indiano, muçulmano e vive em Londres. Ele nega que seu livro seja uma blasfêmia.*

Entrelaçou os dedos e apoiou as mãos na barriga suada, exposta pela camisa totalmente desabotoada.

— *Disse que está horrorizado com a ordem de Khomeini e pode pedir a proteção da Scotland Yard.*

Encarou a lua crescente por um tempo e fechou os olhos.

— *O livro dele já provocou violentos protestos no Paquistão e na Índia, onde morreram...*

Uma interferência interrompeu o locutor. Barão se remexeu, pensando como seria bom adormecer ali mesmo.

— *...morreram por sua causa* — disse o locutor, a pompa na voz dando vez a algo gutural e distorcido, voz humana e rosnado.

Barão abriu os olhos. O rádio chiou.

— *E você vai pagaaarrrrrrrrrrrrrrrrrrrr...*

Um arrepio percorreu todo o seu corpo.

Levantou-se num pulo e deslizou para a lateral do capô, ignorando a garrafa que rolou e caiu na terra. Escancarou a porta, alcançou o rádio e girou o botão com força, dando fim àquele guincho que ecoou longe e morreu em meio ao cafezal.

Sentado no banco, arfante, apertou os dedos na direção e encontrou o ioiô de importância talismânica pendurado no retrovisor; depois, viu o reflexo do próprio olhar o encarando de volta. Parecia um maricas assustado.

Um farfalhar o colocou em alerta. Novamente, como acontecera dois dias antes, captou um movimento pelo canto do olho. Era hora de pegar o desgraçado!

Esticou-se até o porta-luvas, sacou a lanterna e saiu, batendo a porta e adiantando-se até a traseira da caminhonete.

— Aparece se for homem, filho da puta! — gritou com a lanterna apontada como uma faca em direção ao cafezal.

Esperou.

O silêncio profundo que vinha da lavoura não foi quebrado para entregar-lhe uma resposta. Contraiu a mandíbula até que os dentes rangessem e apertou as sobrancelhas até que as têmporas doessem. Sem mexer a cabeça, perscrutou de um lado a outro. Nada, apenas o balançar suave dos cafeeiros. Não havia qualquer sinal de companhia. Ainda assim, concluiu que não estava sozinho.

Quando baixou a lanterna, o facho iluminou pés descalços por entre os caules. De um ímpeto, ergueu-a novamente. Antes que pudesse iluminar o rosto do intruso, a luz encontrou suas costas nuas quando ele se virou e se afastou. Barão não pensou duas vezes antes de se embrenhar na plantação e ir atrás.

Desviando o rosto dos arbustos, tentava manter a mão firme para não perder de vista aquele que se afastava com facilidade. Barão não conseguia encontrar meios de vencer a distância que os separava. Pôde ver pouco dele, lançando olhares que pareciam irradiar uma cintilação antinatural enquanto se mantinha fora de alcance, como um pesadelo. Mas Barão sabia que não era um sonho. Estava bem acordado.

Apertou o passo e derrubou cafeeiros na força bruta. Seus dedos roçaram a nuca do estranho.

— Olha o que o senhor fez *com nós*, patrão.

As pernas de Barão travaram e ele girou o tronco, procurando à direita. A lanterna tremia em sua mão. O coração abandonou o peito e subiu em direção à garganta. Não tinha sido o fato de a voz ter soado um pouco mais ao fundo do cafezal que o terrificara, nem por ela não ter vindo daquele que estava perto o bastante para agarrar. O que o fizera gelar de medo foi ter reconhecido de quem era a voz e de ter a certeza de que o dono dela estava havia quase um mês sendo comido pelos vermes debaixo da terra.

— Pascoal?

Silêncio.

Voltou a iluminar o caminho para onde seguia pouco antes. Ninguém ali.

Contornou outro cafeeiro e deu dois passos adiante.

— O senhor me acusou de louco...

Barão tropeçou em algumas raízes quando girou num repente para a esquerda. A voz chegara bem perto, sussurrada no pé do ouvido.

— Sancho? Que merda é essa?

— Me acusou de bêbado...

Enroscou-se nos galhos ao se virar e recuar. Tinha vindo de trás. Ouvia os mortos sem vê-los.

— A mim também. — A voz de Pascoal veio de um ponto à frente, onde um vulto passou devagar e se misturou às trevas da mata. Barão seguiu em sua direção. A lanterna falhou duas vezes.

— E agora é o senhor que tá vendo coisas — caçoou aquele que tinha a voz de Sancho. Barão virou o pescoço para a esquerda a tempo de distinguir uma figura roliça desaparecendo na brenha. Vindo com o farfalhar, sua voz chegava rouca: — O senhor tá louco?

— Ou o senhor tá bêbado?

Barão movia o rosto de um lado para o outro, incerto de para onde devia olhar. Girava ao redor de si mesmo na tentativa de revelar a identidade dos desgraçados.

— Não adianta gritar. Ninguém escuta *a gente* aqui embaixo.

— A terra consome teu grito quando cê tá numa cova.

— Não adianta fugir...

— Ela encontrou a gente...

— E ela vai encontrar o senhor também.

— Apareçam, desgraçados!

O silêncio imperou mais uma vez.

Sancho e Pascoal não estavam mais ali — isso se realmente tivessem estado. Exceto pelo pio de um anu empoleirado em algum ponto acima da cabeça de Barão, nenhuma outra voz se manifestou. Soltou a respiração e engoliu em seco.

Seus ouvidos captaram um ronco distante, e logo em seguida o negrume da mata foi banhado por uma luminescência fraca aproximando-se por entre as folhagens. O ruído também parecia se aproximar, rápido, tombando os cafeeiros enquanto abria caminho.

Um caminhão?

O caminhão.

E vinha furioso para cima dele.

Assim como a curiosidade quanto ao desconhecido não o tinha feito pensar antes de entrar no cafezal, o desespero também não o deixou pensar antes de dar meia-volta e fugir em busca da saída daquele inferno.

Quanto mais corria, mais o ronco torturante do motor se aproximava, sacolejando a plantação e devorando a distância que os separava. O ar esquentou no cangote. A terra tremia.

Sem parar, lançou uma espiada rápida para trás e se deparou com a luz forte de dois faróis crescendo. Puxou o corpo com força para se soltar dos galhos e teve que abandonar a camisa, seguindo em fuga com o torso nu. As folhas eram unhas de criaturas escondidas arranhando sua pele no escuro. Saltando por sobre os caules que pareciam se emaranhar intencionalmente para impedir sua escapada, captou de relance dois rostos conhecidos em meio à vegetação.

Sem qualquer traço de vida correndo em suas veias, Sancho e Pascoal o seguiam com os olhos atormentados.

Poucos metros adiante, a lataria de sua caminhonete reluziu o luar. Barão abandonou as aparições e apertou o passo. O ronco já estava quase em cima dele. Ofegava tão forte quanto o flagelo de facadas que sentia nas costelas. Arriscou outro olhar por cima do ombro. Lá estava uma terceira figura indefinida — alguém parado em meio aos cafeeiros assistindo a sua debandada.

Voltou-se à frente e com os antebraços foi afastando ramos e derrubando arbustos inteiros. O ar parecia não entrar mais nos pulmões.

Estava quase lá.

Um guincho metálico estourou e o caminhão tombou em cima de Barão quando ele saltou e se atirou para fora do cafezal.

Rolando na terra, afastou-se com o apoio dos braços e pernas e engatinhou como um cão acuado até encontrar a roda traseira da caminhonete. Pressionou as costas contra o pneu e levantou a lanterna para o cafezal.

Os cafeeiros por onde havia escapado balançavam com os galhos quebrados. Todo o resto jazia no mais absoluto repouso.

Apoiando-se na carroceria, levantou-se e, cambaleando, correu até a cabine. Girou a chave no contato e acendeu os faróis. Quando apertou a mão no câmbio e se preparou para afundar o pé no acelerador, notou que algo faltava.

O ioiô, que deveria estar pendurado no retrovisor, tinha evaporado.

Saiu e foi procurar na frente do veículo. Nada dizia que alguém além dele estivera ali. Atrás da caminhonete, o rombo que Barão provocara na mata o fez pensar em uma cova, faminta para mastigá-lo e engolir a pasta de carne e ossos que ele se tornaria debaixo da terra, onde ele reencontraria a face hedionda do seu mais terrível segredo.

O barulho de algo caindo na água chamou sua atenção e ele correu até a beirada do barranco.

Lá embaixo, a superfície do Lameiro, que naquele horário deveria estar tranquila, ondulava como se algo — ou alguém — tivesse acabado de mergulhar.

PARTE 4
O PASSADO

21

Quarta-feira, 15 de fevereiro de 1989

Com o polegar e o indicador em pinça, Barão pressionou os olhos lacrimejantes para secá-los e ver se assim as palavras paravam de dançar no papel. Sentia um sono que colocaria um urso para hibernar no verão, mas ainda havia muito trabalho a fazer.

Abriu os olhos e voltou a redigir a contratação do rapaz que aguardava servil em frente à mesa.

— Você disse que é de onde mesmo? — Barão perguntou sem levantar a cabeça, aproveitando para fechar os olhos com força mais uma vez. — Portugal, certo?

— Lisboa — o jovem respondeu rapidamente com as mãos juntas na frente do corpo. Tinha no timbre a subserviência característica de todos os imigrantes que acabavam ali, os favoritos de Barão: sendo os mais necessitados, não tinham para onde correr.

Ao mesmo tempo que explicava sobre os dias de pagamento e transcrevia para o papel as informações da identidade do português, Barão não parava de pensar em como seu vigor definhava como uma lâmpada num reostato. Sem abrir a boca e com os dentes apertados, bocejou profundamente pelo nariz.

Não poderia passar outra noite sem dormir. Pensou que talvez precisasse maneirar na bebida, embora o álcool nunca tivesse sido um problema. A última vez em que se sentira ele mesmo fora no domingo, ao se deleitar com os suspiros finais de um peixe.

E, então, veio a ligação com a notícia do retorno de Victoria.

A dondoca não podia ter tanta influência sobre ele. Deixá-lo perturbado a ponto de fazê-lo ver coisas? Ele tinha que pôr logo um ponto-final naquilo ou seria tachado como maluco.

Maluco como a mãe.

Não. Nunca chegaria a esse ponto.

— Tome. — Barão se ergueu tão rápido que arrastou a cadeira para trás, e estendeu a folha. — O Inácio te explica o que fazer. Pode começar imediatamente.

Ignorou a resposta do outro, deu-lhe as costas e foi até o pequeno armário atrás da mesa. Ao abrir a garrafa térmica e servir um copo cheio de café, perdeu-se no preto da bebida. Antes que se desse conta, transportou-se de volta à noite anterior, e o cansaço deu vez à irritação. Não bastasse a peça que tinham pregado nele, atrevidos o bastante para roubar seu ioiô. Imaginou se eles seriam também os responsáveis pelo desaparecimento de seu anel. Deu um gole, pensando no que faria quando os pegasse.

— Que merda é essa?! — Cuspiu de volta.

O café tinha sido coado junto com um punhado de mato? O gosto horrível estava ainda pior.

No copo não havia nada estranho, só a espuma de sua saliva misturada ao líquido. *Merda, merda, merda!*

Barão se virou de volta à mesa e atirou o copo na lixeira. O rapaz continuava no mesmo lugar. Estendia a folha para Barão e batia com o indicador em um ponto específico. Não parecia contente.

— Tá esperando o que pra começar?

— Pagamento. Não tem números aqui.

Zangado, Barão se aproximou e apanhou o contrato. Mais desperto pelo amargor impregnado na língua, tudo o que viu, escrito por todo o papel, foi: Queima. Queima. Queima. Queima.

Disfarçando o susto, rasgou-o em vários pedaços e os lançou na lixeira. Pegou novamente a identidade do jovem e se sentou.

— Vá procurar o Inácio. No fim do dia te devolvo isto. Tá olhando o quê? Vai logo!

A rebeldia com que o rapaz o encarou seria o suficiente para Barão dispensá-lo, mas ele estava com sorte. Assim que o jovem saiu do escritório, visivelmente contrariado, Barão espiou a lixeira. O café ali esparramado consumia lentamente os pedaços da folha rasgada e embebia a palavra repetida por todo o papel.

Apoiando os cotovelos no tampo, ele apertou a cabeça entre as mãos e, então, notou uma pasta que não deveria estar exposta, mas estava. Puxou-a e arrumou os documentos dentro dela — fraudes na pesagem das sacas, descontos "extras" no pagamento dos empregados, entre outros movimentos ilícitos feitos ao longo dos anos. Nunca tinha sido tão descuidado. Precisava de ar, de um descanso. Precisava sair dali.

Guardou a pasta na gaveta, trancou-a com chave e bateu a porta ao sair do escritório. Deteve-se por um instante para matutar. Então, sacou o chaveiro do cinto e fez algo que havia muito não fazia: trancou a porta.

Ouviu alguém chamar enquanto rumava para onde estacionou a caminhonete, mas não gastou mais do que um aceno para avisar que estava ocupado. Ao passar em frente à guarita, fechada desde a morte de Pascoal, parou. O que imaginou ser um estranho lá dentro era só o seu reflexo de aparência hirsuta no vidro da janela. Olheiras fundas, linhas de expressão fortemente demarcadas, lábios ressecados. Onde se perdera?

Lembrou-se de como Sancho definhara nos dias que antecederam sua morte. Além de reclamar da dificuldade para dormir, entregara-se à bebida de um jeito irreversível. Era um trapo ambulante. Depois o encontraram na guarita... daquele jeito. E ainda tinha Pascoal. Pensando bem, Pascoal fora outro que não mostrara a melhor das aparências nos dias que antecederam o acometimento pelo sonambulismo que o levara até o cafezal e...

Coincidência?

Não, não podia se permitir pensar em tais insanidades. Eram só parafusos soltos na cabeça de alguém que necessitava desesperadamente dormir. Precisaria das energias recuperadas quando botasse as mãos no engraçadinho que estava tirando uma com a sua cara. Ou era alguém muito corajoso ou era um idiota. Todo calvariano sabia que era mais prudente pisar descalço em brasa quente do que pisar no calo de Barão.

Passou as mãos no cabelo, ajeitou a postura e seguiu seu rumo. Decidiu que voltaria ao Olimpo quando o sol se pusesse. Precisava se reencontrar, e tinha certeza de que poderia descarregar dentro de Pandora tudo de ruim que carregava consigo. Sentir-se homem era o anzol que o puxaria de volta à superfície do limbo onde se afogava. Por ora, almoçar era um bom começo.

A poucos metros da caminhonete, franziu o rosto quando o fedor de carniça entrou rasgando nas narinas. Tapou o nariz e a boca com as costas da mão para engolir a ânsia de vomitar. Em volta, nenhum bicho morto. Anotou mentalmente que mandaria alguém procurar e se livrar da fonte daquela catinga assim que retornasse, mas ao abrir a porta da caminhonete descobriu que não seria preciso.

Uma infinidade de peixes forrava o interior da cabine, com as vísceras vazando por rasgos que iam da boca ao rabo. Barão recuou arfando e, por instinto, levou a mão à peixeira no cinto. Havia também uma substância negra cobrindo o volante e o painel. Peixe com piche.

Bateu a porta com força. Havia chegado a seu limite.

Era hora de tirar a prova dos nove.

22

Durante seus preparativos para voltar a Monte do Calvário, em nenhum momento Victoria se sentira otimista a ponto de imaginar que teria um minuto de sossego, nem mesmo na hora de dormir. Já era a terceira noite no casarão e podia considerar que suas expectativas continuavam conforme o previsto. Aquela fora a pior das três.

Demorou para se acalmar após a discussão com Tarso e só saiu do quarto bem tarde, depois de ter certeza de que não toparia com o pai no corredor. Desceu para um lanche rápido e depois se trancou novamente, matutando até a hora do diabo sobre tudo o que aconteceu ao longo do dia.

O que Victoria acreditava fazer de melhor era juntar os detalhes mais sutis para chegar às respostas que procurava, mas desde o retorno era como se uma nuvem de desorientação a tivesse envolvido e impedisse que ela enxergasse com clareza. A verdade era que não sabia o que fazer, nem por onde devia seguir.

Nos lugares mais prováveis para encontrar pistas — a casa de Uiara, o orfanato e a delegacia — conseguiu somente descaso. Monte do Calvário era uma comunidade comprometida a não ver, a negar. Era atrasada, sobre isso não tinha dúvida, mas ninguém parecia preocupado com o desaparecimento de uma jovem cheia de vida. Aquela gente não podia ser tão desumana.

Cogitou a ideia de Uiara realmente ter fugido.

Por mais que sentisse que não era aquela a verdade, temia estar sendo influenciada pelas próprias necessidades, confabulando com algo que não existia. Se no fim das contas não houvesse história nenhuma para ela, teria perdido um tempo precioso e correria o risco de acabar presa sob o domínio do pai. Precisava de uma história para se reerguer na carreira.

Onde estava a luz no fim do bendito túnel?

No corredor que dava para a cozinha, Victoria viu dona Felipa de pé ao lado da mesa. Quando notou sua presença, pareceu se assustar.

— Bom dia, dona Felipa. — A atenção de Victoria foi logo à menina, que, sentada à mesa, devorava um pedaço de torta. — Olhe, temos visita.

— Perdão, patroa! Ela passou pra vender uns doces e não pude negar um prato de comida.

— Calma, calma. Não tem porque se desculpar. Quem é essa garota linda?

Felipa se aproximou e disse baixinho:

— É filha de um empregado do cafezal, que faleceu faz pouco tempo. A família tá passando por um aperto.

— Empregado do meu pai, a senhora quer dizer. E ele não prestou nenhuma assistência?

— Patroa... — Felipa mordeu o lábio. — É melhor falar com ele. Não questiono o que patrão faz ou deixa de fazer.

Victoria suspirou e balançou a cabeça.

— Tia, tava muito bom. Obrigada.

Ambas se viraram para a menina, que deixou o prato e o copo na pia e limpou as mãos em um guardanapo. Victoria sorriu e cochichou:

— Dona Felipa, prepara uma sacola com mantimentos, por favor. — Depois se dirigiu à pequena, que a encarava curiosa, e abaixou-se diante dela. — Você é uma menina muito linda e muito educada.

— Você também é muito linda. — Ela riu sem nenhum traço de timidez.

— Qual o seu nome?

— Alice.

— Prazer, Alice. — Estendeu a mão. — Meu nome é Victoria.

A menina acenou com a cabeça.

— Que tal se eu te der uma carona até a sua casa?

23

Retalhos do que aconteceu na noite anterior costuravam-se na mente de Barão e formavam um manto que o engolia a cada passo para mais fundo no cafezal. Outra pessoa se perderia no denso labirinto de cafeeiros mesmo com um mapa, mas não Barão. Ele dedicara a vida àquelas terras, uma vida que parecia estar rapidamente desmoronando.

Mas não se ele pudesse evitar. Reassumiria as rédeas e conquistaria as terras que eram suas por direito.

Da mesma forma que faria com quem se colocasse entre ele e seus objetivos, abriu caminho com um golpe certeiro da peixeira.

A copa de uma grevílea surgiu no alto e foi aumentando conforme ele avançava. Depois de descer escorregando um pequeno morro e se apoiado na árvore, Barão chegou a seu destino. Deu uma olhadela nas ruínas tomadas pela vegetação mais adiante do que no passado deveriam ter sido parte do alicerce de um casebre. Ignorou os escombros e colocou-se de frente para a grevílea. Estava aos pés dela o motivo que o levara até ali.

Na verdade, ansiava que ainda estivesse.

De joelhos, Barão começou a cavar com as mãos no ponto onde a terra estava remexida. Não se lembrava disso, mas não pensou muito a respeito para não sofrer ainda mais por antecipação.

Lembranças nebulosas giravam em sua mente a cada monte de terra que arremessava para os lados. Desprezou o sangue que começou a verter de suas unhas. Arrebentaria pedras no dente se isso garantisse sua paz. Porém, quanto mais fundo ia, mais sentia que seu segredo mais íntimo estava prestes a ser descoberto e que não encontraria, de modo algum, a tão desejada paz. Àquela profundidade, *ela* já deveria ter aparecido.

Rosnou entredentes e cavou com mais afinco, só parando quando sentiu o toque diferente de algo prestes a ser desenterrado. Afundou a mão na terra, fechou-a e lentamente a trouxe para fora.

Por um longo tempo manteve o punho fechado diante do rosto enquanto buscava coragem para abri-la. Então, respirando devagar, ergueu os dedos como uma concha e, com olhos arregalados, encarou espantado o ioiô que segurava.

— Como você veio parar aqui?! — sussurrou.

Se pensasse de modo racional — e ele até conseguia enxergar a ideia em meio à turbulência na mente —, Barão diria que alguém de carne, ossos e muita coragem estava se empenhando em uma vingança cujo objetivo era levá-lo à loucura. Porém, sem o controle de uma consciência equilibrada, ele poderia buscar no irracional uma explicação para o que vinha acontecendo.

O tremor irrefreável que o tomou deixava claro para que lado seu julgamento pendia.

Barão sacou a peixeira e girou nos calcanhares quando o som de mato seco estalou em seus ouvidos. Com a lâmina apontada para as ruínas, nada se movia além de seus olhos ensandecidos dardejando aos quatro cantos. Tentou se convencer de que estava sozinho, de que era sua imaginação perturbada lhe pregando uma peça, mas não foi convincente o bastante. O sangue latejava nas têmporas.

— Acha isso engraçado?! — gritou.

Não pôde ignorar o terror na própria voz. A mata densa e quieta que o cercava, balançando lentamente à brisa quente da manhã, roçava em silêncio suas folhas umas nas outras.

— A culpa foi sua! — continuou, os pés enraizados pelo medo que o impedia de sair do lugar. — *Você* me obrigou!

Por fim, conseguiu arrastar um pé, que pesava uma tonelada, e deu um passo adiante. A peixeira oscilava na mão erguida.

— O que você quer? Quer brincar? — Deu outro passo. — Vem que eu te mostro o que é brincar!

Gelou quando percebeu que o mato entre as paredes caídas da decrépita construção se mexeu. Em seguida, um focinho apareceu.

— Erri?

O cachorro desaparecera na noite da morte de Sancho e nunca mais dera sinal de vida. Àquela altura, só poderia estar morto, com daninhas crescendo através de sua carcaça apodrecida. Bem, não era o que parecia.

Barão baixou a peixeira e permitiu-se relaxar. Pensou que Erri podia muito bem ter arrancado o ioiô da caminhonete. Fazia sentido, por que não?

Caminhou em direção ao cachorro.

Descuidou-se diante da familiaridade de algo que o transportava para uma época em que tudo corria como deveria correr, quando ele era o único aos olhos de Tarso, que movia cada peça do jogo em direção à vitória garantida, quando ele era o bom e temido Barão, não podendo prever que o rosnado que vinha do fundo do peito do cão era o sinal de um ataque.

Erri correu e saltou sobre ele, os dentes indo de encontro ao seu pescoço. Com o antebraço, Barão o empurrou, mas se desequilibrou ao pisar em falso na cova do ioiô e caiu de costas no barranco. Enfurecido, Erri babava, mordia e latia enquanto Barão tentava afastá-lo.

Com um empurrão, ele jogou o animal para longe e procurou em volta. Apanhou a peixeira caída ao alcance da mão no instante em que sentiu uma fileira de dentes afiados se enterrando na panturrilha esquerda.

Com a outra perna, chutou a cabeça de Erri, que disparou ganindo de volta às ruínas. Barão atirou a peixeira, mas ela sumiu no mato um segundo depois do cão se embrenhar nele.

Viu uma mancha de sangue crescendo no jeans enquanto as veias pareciam ser consumidas por fogo líquido. Quando tentou se levantar, esticou a cabeça para trás e reprimiu o grito de dor. Cachorro desgraçado!

Refreou a respiração e, apoiando-se na grevílea, conseguiu pôr-se de pé. Quis ir até os escombros procurar a peixeira, mas decidiu que não era uma boa ideia; então, contentou-se em apanhar o ioiô ao lado da cova aberta e, por ora derrotado, voltar por onde veio.

Não seria ali que encontraria o que procurava, mas sentiu nos ossos um medo pesaroso de que não tardaria a encontrar.

24

Victoria sorriu para Alice antes de a menina correr para o banho.

Lúcia, a mãe da pequena, preparava um café de costas para ela. Assim que deparou com a filha puxando Victoria pela mão pela porta dos fundos, levou um susto. Não havia o menor traço de hospitalidade em seu semblante. Porém, sua expressão se suavizou diante da sacola de doações. Faltou pouco para se ajoelhar e beijar as mãos de Victoria.

Agora tagarelava enquanto um aroma repulsivo ao olfato de Victoria preenchia o ambiente.

— Depois que Pascoal faleceu, um grande ponto de interrogação caiu no nosso futuro. — Lúcia despejou o resto da água fervente no coador. — Educação é uma coisa inexistente em Monte. Aqui o povo sobrevive com trocado de gente rica. — Ela rosqueou a garrafa térmica e apanhou dois copos no armário sobre a pia. — Nossa vida vale pouco... Você não imagina como os auspícios são ruins, principalmente para órfãos de pai.

— Obrigada. — Victoria pousou na mesa o copo que Lúcia lhe entregou. Indicou com a mão que era o suficiente quando o café passou da metade.

Quando a mulher se revelou uma metralhadora verbal, Victoria não encontrou oportunidade para dizer que não queria café, e agora era tarde. Lúcia se sentou de frente para ela e serviu o próprio copo. Victoria levou o seu perto dos lábios e assoprou, depois o devolveu à mesa.

Lúcia continuou:

— O meu menino tá vadiando na rua. Não sei mais o que fazer com ele. Se o Pascoal estivesse aqui...

Ninguém diria que o café estava quente se visse como Lúcia deu o primeiro gole.

— Você recebeu assistência do trabalho do seu marido? Ele era funcionário de um cafezal, não era?

— Aquela gente é ruim — Lúcia afirmou com amargura, balançando a cabeça. — O Pascoal trabalhava como um burro de carga praquele saco de bosta.

— Tarso, né?

— Eu nem sei como é a cara desse homem, moça. Sei quem é, mas falo do chefe do Pascoal, o Barão. É ele que manda em tudo por aqui. O Pascoal era só um dos puxa-sacos dele. Ah, como eu sentia calafrios quando aquele homem aparecia nesta casa... Era bem capaz do Pascoal me entregar em uma bandeja com uma maçã na boca se não tivéssemos o que servir pra ele. Mas o dinheiro era bom.

Serviu-se de mais café, sem perceber ou se importar que Victoria não havia tocado no seu. Bebeu mais um pouco e respirou fundo.

— Agora, por mais plantões que eu faça, não ganho o suficiente. Não tenho nem dinheiro pra comprar remédio pros meus filhos. Precisei apelar pra curandeira local pra conseguir curar uma gripe brava que derrubou a Alice. Se ela não tivesse preparado aquele chá milagroso, não sei o que eu teria feito. Nem lá no hospital resolveram.

— A sua filha é uma graça. — Victoria pegou o copo e assoprou novamente, girando-o duas vezes antes de pousá-lo de volta.

Lúcia baixou o rosto e apertou os lábios. Suspirou.

— Peço perdão a Deus por isso... Mas já passou pela minha cabeça vender os meus filhos pra gente rica. Só assim eles teriam uma vida decente. — Jogou os ombros para cima e lançou um sorriso triste para Victoria. — Não seria a primeira vez que isso aconteceria em Monte, pra começo de conversa.

Lúcia baixou os olhos para o copo de Victoria e demorou-se nele por um tempo. Em seguida, virou o rosto de olhos fechados.

— Não, não! O Pascoal me esganaria se ouvisse essa barbaridade.

Victoria podia sentir a angústia da mulher. Partilhava de sua raiva por aqueles que deveriam tê-la assistido em um momento tão delicado.

Apanhou o copo pela terceira vez e deu o primeiro gole. Notou que Lúcia, com o olhar perdido em alguma lembrança, sorriu.

— O Pascoal era um pai maravilhoso. — Lúcia descansou o copo vazio na mesa e cruzou os braços, apertando os ombros com os dedos. — Não deixava faltar nada, era presente... Pelo menos até perto do dia quando ele... — Segurou a respiração por segundos, o semblante tomado pela dor. Abriu os lábios num arfar. — Ele tava agindo estranho desde o acidente com o caminhão.

— Ele faleceu no acidente?

— Não, foi bem antes de acontecer. Era um caminhão que, pelo que ouvi, iam usar pra asfaltar lá pelas bandas dos grã-finos. Você deve ter visto como são esburacadas as ruas da cidade, mas lá elas parecem um tapete. — Lúcia meneou a cabeça. — Ele nunca me contou o que houve, só disse que tinham perdido todo o piche do patrão, mudando da água pro vinho depois disso. Mas não demorou pra chegar piche novo, e eles fizeram o asfaltamento uns dias depois. — Olhou para Victoria. — Pra mim, o Pascoal aprontou alguma merda e provocou esse acidente, porque o Barão não voltou aqui depois disso, e eu dei graças a Deus.

— Quando foi o acidente?

— Em novembro, dois meses antes do Pascoal... — Lúcia descruzou os braços e alcançou a garrafa de café, enchendo metade do copo.

— Se me perdoa a intromissão, o que houve com ele?

Lúcia sorveu um longo gole, encarando Victoria. Com as mãos juntas, pousou o copo no tampo e respondeu, assim que engoliu a bebida:

— Definiram como infarto. — Calou-se por mais um minuto e, como Victoria não reagiu, seguiu em frente: — Eu sou enfermeira e já vi muitas vítimas de infarto.

Lúcia projetou o corpo para a frente, como que para ter certeza de que Victoria ouviria com clareza o que iria dizer:

— Nenhuma tinha a aparência horrível do meu marido.

— Você acha que erraram na causa?

— É como se ele tivesse morrido de medo, é essa a verdade. O Pascoal tava definhando nos últimos dias, parecia um cadáver ambulante. Vivia nervoso. Não dormia direito, não comia, reclamava que tudo tinha gosto de lama, não tava mais *funcionando*. Quase bateu nas crianças quando um isqueiro de prata que ele herdou do pai sumiu. Ele nunca havia levantado a mão pros filhos.

— Ele era sedentário? — Victoria notou que Lúcia não parecia familiarizada ou não tinha entendido a palavra. — Ele fazia exercícios?

— Coitado... O que ele mais queria quando não tava trabalhando era descansar. Mas não foi por isso que ele "infartou". Pode ter sido esse o motivo de terem registrado no atestado de óbito do mesmo jeito que fizeram com o pobre do Sancho.

— Quem é Sancho?

— Era colega de trabalho dele. Um bebum, até o Pascoal arrumar trabalho pra ele no cafezal. Morreu um mês antes do Pascoal, e também disseram que foi infarto. Ele sim era *sequitário*, bem gordo. Bom, ele não tinha família pra sustentar, então devia comer sozinho o que aqui comíamos em quatro.

— Que coincidência estranha... — Victoria sentiu a primeira pontada da enxaqueca que se anunciava.

— Também acho. E tem outra. Esse Sancho tava com o Pascoal no dia do acidente.

Lúcia baixava cada vez mais a voz. Victoria precisou projetar o corpo para a frente para ouvir melhor.

— O Pascoal me segredou que tava sendo perseguido por alguém. Pensei que fosse coisa da cabeça dele, porque nunca vi ninguém. Uma noite, me acordou gritando que tinham entrado na casa. Procuramos, mas tava tudo fechado. Portas, janelas... Sabe o que acho mesmo? Que ele e o Sancho foram apagados porque sabiam de alguma coisa. Dois dias antes de encontrarem o corpo dele no cafezal, o Pascoal me disse que, se algo de ruim acontecesse com ele, seria culpa do Barão.

Victoria arqueou as sobrancelhas.

— Acha que ele tem envolvimento nas mortes?

— Não confio nesse homem.

— E já lhe ocorreu falar com o delegado?

Lúcia riu.

— Tenho dois filhos pra criar sozinha. Não quero mais dor de cabeça pro meu lado. O que eu tenho que fazer é manter o meu emprego e cuidar do que sobrou da minha família.

Victoria levou um pequeno susto quando Alice surgiu sorrindo a seu lado e a abraçou, o cabelo comprido e molhado tocando seu braço.

Lúcia ficou de pé e pigarreou antes de falar:

— Pra qual jornal você trabalha mesmo?

Pedalando sob o forte sol do meio-dia, Victoria se perguntava se Sancho e Pascoal poderiam ter contraído alguma doença no lago do cafezal. Afinal, aquele monte de corpos continuava lá embaixo depois de tantos anos... Quem saberia dizer que moléstias permeavam o Lago Lameiro?

A verdade, no entanto, era que ela mesma duvidava disso. Queria apenas encontrar uma explicação tão evidente quanto parecia ser o envolvimento de Barão. Fantasiou todo aquele tempo uma história de desaparecimento e acabou topando com uma possível trama de homicídios.

Temeu pelo pai, que não devia fazer ideia de que seu empregado mais fiel poderia ser um assassino.

25

Victoria apoiou a bicicleta no quadril e bateu palma.

A casa continuava como ela recordava: modesta, mas bem cuidada, como se os anos não tivessem passado. Sabia que, quando se tratava do que era dele, Barão era sempre muito zeloso, quer fosse um veículo, uma casa ou um mero ioiô.

— Pois não... — disse a moça que apareceu na porta da frente, aberta o suficiente para que pudesse colocar apenas o rosto para fora.

— Boa tarde. — Victoria não a reconheceu, mas esboçou o sorriso mais cordial que conseguiu, apesar da tensão que sentia pelo simples fato de estar ali. — É aqui que mora a dona Faustina?

— É, sim. Quem é você?

— Meu nome é Victoria. A Faustina trabalhou pro meu pai. — Não notou nenhuma reação da outra. Avançou um passo. — Gostaria de vê-la, se for possível.

— A senhora vai me desculpar, mas não tenho autorização pra deixar estranhos entrarem.

— Não sou estranha. — Victoria riu, tentando soar despretensiosa. — O Barão trabalha pro meu pai. Tarso, o dono do cafezal.

Diante disso, a moça teve um leve sobressalto e abriu os olhos um pouco mais quando foi mencionado o nome de Barão. Victoria adiantou outro passo e alargou o sorriso.

— Só quero revê-la, por favor. O Barão tá lá agora, nem vai saber que estive aqui. Não conto se você não contar.

133

Percebeu a aflição com que a moça hesitou antes de soltar o ar e dizer:

— Tudo bem. O portão tá aberto. O seu Barão não gosta de trancar nada.

— Não precisa se incomodar — Victoria disse assim que Zélia tirou um coador do armário. A cabeça ainda latejava pela cafeína de meia hora antes. Juntou as mãos e continuou: — Sério, não bebo café. Mas aceito um copo d'água.

— A dona Faustina também não pode beber. — Zélia guardou o coador e foi até a geladeira, onde pegou uma garrafa de plástico. — Hoje ela tá melhor, mais lúcida que de costume, mas acabou cochilando. — Alcançou um copo de acrílico no escorredor sobre a pia, encheu-o e entregou a Victoria.

— Obrigada. — Victoria bebeu um pouco. — Pra falar a verdade, desde que voltei não tive a chance de encontrar o Barão. Fiquei preocupada com o acidente. — Deu outro gole. — Queria saber se ele tá melhor.

— Acidente? O seu Barão?

— Com o caminhão de piche. O meu pai contou que foi em novembro.

— Não tô sabendo de acidente nenhum. — Zélia inclinou a cabeça um pouco para o lado. — O seu Barão tá cem por cento. — Apanhou uma flanela sobre a mesa e começou a passar nas portas do armário, de costas para Victoria.

— Menos mal. Sabe se alguém se machucou na época?

— Quanto menos a gente sabe dos assuntos do seu Barão, melhor. — Zélia continuava de costas para ela, falando enquanto seguia com a faxina: — Só cuido da Faustina por ordem da irmã Agnes.

— Ah, sim. Ela e a Faustina são amigas.

— São? Se foram, foi há muito tempo. O seu Barão é quem vai vê-la às vezes.

Victoria sabia que um tapa da mão de Barão alcançava os quatro cantos de Monte do Calvário — e, em todos eles, moscas inocentes eram esmagadas pela autoridade ditatorial dele —, mas sua curiosidade se aguçou ao imaginar que negócios ele teria com a mandachuva do orfanato.

Decidiu deixar as suposições de lado por ora e mirar na direção de onde brilhara a luz que acabara de iluminar sua sorte.

— E você é próxima da madre?

— Sou noviça no orfanato. — Zélia sorriu tímida, por sobre o ombro, e voltou à limpeza.

— Incrível, parabéns. Uma empregada do meu pai trabalhou lá há um tempo. Você deve tê-la conhecido. Uiara.

— A neta da Dejanira? — Tornou a olhar para trás.

Victoria confirmou com a cabeça e não deixou de notar a expressão indiferente no rosto da noviça. Zélia voltou ao que fazia.

— Sim, conheci. Era uma garota bem... estranha.

— Estranha como?

— As irmãs achavam. Parecia meio retardada. Nunca tive nada contra ela, mas também não éramos amigas. Ela vivia sozinha... quer dizer, não sozinha. O jeito indecente com que os meninos olhavam pra ela... A única que se atrevia a ficar perto dela era a Alethea. As duas viviam de cochichos.

— Alethea é noviça também?

— Ela é uma pobre coitada que acabou virando noviça por ocasião do destino. Você vê no olhar dela que, se pudesse, ela teria outra vida.

— Que surpresa maravilhosa!

Victoria girou, sem sair do lugar, ao som da voz rouca, encontrando Faustina à soleira. A fisionomia que ela se lembrava levara uma surra feia do tempo. A mãe de Barão parecia prestes a desfazer-se sobre o andador em que se apoiava, como um castelo de areia atingido pelo vento do mar. E nem precisaria ser um vento forte — a brisa mais suave daria conta.

— A senhora sabe quem sou eu? — Victoria olhou de esguelha para Zélia, que moveu os lábios dizendo *ela tem seus momentos*. Foi até Faustina, sorrindo. — O meu pai mal me reconheceu. Fico feliz que não tenha se esquecido de mim, dona Faustina.

— Menina, os seus olhos ainda são os mesmos. E esse nariz... é o nariz do seu pai. Ah, Tarso... Que homem! Se todo homem fosse como ele... — A velha manteve o sorriso por um tempo, estudando as minúcias das feições de Victoria.

Tinha algo sonhador naquele olhar. Mas logo os cantos da boca tremeram e o sorriso se tornou uma linha reta e crispada. Em seguida, ela desviou o rosto e passou ao lado de Victoria, empurrando o andador e deixando arranhões no piso.

— Você é escarro dele, garota.

— Impressão sua, dona Faustina. — Victoria seguia seu trajeto com o olhar.

Faustina parecia inspecionar a limpeza de Zélia, que continuava passando o pano no armário, mas também observava os movimentos da velha. Victoria continuou:

— Sou adotada, lembra?

— Pff! — Faustina parou por um instante, ergueu o andador dois centímetros do chão de madeira e o bateu com força. Depois, foi girando e dando paradinhas até ficar de frente para Victoria. — Nunca engoli essa lorota de adoção. O Tarso deve ter se engraçado pro lado d'alguma puta imunda e acabou ficando com a cria, isso sim.

— Faustina... — Zélia largou o pano sobre a bancada do armário e limpou as mãos no avental.

— Nem precisava ser puta — Faustina prosseguiu, sem nenhum traço da expressão saudosa com que havia recebido Victoria, arrastando o andador na direção dela. — Deve ter se metido com mulher casada... ou alguma rameira que não podia assumir um filho.

— Tá na hora do seu remédio. — Zélia se aproximou pela lateral, apoiou uma das mãos no ombro de Faustina e com a outra segurou o andador.

— Imagina se você ficasse prenha, Zélia. — Faustina virou o rosto para a noviça e deu uma risada rascante. — Daria a cria pra adoção também.

— Credo, Faustina! Vira essa boca pra lá! Vem. — Zélia guiou o andador para o corredor, enquanto Faustina continuava rindo, o corpo tiritando.

— Zélia, posso usar o banheiro? — Victoria perguntou.

— Fica à vontade. É por aqui, no fim do corredor.

Ao seguir pelo caminho indicado, Victoria pôde ouvir Faustina dizer que a rameira de sua mãe se fazia de santa, mas que só queria tirar vantagem de seu Tarso.

Ao sair do banheiro, Victoria ouviu os praguejos de Faustina vindo de alguma parte da casa, e os pedidos de Zélia para que ela se acalmasse. Victoria foi até ali preocupada com o destino da velha, caso o filho fosse mesmo um criminoso e acabasse impossibilitado de cuidar da mãe num futuro próximo. Ela decidiu que exigiria que o pai providenciasse os devidos cuidados caso suas suspeitas se concretizassem. Não iria permitir que a coitada acabasse desamparada.

De repente, uma pedra de gelo pareceu se formar no coração de Victoria e quase a derrubou. Ela levou a mão ao peito e apertou, baixando as pálpebras e puxando o ar entre os dentes cerrados em uma careta de desconforto. Abriu os olhos lentamente e, como se uma linha invisível incitasse seu rosto para a esquerda, foi de encontro a uma porta fechada. Uma coisa abominável espreitava do outro lado. Antes que pudesse se controlar, Victoria estava girando a maçaneta. A porta se abriu sem causar ruído.

A cama de Barão parecia pequena demais para ele. E velha. Não deteriorada, mas antiga. Devia ser a mesma desde a infância. Ao lado dela, um despertador jazia solitário na mesa de cabeceira. No alto, acima da cabeceira, com uma expressão indecifrável, Jesus Cristo exibia em um quadro as pequenas fendas na palma das mãos. Na parede oposta, de frente para o leito, o diploma de conclusão do ensino médio brilhava como um troféu, a moldura polida com esmero.

Mais forte que ela, como se conduzida por uma terceira pessoa, a mão direita deslizou sobre a cama feita. Foi quando a penumbra se intensificou.

Sombras se empilharam nos cantos como limalhas atraídas para ímãs. O ar parou de entrar e de sair pelas narinas quando a impressão de dedos grossos e ásperos se apertou em torno de sua traqueia. O toque lembrava couro curtido.

Victoria levou as mãos ao pescoço, e nada encontrou além da própria pele. Cavou com os dedos na tentativa de se livrar do nó de carrasco e assim nutrir os pulmões, que clamavam pela doçura do sopro da vida.

Num arfar, Victoria se atirou para trás e engatinhou às pressas para longe. Um adensamento palpável no ar a perseguiu. A escuridão preencheu o aposento, como se um tanque de piche tivesse tombado, e sua onda seguiu consumindo todo resquício da luz, que, fraca, parecia ter medo de entrar no covil de Barão.

Victoria alcançou a maçaneta e fechou a porta com força, atirando-se para o corredor.

Ficou ali por um tempo, sentada no chão, esperando a respiração voltar ao normal, enquanto ouvia, no quarto ao lado, Zélia ainda tentando acalmar Faustina.

26

Victoria estava havia dez minutos na praça em frente ao orfanato, e a mesma freira gorducha que a recebera, na primeira vez, continuava no jardim em uma batalha contra a rebeldia dos meninos. Tinha certeza de que ela não a ajudaria a localizar a tal Alethea, então o jeito era esperar por outra irmã que pudesse eventualmente ser mais solícita.

Tirou os óculos empoeirados e puxou um paninho de algodão da bolsa. Enquanto esfregava as lentes, percebeu, pelo canto do olho, um estranho movimento, e virou o rosto.

Indo em sua direção, a figura se movia de um jeito alquebrado, o cabelo indo de um lado para o outro num balanço pendular, projetado com mais intensidade para a direita, como se aquele fosse o lado onde a perna fraquejava. Victoria piscou algumas vezes e descobriu que estava bem próxima dela. Rapidamente levou os óculos ao rosto.

Uma garota de cabelo longo e preto, não mais do que vinte anos, estava a sua frente com um olhar interessado. As roupas que vestia eram dois números acima do ideal, mas a má-formação na coluna era clara. De feições delicadas, era como um quadro que não se decidia pelo barroco ou pelo cubismo, como se o corpo tivesse sido pintado por Picasso, e o rosto, por Vermeer.

— Você é a Victoria? — ela perguntou, o sotaque calvariano acentuado com uma cadência cantada entre as pausas.

Sem disfarçar a surpresa, Victoria confirmou com a cabeça. A garota ergueu os cantos da boca e estendeu a mão.

— Sou Alethea. Temos que conversar, mas não pode ser aqui. A madre proibiu a gente de falar com você. Todas nós. — Espiou em direção ao orfanato. — É sobre a Uiara.

Alethea a conduziu até o centro da praça com ares de selva, onde se acomodaram em um banco de madeira que o jardim malcuidado invadia. Por um tempo, Alethea lançou seguidas espiadas em direção ao orfanato antes de sossegar.

— Você liga se eu fumar? — Victoria aguardou a permissão com um gesto antes de buscar o maço na bolsa. Acendeu um cigarro e tragou fundo. Depois, segurando a fumaça no peito, perguntou: — Acho que te vi ontem. Eu tava no orelhão...

— Sim, mas tive que esperar pra chegar a você. Pensei ter visto a Dejanira. Não queria que ela nos visse juntas.

— Tudo bem. Por que a madre não quer que vocês falem comigo? — Victoria afastou um ramo que balançava ao lado do rosto, sem desviar a atenção da garota.

— Ela não explicou, mas foi bem enérgica. Desculpe, não posso demorar. — Alethea ergueu o rosto e olhou mais uma vez para o orfanato, depois se voltou para Victoria. — Uiara chegou a entrar em contato?

— Comigo? — Pelo canto da boca, Victoria soltou a fumaça para o lado oposto e balançou a cabeça em negativa, o lábio inferior projetado. — Mal cheguei da capital. Tinha esperança de revê-la. Na verdade, reencontrá-la era prioridade. Somos amigas de longa data.

— Eu sei. A Uiara falava de você com muito carinho. — Alethea soergueu os cantos da boca mais uma vez. Devia ser seu jeito de sorrir. — Disse que tentou te contatar algumas vezes, mas achou que você tinha trocado de telefone.

Estranho. O telefone continuava o mesmo desde que chegara à capital. A não ser que... Victoria se lembrou de que passara os dias fora trabalhando e na calada de algumas noites fizera visitas clandestinas ao jornal para usar a máquina de escrever.

— Enfrentei alguns problemas no trabalho. — Victoria tornou a afastar o ramo, que voltou a balançar ao lado do seu rosto. Em seguida, deu outro trago. — Passava pouco tempo em casa. Quando foi isso?

— Pouco antes do sumiço. Nossa, a avó dela armou um escarcéu na delegacia... A cidade toda comentou.

— Dejanira? Senti certo desinteresse da parte dela pelo paradeiro da Uiara.

— Nem pensar. Nunca vi alguém tão perturbado. Primeiro ela foi ao orfanato falar comigo, depois procurou o delegado. Mas só fiquei sabendo disso pelos burburinhos. E... tem uma coisa... — Alethea fez cara de criança quando quebra acidentalmente a urna com as cinzas dos antepassados.

Victoria a incentivou a continuar com um aceno. Alethea coçou a sobrancelha antes de explicar:

— Não contei pra Dejanira, mas a Uiara tava com um pressentimento ruim.

— Por que ela não disse isso à avó?

— Porque você era a única para quem ela queria contar.

Victoria estava prestes a soltar uma baforada, mas se conteve.

— Contar o quê?

— A Uiara descobriu alguma coisa. Não sei o que foi, mas disse que pensava em ir atrás de você.

— E ela chegou a sair de Monte? — Soltou a fumaça, enfim, e cruzou as pernas. — Fui à estação, mas ninguém se lembra de tê-la visto por lá.

— Não sei. Pode ser. — Alethea voltou os olhos para o alto, como se considerasse as possibilidades. — No dia em que ela me disse isso foi a última vez que a vi.

Victoria se aproximou.

— Alethea, você tem alguma suspeita do que a Uiara pôde ter descoberto? Uma pista, qualquer coisa.

— Ela só me contou que encontrou alguém do passado que ela achava que tivesse morrido, ela tava muito feliz por isso. Disse que essa pessoa estava conseguindo ajudá-la a entender mais sobre ela mesma. — Alethea se inclinou um pouco para a frente, segredando: — Você *sabe* que ela tem um dom.

Victoria balançou a cabeça devagar.

O que sabia de fato era que Uiara herdara da mãe uma sensibilidade extremamente aflorada. A garota sempre reclamava da avó, que revelara muito pouco sobre o passado, quase nunca citando o nome da própria filha, que fora uma das dezenas de vítimas do incidente que ficara marcado como a Tragédia da Barragem.

— Não tenho certeza — Victoria continuou —, mas talvez esse "dom" tenha nos aproximado. A cidade era um grande quebra-cabeça, mas nós éramos peças de outro jogo. Acabamos encontrando uma na outra o que precisávamos. Antes disso, sei que a Uiara vivia sozinha, sem amigos, igual a mim. — Sentiu os olhos lacrimejarem. Piscou algumas vezes. — E depois que fui embora, deve ter sido difícil pra ela voltar a ficar sozinha. Tenho receio de como essa solidão pode ter mexido com ela... — Colocando o cigarro na boca, suspirando, Victoria puxou o ar até a brasa na ponta do cigarro brilhar. Jogou a guimba no chão e, ajeitando a franja atrás da orelha, perguntou: — Sabe se ela tava com alguém?

— Namorado? Nunca falou sobre nenhum.

— Uma mulher me procurou. — Victoria descruzou as pernas e esmigalhou a bituca sob o tênis encardido. — Disse que a Uiara é... Ela suspeita que o marido e a Uiara tenham...

— De jeito nenhum! — Alethea balançou as mãos em negativa, a testa franzida. — A Uiara não é assim, tenho certeza. Mas é esperta.

Os cantos dos lábios da garota subiram e mantiveram-se no alto enquanto ela olhava de um jeito divertido para Victoria, que respondeu com uma expressão confusa. Alethea explicou:

— Muita gente aqui não tem como pagar por um bom médico, então acaba à mercê da Dejanira. Mas ela não faz caridade, e muitas vezes aceita serviços como escambo. Carpintaria, alvenaria... O marido dessa *senhora* deve ter capinado o terreno ou cuidado do pomar da Dejanira. — Ela riu. — Digamos que o sorriso da Uiara fica mais largo pra garantir um acréscimo à paga da avó. Mão de homem se abre quando ele quer agradar mulher bonita.

Alethea se recompôs e ajeitou o cabelo sobre o ombro direito, que ficava uns vinte centímetros abaixo da linha do esquerdo.

— Ela usa a beleza, mas sempre deixa claro que se dá ao respeito se algum marmanjo mostra que entendeu errado. Se tem uma coisa que a Uiara não é, essa coisa é promíscua.

— Tenho certeza disso. — Victoria sorriu, procurando uma bala na bolsa, aliviada pela comprovação de seu julgamento sobre a querida amiga. Desembrulhou e jogou a guloseima na boca. Então, notou que Alethea se levantou, agitada. Tocou o braço dela, dizendo: — Espere, tenho mais perguntas...

— Desculpe, mas preciso ir.

A cor fugiu do rosto da garota. Victoria se virou para onde ela olhava.

Dez metros adiante, no caminho por onde haviam passado, a madre Agnes as observava. Mantinha as mãos juntas à frente do corpo, os dedos entrelaçados.

Victoria se pôs de pé.

— Quando poderemos conversar de novo? — Tentou não falar alto demais.

— Por favor, não posso ser expulsa — Alethea disse por sobre o ombro, desacelerando por um breve instante. — Tomara que encontre a Uiara. Vou rezar para que ela esteja bem.

Durante todo o trajeto de Alethea, Victoria ficou parada, brincando com a bala na língua e sustentando o olhar de Agnes. Como uma coruja, a madre não se movia, esperando pacientemente a noviça de andar alquebrado alcançá-la. Sem piscar, encarava Victoria.

Alethea parou ao lado dela e ergueu o rosto para dizer algo. Agnes a ignorou. A moça voltou a baixar a cabeça e seguiu em direção ao orfanato.

Victoria e a madre mantiveram esse duelo silencioso por um tempo indefinido.

Um bando de anus-pretos pousou, fazendo uma algazarra em uma árvore próxima a Victoria. Ela desviou a atenção para eles por um segundo e, quando voltou a olhar, Agnes lhe dera as costas para também seguir para o orfanato.

Mais uma vez, Victoria estava sozinha com suas dúvidas, que dentro de sua cabeça esganiçavam incertezas mais altas do que o som dos pássaros.

27

Barão não se lembrava da última vez em que dormira em casa.

Estava acostumado a relaxar sob o céu estrelado no alto da pedreira até os olhos se fecharem, ou trabalhar em seu escritório no cafezal até o galo cantar, ou esticar a noite enroscado na cabeleira de Pandora, mas o cansaço estava chegando ao limite do tolerável e não havia a menor condição de aguentar o cheiro insuportável de peixe que se impregnara na caminhonete. Normalmente ele colocaria a mãe para dormir e picaria a mula logo em seguida, mas não naquela noite.

Pousou o copo na mesa de cabeceira depois que Faustina engoliu a pílula branca e bocejou. Esfregou os olhos.

— O seu nariz me faz lembrar do Tarso — ela disse, a cabeça inclinada para o lado. — Ele tinha um nariz tão bonito, nariz de homem.

Apesar da menção ao patrão, Barão achou graça do comentário. Acariciou o cabelo dela com cuidado, com medo de arrancá-lo do couro.

— Ah, mãezinha...

— Você cuida bem de mim. — Faustina pegou a mão dele e a apertou contra os seios. Acariciando os dedos do filho com leves apertões, continuou: — O Tarso me admirava, sabia? Gostava do meu trabalho, era bom pra mim.

Faustina bocejou, e um fio de saliva caiu no dorso da mão dele.

Barão não ligou. Lembrou-se do grande carinho com que a mãe sempre falara do patrão — e com a mesma intensidade, nunca comentara de seu pai. Buscou na memória e descobriu que ele próprio jamais perguntara a respeito.

— Mãezinha... — Barão se ajeitou junto de Faustina, sem tirar a mão do colo dela, e apoiou uma cabeça na outra. — A senhora nunca falou do meu pai.

Ela riu.

— Meu Barão, meu Barãozinho! — Apertou o dedo dele com força.

Ele sentiu, mas não era o bastante para que doesse. Seria como se tentassem derrubar uma árvore pedindo que ela gentilmente caísse.

— Ninguém pode saber quem te colocou em mim. Te chamariam de bastardo.

— Arre, mãe! — Barão puxou a mão com um impulso intencional.

— Arre digo eu. — Faustina soltou um bocejo mais longo e, enquanto se ajeitava sob a coberta, continuou: — Se eu não tivesse ido trabalhar no casarão, nunca teria te parido. — Cruzou os dedos sobre a barriga e fechou os olhos. — Pra todos os efeitos, o Tarso é o pai que você nunca teve.

Em segundos veio o primeiro ronco.

Depois de trocar o curativo que providenciou antes do almoço — sentia como se os dentes de Erri ainda estivessem cravados na carne —, Barão sacou o chaveiro do cinto e destrancou o cadeado de um armário de cedro na sala. De dentro, alcançou a única garrafa que, entre uma dezena de outras bebidas caras, estava pela metade. Lembrou-se de que havia muito não precisara levá-las como presentes em suas negociações. Trancou novamente e afundou-se no sofá.

Deu um longo bocejo, puxou a rolha e levou o gargalo à boca, mas deteve o movimento no ar. Girou a garrafa diante do rosto, dizendo a si mesmo que era para estar quase no fim, mas não — estava na metade. Estranhou, mas deu de ombros e virou um gole. Se o cansaço fazia com que ele visse mais bebida, que assim fosse.

Sentindo o vinho aquecer a garganta, levou a cabeça para trás e a apoiou no encosto. Suspirou um bafo quente e encontrou a prateleira de livros no alto. Estava ali para quem entrasse em sua casa a prova de que ele era mais que um sertanejo analfabeto. Enquanto Victoria

145

tinha ido em busca de conhecimento, uma ameaça que sempre iria pairar no horizonte de seu destino, Barão fizera o melhor que pudera.

Bebeu mais um gole, sentindo que todo seu esforço havia sido em vão.

Sentiu também gosto de planta no vinho.

Deitado em sua cama, os olhos acostumados à penumbra, Barão balançava o ioiô sobre o rosto. Assim como fez ao longo do dia, que se arrastou ensolarado até a noite trazer sua aragem, perguntou-se mais uma vez quem levou o brinquedo àquele lugar.

Justo àquele lugar.

Mais cedo, de estômago cheio e com a cabeça deitada sobre a mesa do boteco, concluiu que havia sido ingênuo por acreditar que Erri fosse o responsável. Não podia ceder à estafa e contentar-se com soluções fáceis enquanto o inimigo se preparava para revidar. Não àquela altura do campeonato.

Os resmungos de Faustina vieram de longe e logo viraram palavras.

— Era uma vez um menino...

Barão se lembrou de quando ela lhe contava histórias antes de dormir. Isso fora muito, muito tempo atrás.

— ... um menino feito de galhos e folhas, mas sem raízes, pobrezinho...

Ele sentiu as pálpebras pesadas. Continuava balançando o ioiô, mas os olhos não mais o seguiam.

— ... e sem raízes o menino andava perdido.

Notou uma rouquidão crescer na voz de Faustina.

— O menino feito de galhos e folhas cresceu... — A voz dela engrossou. — ... e mesmo sendo o maior e mais forte de todo o bosque, ninguém enxergava o menino...

Barão parou o movimento do ioiô. Os olhos estavam fixos no teto.

— ... e ele percebeu que, vagando errante por tanto tempo, tinha se perdido mais e mais...

A voz de Faustina agora era gutural. Vinha das entranhas malcheirosas de um buraco cavado com mãos nuas e ensanguentadas.

— ... e agora ele se perdeu de um jeito que não tem volta.

O riso dela soou baixo. Carregava algo de decrépito.

— Mas fique tranquilo, menino de galhos e folhas... logo vai ganhar raízes...

Ele não conseguia respirar.

— ... saindo da sua boca nojenta!

Não seria ali que pregaria os olhos.

Enquanto o eco da voz horripilante se dissipava no breu de seu quarto, Barão meteu o ioiô no bolso, calçou as botas o mais rápido que conseguiu e correu para a caminhonete.

Pandora teria que oferecer muito mais que um abrigo aquela noite.

28

Sentada no gazebo onde tantas vezes se sentira sozinha e rejeitada, Victoria observava os anus-pretos através da lente da câmera, que se ajeitavam para dormir nas árvores do pomar nos fundos do casarão. Deu um leve sorriso ao lembrar de Simony dizendo como seu olho era bom para encontrar beleza onde ninguém mais a via.

Admirava os pássaros com tamanha concentração que só notou ter companhia quando ouviu um som metálico tilintando a seu lado.

— A senhora é sempre certeira, dona Felipa. — Victoria deixou a câmera de lado e alcançou o copo de limonada com açafrão na bandeja sobre o assento de madeira.

Felipa respondeu com um breve aceno e um comprimir dos lábios que trouxe uma teia de rugas a seu rosto rechonchudo.

Com as costas da mão, Victoria limpou uma gota do suco que desceu pelo queixo e continuou:

— Preciso mesmo repor as energias. Hoje não foi fácil. É muito pedir pra senhora conversar um pouco comigo?

— Perdão, patroa, mas... — Ela olhou para trás, em direção ao casarão, e voltou-se para Victoria. — Não posso.

— Dona Felipa, por favor. — Sorriu, os olhos pidões, sentindo-se um pouco como a pequena Victoria, sempre tão necessitada de um carinho para apaziguar a solidão. — O meu pai não tá, nem o Barão, e daqui podemos ver se chegarem. Por favor...

Felipa retesou os lábios e mostrou os dentes, depois coçou atrás da orelha. Seus olhos se encontraram com os de Victoria, e viu algo neles que pareceu ajudá-la a se decidir. Ela segurou as laterais da saia, juntou-as na frente e insegura se sentou.

Victoria arrancou um naco do lanche de rosbife e deu uma mordiscada, tornando a fitar os anus no pomar.

— Fui visitar a dona Faustina e... nossa, fiquei preocupada! — Engoliu e virou o rosto para Felipa. — A senhora sabe se o Barão cuida bem dela?

— Ai, patroa! Não gosto de falar da vida de patrão... — Fez menção de se levantar.

— A senhora é mais patroa do que ele, dona Felipa. Por favor! — Pegou o braço dela de um jeito delicado, mas firme, e olhou fundo em seus olhos. — O Barão é empregado do meu pai e não tem poder nenhum sobre a senhora. — Puxou a bolsa ao notar que Felipa se assossegara no assento. — Além do mais, nenhuma palavra sairá daqui.

Victoria puxou um cigarro e o acendeu diante da expressão de horror de Felipa. Levou-o aos lábios e tragou. Segurou a fumaça na boca e abriu mais os olhos, como se risse através deles. Em seguida, baforou para o alto.

— Converse comigo só enquanto este cigarro durar. Tudo bem? Depois a senhora estará livre de mim, e tudo será esquecido.

Ela notou um brilho de curiosidade nos olhos de Felipa, hipnotizados pela brasa. Baixou a sobrancelha em dúvida, depois estendeu-lhe o cigarro. Felipa hesitou por apenas um segundo antes de tomá-lo entre os dedos.

— Tá bem. Uma tragadinha... que mal há?

Victoria riu, apanhou o naco do lanche, que deixara no prato, e o levou inteiro à boca.

— A senhora conheceu o pai do Barão? — Victoria decidiu chutar logo o pau da barraca e não desviou o olhar do pomar, para não a desencorajar.

Felipa tragou fundo e tossiu um pouco ao soltar a fumaça. Devolveu o cigarro a Victoria.

— Faustina era muito bonita, sabe, patroa? Veio de família humilde, mas que prezava pela honra. A mãe dela era comadre minha, e eu sabia que eles viviam no aperto, então arranjei trabalho pra Faustina no casarão. Não sei se fiz mais bem do que mal por estender a mão...

— Por quê?

— Naquela época, começaram a aparecer forasteiros, e alguns acabaram trabalhando pro seu Tarso. — Felipa parecia também observar os anus, o olhar distante. — Ficaram só duas semanas antes de seguirem seus rumos. Duas semanas, e foi o que bastou pra que um deles abandonasse a Faustina com um filho na barriga.

Victoria arqueou as sobrancelhas e virou-se. Na sequência, pegou a bandeja, colocou-a entre elas e recostou-se no apoio lateral do gazebo, ficando de frente para Felipa.

— Ela não tinha como saber.

— Ah, patroa, não tô aqui pra julgar ninguém. — Felipa se reclinou, relaxando um pouco. — Ela tentou esconder por um tempo, mas não é fácil enganar estes olhos. Eu disse que ela não poderia manter a farsa pra sempre, mas ajudei, e, por um tempo, ela conseguiu fazer o trabalho da casa. O que não conseguia, eu fazia. Não me custava nada, eu só não gostava de mentir pros patrões.

— Na verdade, era uma omissão. E a escolha era somente dela.

Felipa ergueu os ombros quando inspirou profundamente e soltou o ar num longo suspiro.

— É, patroa... Mas, como eu tinha avisado, ela só conseguiu esconder até o dia do nascimento, em janeiro de 1954. Ela teve a sorte de receber a compaixão do seu Tarso.

— Sério?

— O seu Tarso mudou bastante. Lembro que o patrão era gentil, idealista, pensava em melhorar a cidade... Mas começou a mudar, a se fechar...

— O que provocou essa mudança? — Victoria tentava, sem sucesso, conceber aquela nova imagem do pai.

— O pai dele era muito difícil. — Felipa se desencostou do gazebo e levou o corpo à frente, e por um momento pareceu que iria embora. Mas continuou a história: — O seu Tarso prezava muito o trabalho que a Faustina e eu fazíamos, e acho que só por isso permitiu que ela se afastasse pra se recuperar. Ela voltou ao casarão depois, mas... nunca mais foi a mesma. Só piorou com o tempo. E tinha aquelas fantasias...

— Que fantasias?

— Ela confundia a generosidade do seu Tarso com... outra coisa. Acabou incentivando o seu Barão desde pequeno a grudar no patrão. A coisa descambou de vez depois da Tragédia da Barragem.

— Quando eu apareci? — Victoria se empertigou no banco. — A senhora acha que foi por minha causa...?

— Não, menina! Imagina! A senhora não teve culpa de uma doida perder o último parafuso que já tava frouxo. — Desviou o olhar para Victoria, que o tempo todo encarava o pomar, dizendo: — É que os pais dela viviam na antiga vila. Sabe aquela que ficava onde hoje existe o Lameiro?

Felipa jogou a cabeça para trás devagar e segurou o movimento por um instante de olhos fechados. Victoria pegou o copo de limonada, que já estava morna.

— Aquela tragédia perturbou a cabeça de muita gente.

— E por que aconteceu, dona Felipa?

— O rompimento? Ninguém nunca soube explicar. Vieram com um motivo ao acaso, algo sobre a construção ter sido feita nas coxas, mas os mais velhos diziam que foi só pra acabar com os boatos de que Monte do Calvário era amaldiçoada. Não adiantou muita coisa. Até hoje é possível sentir que algo sinistro dita o destino destas bandas.

Victoria não podia discordar.

— Dona Felipa... — Deu um gole curto e engoliu rápido. — A senhora acha que o Barão bate bem do juízo? — Notou que os olhos de Felipa se abriram um pouco mais, e ela pareceu prender a respiração por um momento. — Pergunto isso porque a doença da Faustina é hereditária.

— Que passa de mãe pra filho? Não, patroa, foi a vida que amalucou a Faustina. A onda da barragem só varreu o que restava de equilíbrio naquela cabecinha fraca.

Ao dar mais uma tragada, Victoria reparou que o cigarro estava quase no fim.

— E a barragem? Como era? — Sentiu o lábio superior queimar e afastou a guimba.

— Nossa, patroa, era enorme. Coisa de outro mundo. Era uma promessa de vida melhor pra Monte, sabe? Sustento de famílias, tantas esperanças...

Victoria pressionou a bituca contra o gazebo e a guardou apagada no bolso do short.

Enquanto esfregava com o dedo molhado de saliva o ponto onde a brasa foi apagada, Felipa continuou:

— Acabou sendo abandonada e, mais tarde, demolida, mas isso não eliminou o mal que ela tinha causado. Além do mais, cultivar um cafezal em torno do lago que ela formou pra enricar ainda mais não foi um ato bem recebido pelos calvarianos.

Victoria se virou para ela.

— Dona Felipa...

— Ai, patroa! Perdão! — Levantou-se tão rápido que o gazebo estremeceu, cobrindo a boca com as mãos. — Eu não devia...

— Não, não é isso... — Victoria se preparou para se erguer também, mas bateu a perna na bandeja e derrubou o copo.

— Não se importe com isso. — Felipa se adiantou e pegou a bandeja. Em seguida, exibiu um sorriso desajeitado, aquele mesmo crispar de lábios que não apareceu durante toda a conversa. — Pelo que vejo, o cigarro acabou. Obrigada, patroa. Dá licença.

Victoria ficou olhando Felipa seguir apressada para o casarão e entrar pela porta dos fundos.

Com as pernas cruzadas em lótus, Victoria se encolheu no gazebo, virando o rosto para as árvores. O sol poente se transformou em uma linha alaranjada no horizonte calvariano, e o pomar ficou sombrio. De novo, Victoria reviveu aquela assustadora e conhecida sensação que fora sua única companhia por tantos anos enquanto o pai devotava a vida ao tão estimado cafezal. O sentimento de solidão em cada aniversário.

Finalmente entendeu o porquê.

29

Esparramado no sofá da suíte de Pandora, Barão abriu bem as pernas e deixou os braços caírem ao lado do corpo. De olhos fechados, largou a cabeça para trás, apoiada no encosto. O couro frio do sofá arrepiou as costas nuas. Os músculos esfrangalhados clamavam por trégua.

— Pega, bebê.

Ele abriu os olhos e encontrou Pandora de pé a sua frente ofertando um rabo de galo. Deixou escapar um bocejo entredentes enquanto se ajeitava no sofá, passou as mãos no jeans da calça e só então pegou o copo.

O gosto de planta envolveu sua língua no instante em que a bebida a molhou. De rosto baixo, respirou fundo. Os nervos enlouqueceram de raiva.

Por fim, virou o copo e, depois de um único trago, ele estava vazio. Mantendo o olhar no chão, Barão o estendeu a Pandora, que o pegou e se afastou em direção à penteadeira.

— Mais um? — ela ofereceu.

Talvez se enchesse a cara em um lugar onde se sentia seguro ele conseguisse dormir.

— Capricha na cachaça. — Com o pé direito, ele tirou a bota do esquerdo e depois repetiu com o outro.

— Não acha que tá trabalhando demais? Parece que um caminhão te atropelou.

Barão ergueu a cabeça. De costas, ela lançou uma espiada rápida por sobre o ombro, depois voltou a preparar a bebida.

— Não deve estar dormindo nada.

— Bem que eu queria.

— E o que te impede? O Tarso? Ou tem a ver com a tal princesa?

Ele soltou uma risada e percebeu, no momento em que a ouviu, que pareceu bem menos natural do que pretendia.

— Quando alguma mulher me impedir de fazer alguma coisa, pode me enterrar. — Balançou a cabeça e cerrou os punhos, dando batidinhas no sofá. Pigarreou duas vezes e franziu as sobrancelhas. — Pandora, você acredita em assombração?

— Depende de quantas eu tenha tomado. — Ela se manteve compenetrada no preparo da bebida, a voz soando como se estivesse rindo. Lançou outra espiada para trás. Quando Barão desviou o olhar, ela quis saber: — Anda vendo espírito, por acaso?

— Não sei o que tô vendo... Mas tô vendo alguma coisa.

— Que coisa?

— Sei lá. Gente morta.

— Soa como alguns dos meus clientes.

Barão não conseguiu rir.

— Um rabinho gostoso pra você.

Barão se assustou ao vê-la a sua frente com a bebida pronta, pois ela estava na penteadeira um segundo antes. Teria cochilado?

Apanhou o copo e o apoiou na perna.

— O que quer ouvir? — Pandora se dirigiu à prateleira de discos.

— Hoje só silêncio. — Ele balançava o copo e observava o líquido girar como um remoinho que suga os incautos para o afogamento.

— Você decide, bebê.

Enquanto sorvia um pequeno gole, Barão viu, por sobre a borda do copo, Pandora seguir até o banheiro. Ela acendeu a lâmpada, entrou, deixou a porta entreaberta e perguntou, falando alto:

— Como tá a sua mãe?

Mas Barão não queria a mãe ali.

— Sabe, chega a parecer que tem coisa do além mexendo comigo...

— Oi?! — Pandora abriu um pouco a porta. Estava com a escova de dentes na boca, espumando pelos cantos. Prendera o cabelo em um coque.

154

— ... fazendo objetos aparecerem em lugares onde não deveriam estar...

— Não é cansaço?

Barão a ouviu cuspir, depois o som de água. Pandora completou:

— Você mesmo pode ter mexido nessas coisas e não se lembra.

Barão deu um gole mais farto.

Voltou-lhe à memória o momento em que, após ouvir Tarso diminuí-lo injustamente, socara a caminhonete, sua conquista mais preciosa. Na manhã seguinte, um cardume em decomposição empesteou a cabine onde antes teria sido possível fazer um parto de tão limpa (quem dissera aquilo?).

E tinha o ioiô.

O brinquedo sempre estivera onde devia estar para lembrá-lo de quem era e para onde deveria seguir, e, então, desapareceu durante o pesadelo no cafezal. Foi assustadoramente real, mas não passou disso. Só um pesadelo.

Estava tão transtornado por fadiga e estresse que não podia garantir que não apanhou o ioiô antes de entrar na mata. E, em meio a tão densa escuridão, também não sabia até que ponto havia ido. Talvez ele mesmo tivesse, no fim, enquanto sonâmbulo, enterrado o ioiô.

Mas... e aquilo que rabiscara? "Queima. Queima. Queima. Queima." Estaria sonambulando também quando escreveu? Porém não tinha feito nada de errado.

A culpa não foi sua.

— Pode ser — ele respondeu, espantando os pensamentos. — Só preciso dormir, e tudo vai passar.

Deu outro gole.

— Já pensou em procurar a Dejanira?

— Arre! — Barão engasgou. — Pra quê?

— Ela sempre ajuda a nossa gente. — A voz de Pandora veio abafada, como se estivesse com a cabeça abaixada; achava-se fora da visão de Barão. — Aposto que um chá bastaria pra te fazer dormir como um bebê.

— A bruxa velha é a última pessoa a quem eu recorreria.

Pandora apareceu e apagou a luz do banheiro, fechando a porta atrás de si.

— Por quê?

Barão travou a mandíbula e balançou a cabeça em movimentos rápidos e curtos. Procurou os olhos dela, mas o embaçamento em sua vista a deixava coberta por um cortinado onírico.

— Não sou tão ingênuo pra cair em charlatanismo.

Dando de ombros, Pandora deixou o robe escorregar para o chão. Barão piscou algumas vezes e imaginou ter perdido a costumeira performance com o balançar sensual de espáduas dela. Pouco se importou. Com a cabeça pesada, acompanhou só com os olhos Pandora dar a volta na cama, acionar a lâmpada vermelha e subir no colchão.

O peito de Barão inflou como se reprimisse um riso de desespero. Como queria apagar!

Virou o resto do rabo de galo goela abaixo, levantou-se e desceu o zíper do jeans.

Barão não sabia quanto tempo havia se passado desde que começou a beijar o corpo de Pandora. Os lábios já estavam secos. Lambeu-os e continuou a roçá-los na pele dela, que, deitada de barriga para cima, movia-se de forma comedida, quase inanimada. Ele apoiou o queixo no ventre dela e olhou para cima: com o rosto virado para o lado, Pandora mexia no cabelo, distraída. Barão voltou a beijá-la, abrindo-lhe as pernas e descendo com a língua.

Nunca antes amaciara a carne por tanto tempo, mas enquanto o pau não respondesse, ele continuaria adiando. Ergueu o quadril, para evitar que o membro flácido resvalasse na perna dela, e encontrou nas coxas roliças o apoio de que seus braços cansados precisavam para seguir com o vaivém da língua.

Finalmente ele a ouviu soltar um gemido.

Barão torcia para que ela gozasse e virasse para dormir; seus olhos pesados de sono mal conseguiam se manter abertos. Porém eles se arregalaram quando sentiu algo quente e pegajoso nas mãos. Havia também um estranho odor, e Barão percebeu que exalava diretamente da caverna de Pandora. E ela estava sempre tão cheirosa...

Ele virou o rosto e girou a palma aberta diante dos olhos. Sob a luminosidade carmesim que banhava o quarto, enxergou uma camada negra envolvendo-a. Esfregou os dedos nas palmas de ambas as mãos e fios grudentos de piche se enroscaram neles.

— Por que parou, bebê?

Dentre as pernas de Pandora, uma profusão de piche vazava, empoçando o lençol.

Barão sentiu um forte amargor na boca e cuspiu no dorso da mão. A saliva era negra, grossa. Passou os dedos nos lábios. O piche que melava toda a parte inferior de seu rosto grudou na pele da mão e esticou diante de seu olhar horrorizado.

Escarrando, Barão saltou da cama e correu para o meio do quarto.

O vermelho se transformou em sépia e, com o ambiente mais claro, ele deparou com a palma das mãos voltada para o seu rosto. Exceto pelo encardimento dos próprios pecados, a pele estava imaculadamente limpa.

Barão encontrou Pandora ajoelhada no colchão, com a mão no interruptor e uma expressão de assombro. Notou que os olhos dela desceram para o pau, que balançava, molenga.

— Você não consegue ficar sem isso, né? — ele gritou. — Puta!

— Barão, calma...

Como se os ouvidos estivessem tapados pela raiva, ele não ouviu nada do que ela disse enquanto se vestia, atrapalhado com os tremores que percorriam todo seu corpo.

Quando se deu conta, já estava descendo as escadas. Não se lembrava de ter passado pela porta do quarto.

Ao chegar ao salão, chocou-se com alguém. Ouviu o barulho de vidro quebrando. Piscou repetidamente e encontrou a feiosa do bar diante dele com um olhar descontente. Ela carregava uma bandeja vazia ao lado do corpo e mexia a boca, pelo jeito dizendo coisas tão desagradáveis quanto a fuça que era obrigada a encarar no espelho.

Desejoso de desaparecer dali, Barão a pegou pelos ombros e a empurrou para cima do truco de um quarteto em uma mesa próxima. Um dos homens a ajudou a se recompor, e os outros três se levantaram.

— Perderam o juízo?! — Barão disparou.

O Olimpo parou para assistir ao declínio de Barão. Ele contemplou o seu redor e descobriu-se observado por incontáveis pares de olhos. Sentindo uma fogueira se inflamar no peito, deu-lhes as costas e seguiu cambaleando para a saída.

— Seu Barão, aqui! — disse alguém que chegou pela direita e o segurou no instante em que ele estava prestes a cair.

— Me deixa, eu... — Barão refreou o impulso de empurrar o homem quando deparou com o cabelo grisalho do sujeito. — O que mais eu preciso provar? Hein? Será que não consegue enxergar o meu valor? — Girou diante de Tarso e o agarrou pelo colarinho. — Eu já te dei tudo o que eu tinha!

Assustado, o homem afastava o rosto.

— Calma, seu Barão...

Não era Tarso.

Barão soltou a gola da camisa do senhor e girou. Onde estava a maldita saída?

Diante dele, o brilho do aquário fulgiu com a intensidade de um farol e dissipou as brumas de sua desorientação. Hipnotizado pelas bolhas que subiam e estouravam na superfície, ele foi até a caixa de vidro e encostou a testa contra ela.

No fundo, sereias decorativas em miniatura flutuavam presas a pequeníssimas correntes, enquanto peixes coloridos se afastavam da máscara de loucura que se agigantou de repente sobre seu mundo.

Barão pressionou as mãos nas laterais do aquário e captou o movimento de uma das sereias. Por um segundo, ela pareceu ter se livrado do fio de náilon. Correntes de náilon. Fios de aço. Ela ria dele?

Reunindo o pouco de força que lhe restava, Barão suspendeu o aquário da base e o ergueu como um inimigo derrotado. Vacilou ao recuar alguns passos pela surpresa do peso, mas retomou a firmeza nas pernas. Então, rasgando um sorriso louco no rosto, afrouxou os braços, e o tanque desceu.

Putas gritaram. Cadeiras foram arrastadas. A música brega cessou.

Rindo, Barão deu as costas para os peixes se debatendo em meio aos cacos de vidro no chão e se voltou de frente para o salão. Um escudo de homens o cercava. Riu ainda mais ao ver que estremeciam, sem saber se deveriam ir ou não para cima dele. Não existia homem para enfrentá-lo.

Continuava sendo o Barão.

Uma fenda rompeu o escudo e deu passagem a Pandora. A deusa maior. Barão ergueu o rosto e projetou o queixo para a frente. Deu um passo adiante, preparado para aceitar o ombro dela e ser conduzido de volta a sua cama acolhedora.

Ela parou diante dele. Olhou-o fundo nos olhos.

A bofetada veio com a velocidade de uma derrota.

Com o rosto virado para o lado com o impacto, Barão percebeu que os tremores não mais existiam. Havia congelado.

A voz de Pandora penetrou em seu ouvido como uma faca serrilhada:

— Vá embora da minha casa.

De punhos cerrados, Barão permaneceu imóvel. Sentiu as botas molhadas. Por fim, iniciou um caminhar automático. Passou ao lado de Pandora quase roçando o seu corpo no dela e, entreouvindo cacos se esmigalhando sob seus pés, seguiu para a saída.

A brisa noturna convulsionou a goela, e o vômito avisou que queria sair. Barão engoliu.

Na caminhonete, puxou a maçaneta, mas só então se lembrou de que tinha trancado a porta. Enfiou a mão no bolso e encontrou o chaveiro, mas ele escorregou de seus dedos de gelatina. Abaixou-se e o pegou. Assim que se levantou, viu, através da janela, do outro lado da caminhonete, no limite do facho de luz que descia de um poste, o contorno de alguém nas sombras.

Encaixou a chave na fechadura e girou, abrindo a porta e atirando-se para trás do volante. Percebeu que esqueceu a camisa. Deu a partida e, depois de dar a ré e virar para a direita, cantou pneu para longe do Olimpo.

Pelo retrovisor, tornou a ver a figura ainda ao lado do poste, observando. Acelerou. Guinou bruscamente ao se dar conta de que seguia direto para sua casa. A mudança repentina de direção levantou um rabão de poeira.

Duas quadras depois, teve a impressão de ter visto à esquerda, sob a lâmpada vacilante de outro poste, uma silhueta. Impossível ser a mesma pessoa de antes.

Olhou para trás, mas ela havia sumido. Voltou-se para a frente e descobriu que tomara o trajeto para o casarão. Merda!

Sem desacelerar, aproveitou a esquina seguinte para mais uma vez torcer o volante. Solavancou quando os pneus afundaram nos buracos, fazendo-o saltar algumas vezes no banco. Meteu o pé com mais força.

Uma dezena de metros à frente, à direita, parado diante de um cartaz iluminado, alguém mantinha sua identidade oculta. Barão segurou firme a direção enquanto tentava identificar quem era — não podia ser a mesma pessoa que avistara algumas quadras antes, tampouco aquela que vira no Olimpo.

Estaria certo sobre o complô que o emparedava?

À medida que acelerava não desgrudava os olhos da pessoa, e percebeu que ela também o acompanhava, virando o rosto conforme ele avançava. Num lapso menor do que um segundo, Barão teve a impressão de que se achava em câmera lenta. Pôde ver a aura pálida que vinha do letreiro e iluminava por trás o contorno da figura, mas todo o resto mergulhava no mais negro anonimato.

Foi virando a cabeça para a direita, quando a caminhonete passou pelo cartaz, e engasgou ao descobrir que não estava sozinho. No assento do carona, ainda incógnito nas sombras, tinha alguém sentado.

Barão quase arrancou o volante das juntas mecânicas quando foi atingido por um bafo quente que fez seu estômago rodar. Cheiro de fezes e lodo de esgoto misturado a podridão de cadáveres permeava através das roupas, impregnava no couro. Para sempre, ficaria grudado nele.

O carona indesejado olhava para a frente. O coração de Barão desapareceu do peito, deixando para trás um casulo vazio cheio do mais primitivo horror. Seus olhos saltariam das órbitas a qualquer chacoalhão um pouco mais forte.

De início, ouviu apenas um ronco baixo. Vinha dos lábios entreabertos do carona. Com a mão, protegeu o nariz. Se aspirasse aquele fedor cadavérico, expulsaria as entranhas marinadas em bile.

Os músculos faciais doíam. Deu um tranco quando viu o carona erguer um pouco a cabeça. O facho de um poste passou, e Barão enxergou, sob uma farta cabeleira crespa com cheiro de mato molhado, a metade de baixo do rosto do intruso. Lábios grossos, mantendo-se estático, olhando para a frente. Barão seguiu seu olhar.

Ergueu o braço num reflexo antes do impacto.

Não houve tempo para desviar da árvore que, materializando-se propositalmente no meio do caminho, colocou-se diante dele e de seu objetivo — naquele momento, algo indefinido. Ainda assim, em um rápido relance, Barão pôde distinguir duas silhuetas, uma de cada lado da árvore, parcialmente cobertas pelas sombras, os faróis iluminando somente a parte de baixo dos corpos. Uma corpulenta, quase redonda. A outra, franzina e mais baixa.

Antes de Barão perder a consciência, ele teve a certeza de saber quem eram todos os três.

30

Victoria subiu para seu quarto sabendo muito bem a dificuldade que teria para dormir. Foi tiro e queda: revirou-se tanto na cama que só a exaustão pelo exercício foi capaz de fazê-la adormecer. Lembrou--se disso quando sentiu que havia despertado, mantendo as pálpebras fechadas para não deixar o sono escapar.

Os cílios tremularam quando algo áspero roçou suas pernas, à altura da canela, e depois seus pés afundaram no que parecia ser terra úmida. Percebeu que não estava mais deitada em sua cama, mas em pé, com a brisa a sussurrar em seus ouvidos, em campo aberto.

A curiosidade venceu a vontade de dormir, e Victoria abriu os olhos.

Atônita, perguntou-se como fora parar ali.

Diante dela, como se a encosta da pedreira tivesse aberto uma bocarra pedregosa para bocejar, a gruta, onde ela e Uiara haviam compartilhado as únicas boas lembranças vivenciadas em Monte do Calvário, jazia em silêncio em sua própria escuridão. Em seu interior, o reino das trevas dominava absoluto.

Lembrou-se de como se sentiam protegidas ali, sem olhares críticos e dedos acusadores apontando para elas. Naquele momento, no entanto, o que era arremessado em sua direção, vindo do breu da caverna, era uma torrente de angústia que a alcançava e, com longos dedos ceráceos, apertava com força seu coração.

Sem saber por quê, sentiu vontade de chorar.

A brisa, por fim, tomou um novo corpo e transformou-se em canção. Uma canção fraca, maviosa, aparentemente movida pelo próprio eco.

E conhecida de longa data.

Victoria deu as costas à gruta e voltou toda a atenção ao Lago Lameiro, que se estendia sob a lua crescente cintilante. Um sudário de névoa pintada com o cinza-azulado dos lábios frios de um cadáver se desenrolava em espirais sobre a face do lago e chegava à margem na forma de farrapos de um véu translúcido. Victoria aguçou os ouvidos.

A canção fantasmagórica vinha do fumaceiro.

E dele vinha também a visão de uma silhueta recortada entre as espirais.

Victoria avançou para ver melhor e parou apenas quando sentiu a água batendo nos joelhos. Apavorou-se, mas foi incapaz de recuar. As pernas não obedeciam.

Olhou para baixo e deparou com o reflexo. As ondulações do lago dificultavam que divisasse detalhes na imagem refletida, mas havia a garantia de uma certeza: não era ela do outro lado do espelho. Era uma mulher, estatuesca como nunca vira, com sua pele negra refletindo o luar.

Victoria se abaixou e, diminuindo a distância entre os rostos, notou traços familiares. Os olhos da mulher, que não se desviavam dos seus, eram grandes e amendoados. Estremeceu de dor ao reconhecer neles os olhos de Uiara. Mas, embora se parecessem bastante, não era ela.

Seus lábios cheios e rosados se moviam silenciosos em uma expressão de profunda tristeza. Participando de sua dor, Victoria curvou mais o corpo, e o movimento foi prontamente arremedado pela outra. Pequenas bolhas estouraram, desfazendo o rosto da mulher. Victoria compreendeu que a canção, trazida do fundo do lago, vinha com elas. Surreal, suas notas melancólicas vagueavam com os peixes sob o leito.

As pequenas ondas provocadas pelo estourar das bolhas se dissiparam, e o reflexo voltou a se mostrar para Victoria. Então, num jorro, um par de mãos se ergueu e, com dedos envoltos por barro quase negro, a agarrou pela nuca.

Victoria instintivamente afundou os braços em busca de apoio sob as águas, que agora pareciam mais turvas, e sentiu as palmas esmagando uma aglomeração bolorenta de plantas submersas. Debatendo-se, viu pétalas púrpuras emergirem e boiarem enquanto ela lutava para encontrar apoio. Incapaz de confrontar a força sobrenatural que a puxava, assimilou sua derrota ao ver a própria franja se dobrar e boiar ao contato com a água. Seus olhos se fixaram aterrorizados naqueles que a encaravam antes de ter a cabeça mergulhada.

Levantou-se arquejando e puxou o ar num impulso.

Ofegante, sentiu a respiração voltando ao normal, devagar, conforme se acostumava à ausência de luz e os móveis de seu quarto se destacavam no escuro. Agarrava os lençóis como boias jogadas para alguém à deriva prestes a se afogar. Experimentava ainda a sensação de estar na água.

Quando se mexeu na cama e se sentou na beirada para calçar as pantufas, captou um ruído de sucção aquosa sob o corpo. Levantou-se e descobriu que o molhado nas costas era bem mais do que suor.

O formato de seu corpo permanecia desenhado no colchão, que afundou até o estrado, como se Victoria tivesse adquirido a densidade do chumbo enquanto dormia — ou como se tivesse sido puxada com extrema força para dentro dele. Para baixo.

E, de onde se levantou, como um pequeno lago, uma poça d'água se formou no sulco sobre os lençóis.

A FLOR
ESCONDIDA

31

Quinta-feira, 16 de fevereiro de 1989

Parada diante do portão do cafezal, Victoria esfregou as mãos suadas e respirou fundo para afastar as lembranças ainda frescas da noite anterior. Não queria retornar às divagações que a conduziram até o amanhecer no compasso de uma charrete sem cavalo em busca de uma explicação lógica. Não encontraria nenhuma. Não ainda. Afugentando a hesitação, ajeitou a franja atrás da orelha e, de cabeça erguida, atravessou o portão. Se queria respostas, teria de perguntar às pessoas certas.

Dois homens que conversavam mais adiante, na guarita de vigilância fechada, calaram-se assim que notaram a presença de Victoria e a mediram de cima a baixo. Um cochichou de lado sem tirar os olhos dela; o outro armou um sorriso sacana que durou só até que ele a reconhecesse. Cutucou o primeiro, trocaram mais um cochicho e seguiram para o lado contrário.

Quando se tratava de conhecimentos acadêmicos, o povo calvariano era obsoleto, mas, no que se referia ao instinto agreste que garantia a subsistência, era especialista. Por isso não a surpreendia que evitassem contato direto com as pessoas relacionadas com Tarso; e talvez ainda mais com Barão. Por conta disso, Victoria notou duas coisas a respeito de um rapaz, que despreocupado dividia sua atenção entre ela e a marmita nas mãos: ele certamente não era calvariano, e muito provavelmente vivia em Monte havia pouco tempo.

Antes que o rapaz provasse que Victoria estava errada e também batesse em retirada, ela foi direto até ele. O jovem tapou o sol com a mão e pousou a marmita na perna. A boca continuava mastigando, mas a expressão era solícita.

Depois dos cumprimentos e apresentações — das quais omitiu seu parentesco com o chefe do chefe dele —, Victoria perguntou, alisando a câmera pendurada no pescoço:

— Alguém se queixou de ter pegado alguma coisa por aqui? Mesmo que tenha sido só uma alergia.

— Quem trabalha no campo sempre tá se coçando, dona. — O sotaque estrangeiro entregava que ele não era somente novo na cidade, mas no país; o número de imigrantes que trabalhavam no cafezal era imenso. O rapaz misturou a comida com a colher, levou o que parecia ser arroz e carne moída à boca e mastigando continuou: — Eu mesmo tô com um danado no pé. Coça que é o diabo!

— Mas e o lago? Você sabe o que tem no fundo dele, não sabe?

— Se sei!

— Me disseram o que houve com dois homens aqui. Sancho e Pascoal. Imaginei que talvez tivessem contraído algo de lá.

— Eu mesmo vou pra lá direto nadar. Quer dizer, sempre que dá. Comecei a trabalhar aqui faz uns cinco meses e nunca peguei nada. — Engoliu e limpou os dentes com a língua. — A dona acha que a água é perigosa?

— Seria uma explicação.

— Os falecidos eram chegados seus?

— Eu nem os conhecia, pra falar a verdade. — Percebeu o ar interrogativo no rosto dele. — Tô procurando uma amiga. Ela morava... mora em Monte e tinha costume de nadar no Lameiro. Tenho medo de que o sumiço esteja relacionado.

— A dona já falou com o delegado?

— Não sei como é o lugar de onde você veio, mas aqui ninguém se importa com garotas negras que evaporam, por mais bonitas que sejam.

A expressão confusa do rapaz deu lugar a uma repentina iluminação.

— Negra e bonita? — perguntou depois de recuar com a colher que já entrava na boca.

Victoria fez que sim. Ele olhou para um ponto acima à esquerda e balançou a cabeça devagar para cima e para baixo.

— Acho que essa moça esteve aqui. Era mesmo muito bonita, difícil de esquecer. Eu tinha acabado de chegar e fiquei encantado. Se toda garota desta terra fosse como ela... Sei que as meninas do Olimpo não são.

Victoria enfiou a mão na bolsa e mexeu os pertences por um tempo até encontrar o monóculo. Estendeu-o ao rapaz.

— Foi essa?

Ele não precisou olhar muito para confirmar.

— A própria. Que maravilha! — Devolveu-o a Victoria. — Tinha o cabelo mais armado, mas era ela.

— E quando foi isso? — Ela retornou o monóculo à bolsa.

— Deixa ver... Cheguei em setembro. Ela apareceu duas semanas... Não, acho que foi um mês depois. É, foi isso. Foi em outubro que ela falou com o seu Barão.

— Tem certeza? — Havia uma brecha de um mês entre a ida de Uiara ao cafezal e o desaparecimento.

— Tenho sim, dona. Era dia de pagamento, e eu tava perto do seu Barão quando ela pediu autorização pra procurar uma coisa.

— Que coisa?

— Não consegui entender. Sei que o seu Barão não autorizou.

— Por acaso foi na mesma época do acidente com o caminhão?

— Não, esse foi depois.

— Em novembro, né?

Ele pensou um pouco.

— Isso, em novembro. Como a dona sabe?

— Chutei — ironizou. — Você sabe se ela e o Barão se falaram outras vezes? Ou se ela falou com os homens que morreram?

Ele abriu a boca, mas congelou os lábios antes que mais palavras saíssem. Olhava para trás de Victoria. Por sobre o ombro, ela viu que a dupla de antes fazia sinal para que o rapaz fechasse o bico. Teve a impressão de que o homem do sorriso sacana havia passado o polegar em linha reta no pescoço. Ouviu o som da colher de metal batendo na marmita e voltou-se ao rapaz.

— Não, espera. Só me responde se...

— Dona, perdão, mas não é inteligente ficar falando do seu Barão. — Ele se levantou e não parou de enrolar o farnel em um pano de prato enquanto falava. Agora evitava contato visual. — Me contaram o que acontece com quem se mete no caminho dele ou do seu Tarso. Se me dá licença, minha hora de almoço terminou. Passar bem.

O trio se afastou, segredando em direção ao cafezal. Depois que sumiram de vista, Victoria contemplou o entorno. Aproximou-se dos cafeeiros, que balançavam numa cadência suave. Arrancando um fruto, apertou-o na ponta dos dedos. Depois o esmagou.

Lembrou-se com clareza do que Barão dissera. *Tenho trabalho demais no cafezal pra prestar atenção nessa gente*. Meticuloso como era, poderia Barão ter esquecido? Não, não poderia. Não ele. Victoria duvidava de que Barão se esquecesse de ter proibido Uiara de procurar o que quer que fosse antes de sumir do mapa.

Sentiu o estômago doer só de imaginar um confronto com ele. Nem o rapaz, nem ninguém teria coragem de contestar Barão diante do próprio Barão. Assim, seria a acusação dela sem nenhum apoio. Encurtando a história, era como se não tivesse descoberto nada.

Tomada por um novo desânimo, de repente, Victoria se sentiu impelida a erguer o rosto, virá-lo à esquerda e olhar. E assim o fez.

Levou a mão à face para se certificar de que estava com os óculos. Só a falta deles explicaria o que seus olhos enxergavam.

A cinquenta metros, com metade do corpo escondido pelos cafeeiros, uma garota, com o dedo diante dos lábios, a encarava, e por um segundo o mundo parou.

Era Uiara.

E parecia estar bem viva.

Victoria arfou e, apenas com o movimento dos lábios, sem emitir som, pediu para ela esperar quando a viu desaparecer em meio à plantação.

Depois foi atrás.

Victoria ia adentrando o cafezal, afastando os ramos que vinham de encontro ao seu rosto, com medo de novamente perder Uiara, que, o tempo todo de costas, seguia sem desacelerar mais à frente.

Os caules se enroscavam em teias quase intransponíveis, que seguravam seus pés. No primeiro enrosco, Victoria baixara o olhar para se desvencilhar e, quando retomara, Uiara havia desaparecido. Reencontrou-a dois segundos depois, mas foi o bastante para que pensasse estar alucinando. Não queria arriscar antes de se certificar de que aquilo era real.

A mata perdeu a densidade poucos metros depois de Victoria sair dela e chegar a uma clareira. Uma antiga e alta grevílea proporcionava uma bem-vinda proteção do sol castigador. Diante dela, as ruínas do que parecia ter sido um casebre descansavam. Fora isso, só a plantação. Nada que naquele momento a interessasse mais do que Uiara, que continuava de costas, parada diante das ruínas.

— Uiara?

Sem se virar, ela ergueu a mão na altura do ombro e fez sinal com os dedos para que Victoria se aproximasse.

Caminhando até a amiga até então desaparecida, Victoria percebeu que não havia nenhum outro ruído além do mato seco estalando sob seus pés e do eco do coração batendo acelerado no ouvido.

Conteve o ímpeto de envolver Uiara em um abraço quando parou ao lado dela e a reconheceu. O peso de mil sacas de café caiu de seus ombros e Victoria respirou aliviada.

— Pensei que estivesse morta... — Sentiu o choro se evidenciar, mas segurou firme.

Sem responder, Uiara olhava para os destroços tomados pela vegetação. A tristeza esmagadora que emanava dela fez Victoria sentir os pulmões serem repentinamente inundados por uma lama grossa e fétida.

Puxou o ar com força, depois prosseguiu:

— Que lugar é este?

— Aqui foi onde mamãe ficou grávida.

A fala continuava com a doçura de sempre. Ouvi-la provocou uma sensação ambígua: era bom experimentar mais uma vez a voz que tanto a fizera sorrir, mas também ruim pela angústia que carregava, como se a afirmação trouxesse um luto nas entrelinhas.

— Você nunca me disse isso. A sua avó te contou?

— A vovó nunca descobriu este lugar. Mas foi por causa dela que cheguei até aqui.

— Uiara, o que isso tem a ver com o seu sumiço?

— A mamãe cultivava a própria planta de poder perto da vila. Isso a vovó me contou sem querer.

Além dos lábios, que tinham o tom avermelhado da canjerana, e do cabelo armado e lustroso cujos cachos balançavam pela aragem, Uiara não se movia.

— Esse tipo de coisa não se encontra em livros — continuou. — É ensinamento que vem do sangue. Por isso é mais efetivo criar o seu próprio jardim, nutrir as raízes com a sua vontade, besuntar as folhas com o seu suor. Pra seguir os costumes, eu precisava cultivar um jardim só meu. Toda mulher da minha família tem que fazer isso se quiser seguir nessa vida. Pensei que seria uma boa ideia escolher a planta favorita da mamãe.

— Mas a Tragédia da Barragem engoliu a vila.

— Eu disse *perto* da vila. Sobraram algumas no nosso refúgio.

— Você quer dizer na gruta? Mas nunca teve planta nenhuma lá.

— Ela sempre esteve lá. Só você não via.

— E o que a planta tem a ver com este lugar? — Victoria apontou as ruínas.

— Nada! — disse áspera como a casca de uma ferida. — Aqui não cresce nada que deva ser cultivado. Só o que nasceu nesta terra foi a vida de duas desgraçadas por causa de um amor que não devia ter acontecido.

— Como assim duas vidas? — Victoria se lembrou da conversa com Alethea. — Foi a pessoa que você reencontrou?

Victoria teve a impressão de ouvi-la respirar com dificuldade, algo rouco, antes de responder:

— No dia em que nasci também perdi a minha irmã.

— Na tragédia? — Victoria sabia que o nascimento de Uiara fora um milagre. Ela viera à luz no último suspiro de sua mãe, resgatada dos destroços flutuantes. Haviam sido gêmeas? — Uiara, não tô entendendo. A sua irmã morreu ou não? A Alethea me contou sobre uma pessoa...

— Pensam que ela continua no fundo daquele lago maldito, mas não. Ela ainda caminha entre os vivos.

— Foi por isso que você sumiu? Onde ela tá agora? — Esperou, mas não obteve resposta. — Minha amiga, tive tanto medo de que tivesse acontecido algo ruim com você! Pensei que alguém pudesse ter te machucado, que... — Expirou com força. — Todos pensam que você fugiu!

Ainda sem resposta. Ainda sem se mexer.

— Onde você esteve todo esse tempo, Uiara?

Victoria levou a mão em direção ao ombro dela, pensando que sentir um calor amigo a ajudasse a sair do estado de assombro. Porém, antes que pudesse tocá-la, um latido chegou por trás. Atraída pelo som, Victoria girou rápido no exato momento em que ouviu Uiara responder:

— Eu nunca deixei este lugar.

Ao mesmo tempo que Victoria procurava o responsável pelo latido que soou ao pé do ouvido, olhou também para a amiga.

Uiara desapareceu.

Victoria se viu sozinha diante dos restos do casebre. Não havia mais Uiara, nem cachorro, nem certezas.

Não foi um som ou um movimento, mas algo a fez olhar para o outro lado. Mais uma vez de costas, Uiara estava parada ao lado da grevílea. Sem entender o porquê, Victoria ergueu a câmera e a fotografou. Depois, viu-a entrando no cafezal.

De novo, Victoria a seguiu.

32

Barão estacionou sua caminhonete do outro lado da rua do orfanato. Não queria acender o pavio dos curiosos com o para-choque danificado. Tirou um envelope do porta-luvas e o enfiou na calça, sob a camisa. Em seguida, pegou um saco de papel pardo do painel, saiu e trancou a porta.

No jardim, os meninos corriam atrás de uma bola feita de retalhos de pano enrolados em arame. Barão sorriu de lado. Estavam mais interessados na diversão do que na dor em seus pés calejados.

— Olha, é o tio Barão!

Bastou um deles avisar para que decretassem um intervalo, e todos correram em direção àquele que tanto admiravam.

— Trouxe pra vocês. — Barão atirou o saco para o maior dos meninos e, rindo, continuou: — É a minha favorita, então é bom que gostem.

Viu-os formigarem em volta do portador do presente e riu ainda mais quando atacaram o embrulho como um cardume com braços, cada um garantindo para si um punhado de balas. Lembrou-se de quão feliz ele próprio ficava quando era presenteado por Tarso com aquelas mesmas balas. Bastava para fazê-lo se sentir benquisto, na época ainda um menino abandonado e privado de carinho.

Privado de um pai.

Abandonou a lembrança e acenou com a cabeça para dois ou três que se lembraram de agradecer.

— Joga uma partida com a gente? — perguntou o único gordinho entre eles.

— Vou ficar devendo, parceiro. Vim tratar de negócios.

— Que chique... — disse um ruivo sardento e magrelo. — Quando eu crescer, quero ser importante que nem o senhor.

— Eu também! — emendou outro, juntando outra bala àquelas que já tinha na boca.

Barão balançou a cabeça, divertido. Bem que tinha um tempinho para fazê-los comer poeira, mas acabaria revelando as dores que caçoavam dele em cada vértebra desde que despertara com a cara enfiada no volante. Não admitiria fraqueza a quem o tinha como herói. Na verdade, não admitiria fraqueza, ponto.

— E mais tarde? — perguntou o mais velho, ainda segurando o saco pardo, agora bem mais vazio.

— Tenho muita coisa pra fazer ainda. Aproveitem. Logo eu volto pra saber quem fez mais gols.

A verdade era que Barão não tinha certeza de quando voltaria para jogar — nem *se* voltaria. Mais do que coisas para fazer, ele tinha incertezas, e foram elas que o levaram a tomar algumas decisões.

Despediu-se de cada um deles com soquinhos no punho e seguiu ao orfanato para cumprir a primeira delas.

— Tá com a cara péssima. — Virando-se de costas para Barão, Agnes puxou as cortinas, poupando-os de bisbilhoteiros, mas não da claridade de um dia quente. Depois arrastou a barra do hábito até sua cadeira e se sentou devagar. — Andou se metendo em briga?

— Foi um acidente, mas não vem ao caso. — De pé ao lado da cadeira, ele ergueu a camisa, puxou o envelope escondido na cintura e o colocou na mesa. — Vim te dar isto.

Barão empurrou o envelope com a ponta dos dedos enquanto a madre o observava com uma expressão impassível. Agnes esperou que ele continuasse, mas ao ver que Barão a encarava de volta em silêncio, pousou a mão sobre o papel pardo e o puxou para si, para só então baixar os olhos e desfazer o lacre adesivo.

A apatia fugiu do rosto da religiosa quando ela descobriu o conteúdo. Fechou-o e devolveu para Barão.

— O Tarso e eu não devemos mais nada um ao outro.

Bom, era a reação que Barão antecipava, mas não a resposta. Não conhecia tão bem o pai-modelo, afinal.

— Não foi o Tarso quem mandou. — Ele se aproximou da mesa para reaver o envelope, estendeu-o no ar e balançou-o com impaciência. — Quem tá te dando isto sou eu.

A madre recuperou a frieza e inclinou a cabeça para o lado, juntando as mãos sobre o tampo. Barão ouviu um dos pés dela batendo devagar no chão, revelando que uma serva de Deus também podia ser desaforada se quisesse.

Ele expirou longamente e relaxou a mandíbula ao ouvir os dentes rangendo. Não era hora de brigar. Baixou um pouco o braço e, revestindo cada palavra com a mais sincera suavidade que conseguiu evocar, disse:

— Madre, estas são economias minhas. Só quero que os meninos tenham uma vida melhor. É pedir muito que lhes dê estudos decentes? Encurte as rédeas pra que não se tornem burros de carga errantes neste fim de mundo. Só assim vão ter uma chance nessa merda de vida. — Inspirou com calma e voltou a erguer o envelope, esperando que o palavrão ao final não tivesse estragado todo o discurso. — Aceite.

Por um tempo, Agnes investigou a fisionomia de Barão atrás de segundas intenções nas entrelinhas do recibo. Apertou os dedos entrelaçados e, por fim, cedeu. Estendeu a mão, mas hesitou antes de tocar o envelope.

— E o que quer em troca?

— Só o bem dos moleques.

Ela pareceu ponderar mais um pouco, até que aceitou. Barão aproveitou que ela baixou a guarda enquanto armazenava o presente na gaveta para se dirigir à porta.

Antes que a alcançasse, ouviu a madre chamar:

— Rapaz, o que o aflige?

Parando a poucos passos da saída, Barão olhou para os próprios pés. Depois se virou para ela, mas as palavras não quiseram sair na presença da mulher.

— Isso é de coração? —perguntou ela.

Barão contraiu as sobrancelhas, pensando que isso bastaria como resposta.

— Pobre daquele que tenta subornar sua entrada nas terras do Senhor. As portas Dele estão abertas também àqueles que se arrependem. Até pra você, meu filho. Volte se precisar.

Barão não reagiu. Após uma breve concordância, atravessou a porta e a fechou atrás de si.

Missão cumprida. Não foi tão difícil se desapegar da poupança criada ao longo de anos cultivando o caixa dois como imaginara que seria. Felizmente a boa ação serviria para lavar um pouco dos seus pecados. Era com isso que contava.

E precisava desesperadamente de um sinal.

33

Os cafeeiros eram embalados pela viração num suave vaivém, e os ramos oscilavam com um pouco mais de intensidade em uma trilha furtiva, guiando Victoria, que não se perdeu nesse labirinto verde. Não somente pelas plantas agitadas que evidenciavam a recente passagem de Uiara por ali, mas principalmente por permitir ser conduzida pelo próprio instinto, que a orientava pela vereda revelada pela tinta singular do seu ainda incompreendido faro espiritual.

No fundo, embora não soubesse o motivo, sabia para onde estava indo e não tardou para que mais uma vez se libertasse da claustrofóbica plantação cafeeira ao chegar ao prenunciado destino.

Encontrou-se no antigo refúgio que partilhava com Uiara.

Exceto pela sensação de abandono que se desprendia do lugar, diferente do acolhimento quase transcendente que as abraçara no passado, o reduto secreto continuava idêntico àquele de que se lembrava. A gruta profunda o suficiente para protegê-las das intempéries e dos julgamentos; a margem que respeitosamente não a invadia, mas chegava bem perto e, diante dela, o Lago Lameiro se estendendo como o tampo esverdeado e luminoso do ataúde de dezenas de vidas que, àquela altura, jaziam unidas em uma simbiose com as algas e uma interminável dor.

Viu Uiara ajoelhada às margens.

Estaria rezando?

— Uiara? — chamou, mas foi brindada com o silêncio. Tentou mais uma vez: — Por que me trouxe até aqui?

Viu que a amiga se mexeu, mas não em atenção a ela. De costas, passava a mão pela água. Victoria avançou um passo, determinada a sair dali só quando tivesse respostas. E, como se um interruptor tivesse sido acionado, o dia se tornou noite. Olhou incrédula para cima a tempo de testemunhar a bola de fogo no céu ter seu posto usurpado pela esfera prateada noturna em sua fase crescente.

Havia até estrelas.

Imersa em sua própria realidade, Uiara continuava na margem, alheia à permuta inacreditável entre os astros. Para Victoria, o pesadelo da noite anterior voltou vívido, agora que o refúgio se apresentava como a recebera durante o sono.

Assim que deu outro passo, o latido que ecoara nas ruínas do casebre voltou. Dessa vez soou mais distante e, por isso, não a assustou — mas assustou Uiara, que abandonou as carícias no manto aquático e se levantou afobada.

Victoria assistiu à amiga correr em direção à gruta e vacilar sem entrar. Hesitando, Uiara olhou para o cafezal, de onde o latido se repetiu mais próximo, e tomou sua decisão: seguiu de volta para a mata e nela se embrenhou. Victoria já tinha entendido que a chamar não adiantaria, então fez o que lhe restou como mera espectadora de uma lembrança: meteu-se também na plantação.

Uiara se escondera na proteção do tronco côncavo de uma mangueira, não muito longe. Victoria estava em seu campo de visão, mas era como se fosse invisível. Ignorou a surrealidade de acessar de forma tão real a memória ali entranhada e ateve-se ao que a oportunidade proporcionava. Só lhe restava testemunhar.

Ainda que convicta de sua incapacidade de interferir no curso do que já fora marcado na história, falhou em reprimir o impulso de alertar sobre o bando de anus-pretos empoleirados nos galhos da mangueira. Sem que Uiara percebesse, os pássaros estavam com as penas eriçadas, como sempre ficavam quando estavam na presença dela.

Vindo do refúgio, quatro ou cinco metros à retaguarda, Victoria captou o ruído misturado de latidos e passos humanos. Feixes luminosos passaram procurando por entre os pés de café. Um arroto longo estourou e fez algumas das aves abrirem os bicos em defesa.

Felizmente não fora alto o bastante para fazê-las decidir bater em retirada e, assim, possivelmente revelar a posição de Uiara.

Depois de minutos arrastados, os passos e latidos retornaram por onde vieram e distanciaram-se. Victoria se voltou para Uiara, que também percebeu a momentânea segurança e, cedendo ao descuido, saiu de trás da árvore. O eco provocado pelo estalo seco do galho em que ela pisou reverberou longe. Posicionado ali pelos dedos perversos da sorte, ele cumpriu o que o arroto havia apenas ameaçado: em um torvelinho negro de garras e penas, os anus estouraram sobre Uiara.

Impotente, Victoria fechou os punhos contra o peito e assistiu à amiga rodopiar aos gritos em uma tentativa enlouquecida de se livrar do ataque. Cedeu mais uma vez à emoção e antecipou-se na direção dela, mas se deteve quando os latidos voltaram mais ferozes e alguém veio correndo por entre os cafeeiros guiado pelo facho amarelado de uma lanterna.

Com o coração forçando passagem pela garganta, Victoria sentiu primeiro asas batendo em seu rosto e, então, foi sua vez de ser engolida pelo turbilhão de sons, o crocitante dos anus-pretos, que gritavam, arranhavam e bicavam. Victoria recuou sem saber onde pisava até afundar os pés no que parecia ser lama. Sem equilíbrio, levou os braços à frente para amortecer a queda.

Ao sentir o frescor de água nas pernas, Victoria abriu os olhos. Deparou com seu reflexo no espelho do lago, cujas ondulações refletiam os intensos raios solares do dia. Não havia mais latido, nem lanterna ou anus, tampouco Uiara. Estava novamente sozinha, ajoelhada às margens do Lameiro. A visão fora assustadoramente real. De um modo estranho, foi até mais real do que a vida.

Buscando apoio para se levantar e sair dali depressa, suas mãos aflitas encontraram o toque macio de plantas subaquáticas. Depois pétalas purpúreas emergiram e boiaram enquanto Victoria se arrastava para terra firme. Temeu que, assim como no sonho, mãos se erguessem e a puxassem para o fundo. Verificou a câmera. Por sorte, estava seca. Puxou a polaroide que tirara sob a grevílea. Uiara não estava nela.

Uma gota de sangue caiu em sua perna. Mais uma vez sofria uma hemorragia.

Foi até a margem e levou uma concha d'água ao rosto. Uma mancha rubra com movimentos vivos se misturou ao lago. Esfregou a face e, piscando repetidamente, viu mais adiante as pétalas reluzindo um brilho arroxeado sob o sol.

Aproximou-se o suficiente para submergir a mão e alcançar a planta. Depois, rápido como se tivesse tocado em fogo, puxou-a e se sentou em uma pedra. Analisou a planta e, então, com um latejar intenso martelando no topo da cabeça, lembrou-se de duas coisas.

A primeira: Uiara dizendo que a planta de poder, cultivada pela mãe, sempre estivera no refúgio e que era culpa de Victoria nunca tê-la visto. Afinal, diferente da amiga, que fazia jus ao próprio nome e nadava como uma sereia, o trauma da infância nunca permitira que Victoria colocasse sequer os dedos dos pés naquela água assombrada.

E a segunda: acompanhada da amarga sensação de já ter visto aquela mesma planta não havia muito tempo. Escondida, seca e morta, mas impossível de não a reconhecer. E se Tarso não tivesse deixado o livro cair no escritório, ela nunca saberia que ele a mantinha em segredo ao alcance das mãos doentes.

Um simples acaso? Era possível.

Contudo, algo dizia, para que somente ela ouvisse, que alguns dos rumos daquela trama talvez tivessem sido ditados por acasos, mas não era casualidade. O pai escondia algo. Restava saber o quê.

Victoria terminou de limpar o nariz e se levantou. Guardou a amostra botânica e a polaroide da grevílea na bolsa — que felizmente resistiu à queda e protegeu seu estimado maço de cigarros da água —, e seguiu pelo mesmo caminho que fizera com Uiara, tantas vezes, havia mais de sete anos.

34

— Tem certeza de que quer continuar investigando? — A voz de Simony soou como se estivesse lacrada em uma redoma de vidro.

De repente, arremessada de volta à conversa, Victoria fez um muxoxo e suspirou para disfarçar o devaneio no qual esteve envolvida.

Simony retomou:

— O teu pai não vai liberar a grana, nem espere mais por isso. O problema é: você acha que o velho tem dedo no lance da tua amiga?

— Não sei, Si. — Victoria pressionou a testa contra o metal do orelhão. — Não tenho certeza de mais nada.

— Vou insistir porque te amo, então pensa antes de me xingar. Lá vai. — Uma pequena pausa. — Já te ocorreu que você pode esquecer tudo isso e voltar para cá?

Como se não fosse esse o desejo de Victoria desde o começo.

A estada em Monte do Calvário trazia a sensação de estar numa prisão com paredes elásticas. Se decidisse ir embora, Monte a deixaria ir, não a seguraria. Mas se ficasse, sentia que seria espremida com força. Violentamente. Seria espremida até os pulmões serem esmagados. O problema era que ir embora já havia deixado de ser uma opção. Ela voltaria com menos do que tinha quando chegou e seria novamente, e para sempre, uma fracassada.

— Uiara precisa de mim, sei disso. Mas... tô com medo. E se eu acabar exumando mais que segredos?

— Posso dar um conselho?

— Um conselho não pode piorar as coisas. — Riu sem humor.

— Bom, não tenho certeza sobre isso. — Riu com humor. — Ontem conversei com uns *brothers* e calhou que um deles, o Esdras...

— Sei quem é. O cabeludinho, né?

— O próprio. Ele conhece o advogado do teu "estimado" ex-jornal. Mas não é um *conhece* qualquer. Acontece que eles são *amigos*, se é que me entende...

— Mentira!

— Tem mais. Não é uma promessa, tá? Você sabe que não gosto de pactos vazios. Mas talvez, ênfase aqui no "talvez", exista uma grande possibilidade de conseguirmos os teus textos de volta.

— Não brinca comigo, Si... — Na agitação, Victoria quase derrubou a bicicleta. Pegou-a pelo guidão e a reequilibrou contra o tubo do orelhão.

— E eu lá sou mulher de brincar com papo sério? Então, o Esdras é amigo também do editor de outro jornal. Agora... — Deixou alguns segundos vagos para trazer suspense com o silêncio. — ... adivinha qual é o jornal.

— Você só pode tá de palha!

— Na mosca! O adversário principal do teu antigo. O importante é que o Esdras contou pra ele sobre a história da tua amiga que virou fumaça. Vi, agora, se você puder, senta.

— Não posso, mas pode falar. Eu aguento.

— O editor não ficou apenas muito interessado como te fez uma proposta de emprego...

— Não acredito!

— ... desde que você entregue a matéria em uma semana.

— Como assim? Com a conclusão e tudo?

— E tudo. De preferência com uma foto da sua amiga... ou de quem sumiu com ela.

Simony se calou, e Victoria aproveitou para digerir. Se dependesse só dela...

Quase um minuto depois, Simony seguiu:

— Agora vem a parte do conselho. Você já tá com lama até os joelhos, só precisa se sujar mais um pouco e conseguir fechar essa treta. Os caipiras daí não são mais espertos que a minha Madonna

183

tropical. Mas, Vi... — Ela grudou os lábios no aparelho para que Victoria sentisse a vibração de sua voz preocupada através das ondas. — Se existe a chance, mesmo que minúscula, de acontecer algo ruim com você, não pensa duas vezes. Tá bom? Volta que a gente dá um jeito.

Victoria ajustou os óculos, que teimavam em escorregar para a ponta do nariz, e esforçou-se para organizar a quantidade de conteúdo que recebeu nos últimos cinco minutos. Passou a língua nos lábios para voltar à conversa e perguntar se Simony acreditava que os textos teriam força para persuadir o editor na hipótese de não chegar ao fundo do caso de Uiara, mas viu alguém do outro lado da rua andando apressado e com olhares furtivos. Não tinha um curativo na perna, mas soube que era ele.

O menino da bicicleta.

— Você ainda tá aí? — Simony bateu a unha no fone três vezes. — Não vai desligar na minha cara de novo. Tá ficando chato.

— Não vou desligar na sua cara, mas vou desligar. — Victoria fez concha com a mão e, reencontrando a ponta solta da esperança, completou de um jeito divertido: — O tempo não para, Si. Vou atrás da nossa história.

— Detona.

Empurrando a bicicleta, Victoria seguiu o menino.

Mais uma vez, a sorte, ou algo que não tinha fundamentos para explicar, acenava. Estava decidida a deixar para trás o buraco chamado Monte do Calvário e nunca mais voltar, mas antes faria valer a pena cada minuto que ela havia perdido ali.

Voltaria para a capital com uma puta de uma história.

Victoria parou de bater palma quando Lúcia exibiu o rosto por entre as folhas do vitrô. Depois a ouviu destrancar a porta e aparecer esfregando as mãos em um pano de prato.

— Não esperava te ver de novo. — Caminhou até o portão. — Se esqueceu de fazer alguma pergunta?

— Na verdade, surgiu uma nova. — Victoria tentou soar natural e aveludou a voz o quanto pôde: — O menino que acabou de entrar é seu filho?

— Miguel? — Lúcia assumiu o modo defensivo e apertou o pano em um nó de forca. — O que o moleque aprontou dessa vez?

Miguel se afundou no sofá, como uma pedra jogada na areia, encolhido em sua própria vergonha. Victoria sentiu pena, mas sabia que precisaria cutucar até as verdades vazarem, mesmo que viessem acompanhadas de lágrimas.

— Por que mentiu, Miguel? — Lúcia cruzou os braços, de frente para o filho. — Por que disse que tinham roubado a sua bicicleta?

Ele nem sequer se mexeu, mantendo-se calado.

— Preciso saber como você a conseguiu — Victoria disse com um tom neutro. Virou-se para Lúcia. — É importante.

— Foi um presente do Pascoal — Lúcia informou.

— Quando foi isso?

— Antes do Natal. Acho que em novembro. Ele apareceu um dia com ela, do nada, nem me avisou. — Lúcia se voltou para o filho. — Você sabia de quem era a bicicleta? Hein, Miguel? Desembucha!

O menino apertou as mãos entre as pernas e confirmou com a cabeça sem erguer o rosto. Com um aceno, Victoria pediu que ela se acalmasse e aproximou-se dele. Quando o viu estremecer, parou.

— Miguel, não precisa ter medo. Só quero encontrar a dona da bicicleta. A minha amiga pode tá em perigo. Por favor, é mesmo importante.

Erguendo um pouco o rosto, ainda sem permitir que encontrassem seus olhos, ele falou baixinho:

— Eu não sabia que era dela. Só depois percebi que já tinha visto a bicicleta. Os meus amigos também notaram que era a mesma com que ela sempre passava de noite em frente ao campinho.

— O seu pai também a conhecia?

Miguel, enfim, fitou a mãe. Victoria imaginou que ele estivesse buscando algo nela, coragem talvez, e surpreendeu-se com a impressão de que Lúcia, com os olhos, tentou dizer para o filho não revelar nada comprometedor.

Sem dirigir atenção a Victoria, Lúcia vestiu novamente a expressão acusatória contra o filho. Não parecia mais tão convincente em sua brabeza.

— Não sei. — E Miguel voltou a encarar as próprias mãos aninha-
das entre as coxas.

O aroma do jantar vinha da cozinha. Parecia ser frango. O estômago de Victoria se contorceu, pois não comia havia horas, mas não
foi tão forte quanto o cheiro de mentira que farejou no ar.

Alice invadiu a sala e trouxe consigo a fragrância de banho recém-
-tomado que espantou os odores literais e figurados. Envolveu a cintura de Victoria com um sorriso largo, genuíno e sem palavras.
Depois, virou o rosto para o irmão.

— Fez arte, Miguel?

— O seu irmão não fez nada de errado — Victoria se adiantou
quando o menino a fuzilou com uma carranca, e passou a mão no
cabelo úmido de Alice. — Na verdade, ele tá me ajudando a encontrar
uma pessoa muito querida. — Em seguida, voltou-se para ele: — Eu
também sou muito boa com detalhes, sabe? Por isso acabei me tornando jornalista. Você tem um talento incrível.

O garoto deu-lhe uma espiada, com a expressão ainda taciturna,
mas curiosa.

— Como soube que era a mesma bicicleta, Miguel?

Fora de foco, mas nos arredores de seu campo de visão, Victoria
notou que Lúcia se agitou. Miguel não percebeu, os olhos hipnotizados pelos elogios sinceros, e respondeu:

— A gente achava a moça muito bonita. — Ergueu o tronco e desa-
fundou do sofá. — Aí, numa noite bem tarde, ela passou e a gente foi
atrás. A gente queria ver... A gente pensou que ela tava indo se agarrar com alguém.

— E você a viu com alguém?

— Não. Ela acabou entrando no casarão do dono do cafezal. —
Virou-se para a mãe e, antes de afundar novamente, completou: —
Do patrão do papai.

Victoria cruzou o portão, que Lúcia abriu para ela sair, matutando
que diabo Uiara faria no casarão, ainda mais à noite e mais de uma
vez. Teria ela um caso com Tarso? Espantou as imagens que foram
pintadas em sua mente com um godê de cores inimagináveis.

Mas o que seria aquilo?

A tela de suposições recebeu pinceladas mais severas quando a hipótese levantada por Simony ganhou corpo. Teria dedo do pai no desaparecimento da amiga?

Teria a mão inteira dele na morte dos empregados?

— As mentiras caíram hoje — disse Lúcia.

Victoria entendeu a indireta, compreendendo que ela não era ignorante a ponto de deixar passar a farsa sobre a revista. Despendeu-lhe um sorriso remissivo e baixou os olhos por um breve instante. Cruzando os braços, Lúcia continuou:

— O que pretende fazer agora?

Victoria balançou a cabeça, revelando as próprias incertezas. Lúcia suspirou e descruzou os braços, apertando a beirada do portão.

— Olha, sinto muito pela sua amiga, mas tenho medo de que a minha família tenha o mesmo destino do Pascoal.

— Você acha que o seu marido e o outro foram assassinados porque sabiam de algo? Também sinto muito, mas o Pascoal foi quem apareceu com a bicicleta na mesma época em que ela sumiu.

— Descobrir se foi ataque do coração ou morte matada não vai trazer o meu marido de volta. Prefiro deixar os mortos descansando. Você devia fazer o mesmo... se a sua amiga não estiver só desaparecida.

Alice acenou da porta da sala. Victoria acenou de volta, mas foi incapaz de corresponder ao sorriso da menina. Pensou em prometer para Lúcia que, qualquer que fosse sua decisão, não permitiria que nada de mal acontecesse a ela ou às crianças, mas optou pelo silêncio. Imitaria Simony e não juraria em vão.

Do fundo do peito, sentia que era tarde para escapar da avalanche de dor que se avizinhava. Uma dor que vinha numa onda.

E atingiria quem estivesse no caminho.

35

Do lado de fora do Bar do Benê, Barão esticou as pernas debaixo da mesa, jogou a cabeça para trás e fechou os olhos.

Depois da visita ao orfanato, o dia transcorreu bem no cafezal. O excesso de trabalho ajudou a manter as dores físicas a uma distância suportável. Para que o sangue não esfriasse e não trouxesse as dores de volta, não parou nem para comer. Agora, sentindo a respiração sair cada vez mais devagar e a adrenalina diminuir para que o coração retomasse batidas mais pautadas, Barão só queria uma boa refeição e, acima de tudo, uma noite de paz.

Fez bem em abrir mão de suas economias. Ansiava que a boa ação espantasse qualquer coisa ruim que o estivesse acompanhando...

Coisa ruim que nada! Asneiras.

Espantou as varejeiras zunindo tolices nos ouvidos e dedicou os pensamentos às mudanças que, com seu altruísmo, proporcionara para o futuro de alguns dos órfãos. O mundo precisava de mais homens como ele. Felizmente o efeito borboleta provocado pelo bater das asas da sua generosidade mudaria a vida de muita gente.

Que fosse a dele antes de todas as outras.

— Malpassado... — A chegada de Benê provocou um leve sobressalto em Barão. — ... como o patrão gosta. — Colocou o prato diante dele. O peixe, que devia ter uns vinte centímetros, cheirava bem pra burro. — Vai ficar mesmo só na água hoje?

Barão balançou a cabeça uma vez e baixou os olhos para o prato. Ficou assim até Benê entender o recado e deixá-lo sozinho.

Lembrou-se de quando, aos seis anos, recebera as primeiras lições de Tarso de como pescar e preparar o próprio peixe, que acabou se tornando sua comida favorita. A saudade de sentir o porto seguro no estepe paterno doeu forte no peito. Deu a primeira garfada e encheu a boca com a carne branca fumegante, mastigando com ela a nostalgia que de nada lhe servia.

Os ecos do passado perderam espaço para o barulho do peixe sendo triturado pelos molares, que por sua vez foi sobreposto por cochichos que vinham de outra mesa. Barão interceptou mensagens fragmentadas na frequência da rádio-fofoca que o estimularam como ouvinte:

...ninguém mais respeita esse cara...

...louco igual à mãe, coitado...

...disse que ele brochou.

Reconheceu os comentaristas como clientes assíduos do Olimpo, provavelmente testemunhas que lembrariam por muito tempo da noite que Barão só queria esquecer, embora a maior parte dela continuasse como lembranças de uma mente que se deteriorava na velocidade de uma vingança planejada e cruel.

O prato saltou uns milímetros e trincolejou quando ele socou o tampo da mesa. A prosa foi imediatamente interrompida, trazendo de volta o ruído contínuo do remanso de cidade pequena.

Barão pigarreou quando uma espinha desceu e arranhou sua garganta. Expelindo-a com um pouco de muco, prendeu o osso pontiagudo entre os caninos e o pegou com os dedos, jogando-o ao lado do prato. Apanhou o copo a fim de aliviar a ardência no fundo da língua.

O amargor de folhas que vinha experimentando quase constantemente nos últimos dias era bala de menta em comparação ao que Barão sentiu quando o gole d'água encheu a boca. Cuspiu pelo reflexo de engasgo e torceu o rosto de asco. O líquido no copo, cuja superfície agitada era decorada por um inseto que se debatia pela vida, era preto e grosso.

Empurrou a cadeira para trás, preparado para exigir uma explicação de Benê — antes arrebentaria o copo no balcão —, mas parou quando a garganta se fechou em um estrangulamento sem mãos.

Forçou outro pigarro e só sentiu mais dificuldade em fazer o ar entrar, com a sensação de que tentava conduzir um vendaval por um canudinho de plástico. Correu para o banheiro dos fundos quando notou olhares dardejados em sua direção e lá se trancou.

No escuro, procurou a lâmpada no alto que, acionando o gatilho no bocal, alumbrou sobre sua cabeça uma esfera fracamente iluminada por um débil tom de laranja, que espocou seu rosto no espelho e deixou todo o resto mergulhado em sombras tremulantes.

Apoiou-se na pia e inflamou uma tosse. Ela não veio. O oxigênio parecia preso nas costelas, incapaz de encontrar a saída de emergência. Escancarou a mandíbula e no reflexo viu a ponta de algo saindo pela goela. Pinçando com os dedos, apertou a coisa e, com cuidado para não a deixar escorregar, começou o reboque.

Pelas cócegas afogueadas que o fizeram desejar arrancar a carne do pescoço, que parecia coberto de ardósia, Barão pôde visualizar na imaginação o deslizar de um cordão, ou de fibra, ou do que diabos aquela merda fosse pela faringe machucada. Sob o olhar encharcado, descobriu do que se tratava.

Verde, firme e viscosa, uma raiz saía de suas entranhas.

O Barão do outro lado do espelho estava despido de todo o orgulho. Restaram apenas as pupilas dilatadas pelo pânico e ungidas em lágrimas, os lábios retorcidos e a língua projetada, com saliva e fios de sangue escorrendo em profusão pelos cantos, e o rosto pávido que ganhava um tom alarmantemente arroxeado.

Bradando em engasgos por um beijo de ar, ele passou a puxar e enrolar a raiz como o carretel de sua vara. Era longa demais! Abafadas, as súplicas vinham lavadas pela seiva escarlate que corria em suas veias e que agora vazavam pelos tubos arrebentados no movimento, cada vez mais intenso, do maldito fio vegetal.

Barão puxou a raiz num tranco quando sentiu o fim dela, que parecia terminar em algo maior, e a atirou na pia, salpicando a porcelana com estrias vermelhas. A raiz se enrolava na cuba no que parecia exceder dois metros e trazia em sua extremidade uma planta de pétalas purpúreas curtidas em suco gástrico.

— Rapaz! — gritou Benê do outro lado da porta, cujas dobradiças chocalhavam com as pancadas. — Tá tudo bem aí?

Barão engoliu golfadas de ar com o rosto para o alto, mas o baixou de volta à pia quando uma tontura o dominou. Afastou-se num salto ao encontrar a cerâmica limpa como se tivesse sido dia de faxina. Não havia sinal de planta, raiz ou sangue.

Procurou no espelho alguém que lhe dissesse que ele não estava louco, que era só uma fase, ou só muito cansaço e sua vida logo voltaria ao normal. Sentiu o espírito desabar.

O que encontrou no reflexo foi o rosto de um louco, que o encarava de volta com o olhar de uma criança assustada.

PARTE 6

HERANÇA

36

Sexta-feira, 17 de fevereiro de 1989

— Patroa, já de pé?

Dona Felipa se assustou com a inesperada presença em sua cozinha, mas se recompôs rapidamente e foi até Victoria sem notar que ela apenas simulava a montagem de um lanche na bancada. Estava a sua espera.

— Deixa isso que eu preparo.

Victoria moveu os lábios para formular uma recusa e em seguida soltou o ar entre os dentes num sorriso sonolento. Cedeu o posto e foi até a mesa, dando um impulso com os braços e se sentando nela.

Planejou um mapa até o ponto a que queria chegar e, então, iniciou o ataque:

— A senhora sabe a que horas o meu pai costuma se levantar?

— Acabou de sair — Felipa informou, sem olhar para trás, concentrada em fazer a merenda. — Foi resolver umas pendengas.

— Pensei que fôssemos nos ver mais. Ontem também não o encontrei.

— Ele ficou o dia todo com o tabelião. O seu Tarso não é de ficar parado. Tá pra nascer o que vai derrubar o patrão.

— Bom, pelo estado dele, as contrações já começaram. — Victoria concluiu que a falta de réplica por parte de Felipa foi por ela não ter entendido a alusão. Decidiu invadir o terreno que a conduziria a seu objetivo. — Sorte a dele de ter a senhora aqui. Principalmente

195

comigo morando tão longe. Traz um pouco mais de tranquilidade, caso aconteça algo a ele durante a noite.

Victoria saltou da mesa e foi até a geladeira. Olhou rápido lá pra dentro e encontrou um tomate. Serviria. Pegou-o e perguntou, enquanto voltava:

— A senhora ainda mora aqui?

— Moro, sim. A minha casinha tá fechada há anos.

— E costuma sair depois do trabalho?

— Não, imagina! Vou pro meu quartinho assim que o seu Tarso se recolhe. Nem me lembro da última vez que fiz outra coisa à noite diferente de dormir.

Victoria lançou o tomate para o alto e o apanhou com a mão. Depois, apoiou-se nas costas de uma cadeira e atirou a isca.

— Eu me sentia culpada de pensar no meu pai sozinho neste casarão enorme, sabe? — Jogou o tomate para cima mais uma vez e o apanhou. — Mas fiquei feliz de saber que, mesmo nas madrugadas, a Uiara lhe fazia companhia.

A faca, que escorregou da mão de Felipa, tilintou no chão.

— Deixa que eu pego. — Victoria se adiantou e alcançou o instrumento antes que a empregada tomasse uma atitude. Notou que ela estava com as costas tensas, os ombros inflados. Levantou-se, virou a lâmina nos dedos e lhe estendeu o cabo. — Não precisa pegar outra. O piso tá um brinco. — Notou também a falta de firmeza nas mãos de Felipa quando ela aceitou a faca. Fingindo que nada aconteceu, prosseguiu: — Queria tanto saber o que eles tanto conversavam... Talvez assim eu encontrasse assuntos em comum pra me aproximar do meu pai.

— Quem contou isso? — Felipa perguntou tão devagar quanto voltou ao preparo do lanche, os olhos voltados inteiramente a ele.

— Ah, ouvi por aí... Tenho falado com tanta gente! Além disso, não trabalho com nomes. — Ela se pôs a andar de um lado para o outro por trás da idosa. — Soube que a Uiara costumava vir ao casarão à noite. Queria saber o porquê. Lembro que a senhora disse que ela chegou a trabalhar aqui, mas não me recordo de ter perguntado algo mais. — Mentiu. — Perguntei?

— Não. — Colocou uma fatia de rosbife na banda do pão coberta com a maionese insossa de que gostavam e o cobriu com uma folha de alface. — Acho que não.

196

Felipa pegou o outro lado e pôs sobre a carne, depois limpou **as** mãos no avental enrolado na cintura.

— Não quero abusar — Victoria armou uma voz encabulada quando percebeu que Felipa partiria a qualquer segundo —, mas a senhora pode cortar umas fatias de tomate?

— Claro, patroa... Corto, sim.

— Aqui. — Revelou o fruto escondido como se ele tivesse nascido na palma de sua mão antes que Felipa se afastasse, e ela o recebeu como se estivesse podre. Victoria se encostou na bancada ao lado dela. — Quando a senhora a viu aqui? Foi logo antes de Uiara não aparecer mais, não foi?

Victoria ouviu o ruído baixo de uma engolida em seco antes de Felipa cortar o tomate ao meio e finalmente responder com um aceno positivo.

— Quantas fatias...?

— Imaginei. Ah, três, por favor. — Suspirou. — Tanta gente confirmou essas visitas noturnas que, mesmo que o meu pai descubra que andam falando dele, teria que tirar satisfação com a cidade toda. — Riu, e então virou o rosto para ela. — Fica tranquila, dona Felipa. Ele nunca saberá o que a senhora disse. — Contou cinco segundos e completou: — Faz uma limonada pra mim, por favor? Hoje promete.

Dona Felipa se dirigiu rápido à fruteira, pegou o espremedor no armário e cortou um limão, dessa vez, ficando um pouco mais longe da patroa. Victoria se virou e debruçou os cotovelos na superfície de madeira.

— A senhora chegou a ver algo estranho?

— Estranho como? — Começou a espremer o primeiro limão.

— Ouviu alguma conversa? Alguma briga entre eles?

— Não.

Um minuto se passou no mais completo silêncio. Victoria precisou batucar a unha do indicador na bancada para Felipa desempacar:

— A menina saiu fugida daqui.

— Fugida? — Victoria se voltou para ela, apoiando-se no cotovelo e pondo a outra mão na cintura. — E depois disso ela não voltou mais?

— Ai, patroa... — Felipa chegou ao segundo limão, apertou-o com força e expeliu a ansiedade com um longo suspiro. — Era bem tarde. Ela desceu correndo as escadas e não parou nem quando me viu. Fui direto lá pra cima. Imagina se tivesse roubado alguma coisa, a culpa seria minha, que arrumei o trabalho pra ela.

Talvez o instinto de sobrevivência tivesse acionado uma trava na língua de Felipa após a enxurrada de palavras e feito com que se calasse; por isso, Victoria cutucou:

— E roubou?

A outra levou o rosto de um lado para o outro, sem tirar os olhos do copo metade cheio.

— Tudo no lugar, patroa.

A trava paralisou a língua mais uma vez.

Algo dizia à Victoria que ainda havia algo a ser esclarecido. Ela sacou um cigarro e riscou um fósforo. Tragou e ficou aguardando até inferir que não teria mais conversa se não a alimentasse com uma abordagem mais direta. Ao soltar a fumaça, perguntou:

— E meu pai?

O copo estava cheio. Os limões espremidos foram para o lixo, o avental retirou a sujeira das mãos, e Felipa se aproximou, entregando o suco sem perceber que se esquecera do açafrão.

— Tô indo fazer umas compras, patroa. A senhora quer que eu traga algo?

Victoria a tomou pelo pulso com um toque delicado e ao mesmo tempo firme, sendo incisiva:

— E o meu pai, dona Felipa?

Um tremor viajou de Felipa para Victoria e de volta para Felipa. Seus olhos, capturados pelos da patroa, oscilavam à procura de um escape. Por fim, sem encontrá-lo, ela resolveu ceder:

— A porta do escritório tava aberta... e o seu Tarso tava lá. Parecia... embriagado.

— Ele viu a senhora?

— Parecia que não tava vendo nada que estivesse além do próprio nariz.

— Foi a primeira vez que você viu a Uiara aqui tão tarde?

Dona Felipa balançou a cabeça em negativa.

Victoria a soltou e apanhou o copo. Após um aceno mútuo sem palavras, Felipa entendeu que estava liberada e saiu apressada da cozinha.

O que quer que tivesse acontecido no escritório de Tarso com certeza envolvera emoções fortes que ainda poderiam estar impregnadas naquele antro de segredos.

Aproveitando o fato de ser a única alma viva no casarão, Victoria extinguiu a brasa do cigarro em um mergulho na limonada e seguiu para as escadas. Faria com que as paredes falassem.

37

Se os olhos são a janela da alma, no escritório de Tarso ficavam os olhos do casarão, mais precisamente no quadro do avô. Era ele a alma maléfica daquele cômodo.

Para Victoria, perdurou o sentimento de sempre ter sido um cisco nas retinas vigilantes do gabinete. No passado, movida pela curiosidade infantil, bastava dar um passo para dentro do escritório que algo a impelia a sair imediatamente. Sempre culpara o quadro. E agora, numa visita assumidamente invasiva, viu que nada mudou. Parecia pior.

Parada na soleira, Victoria viu as paredes se fechando ao seu redor para deixarem claro que não havia espaço ali para ela. Porém, os olhos invisíveis do escritório podiam piscar até ficarem sem pestanas, mas dali ela não sairia enquanto uma revelação não indicasse qual caminho deveria seguir. Empurrou a menininha covarde para fora e deu-lhe com a porta na cara.

Passando as mãos nas prateleiras com as pálpebras fechadas, captou as vibrações de uma tristeza profunda. As pontas dos dedos formigaram e depois foram beliscadas por ferrões etéreos. Podia ser a moléstia de Tarso, criando seu ninho e clamando território além do coração adoentado. Mas, assim como Victoria, a doença era uma invasora. Sentiu que tinha algo mais ali, algo pior do que o mal que tomara o coração do velho, o verdadeiro possessor daquela sala. Esse infortúnio, mais antigo, era carregado por muitos anos.

Um grande e irreparável arrependimento.

Victoria percebeu, no entanto, por entre as impressões espinhentas que se espalhavam pela sala, o vestígio do toque acetinado e saudosamente familiar das pétalas de uma flor que sobrevivera num local tão escuro e infesto. Tinha um aroma fraco que oscilava por todo o ambiente, desviando-se do que era ruim. Era a prova necessária para comprovar que Uiara estivera ali.

O sol, alto àquele horário, rompeu pela brecha da cortina e iluminou a mesa de Tarso. Victoria deixou de lado a sensação de flor e espinhos e foi até ela.

Na gaveta destrancada (com homens tão confiantes de que não existem loucos para fuçar no que é deles, era de se esperar), encontrou o livro de capa preta que Tarso derrubara no dia da discussão.

Uma mordida defensiva se desprendeu dele, e Victoria teve que ser forte para controlar a ânsia e não o atirar pela janela. Cravou os dedos nas bordas ásperas do bicho e, ignorando seus rosnados de aviso de que ele não deveria ser aberto, escancarou-o.

Uma profusão de papéis se esparramou sobre a mesa. Entre eles, ela viu a planta que teria passado despercebida a qualquer outra pessoa em meio a tão acalorada discussão. Victoria e sua mania de se apegar a detalhes...

Puxou do sutiã a amostra da planta colhida às margens do Lameiro e a colocou ao lado da primeira. O exemplar até então escondido tinha pétalas ressequidas em um tom de sangue pisado, mas não havia como negar: ainda era da mesma espécie recém-apanhada.

Recapitulando.

Uiara pede para Barão deixar que ela colhesse a planta. Barão nega. Uiara visita Tarso, aparentemente às escondidas. Ele guarda uma amostra da planta.

Que diabo de ligação Victoria não estava conseguindo fazer?

Em meio à bagunça sobre a mesa, um envelope se destacou. Parecia já estar ali antes. Pegou-o. O carimbo do tabelião o tatuava e datava do dia anterior. Victoria já ultrapassara os limites, então não tinha motivo para não escarafunchar cada orifício que para ela se exibisse. Assim, rompeu o lacre e puxou o documento.

Era o testamento de Tarso.

Nele, todas as conquistas materiais dos Casagrande passavam a pertencer a Victoria Casagrande e... Uiara?!

201

Dona Felipa disse que Tarso estivera no tabelião na véspera. Nesse caso, se o nome de Uiara se achava no espólio... então ele sabia que Uiara estava viva.

O que teria acontecido no escritório naquela noite? Por que Uiara saíra correndo e deixara Tarso bêbado? Seria possível que eles...? Não. Tarso nunca se envolveria com "aquela gente".

Nunca? Quem poderia garantir?

Entre anotações e recibos, uma declaração simples e de caligrafia cuidadosa se destacou no verso de uma fotografia desgastada: "Com amor, Carlota. 1958." Victoria puxou o retrato de baixo dos papéis e o virou.

A primeira impressão foi a de estar olhando para Uiara, mas em uma análise mais cuidadosa percebeu o engano. Parecia-se muito com a amiga, mas não era ela. Além disso, não era a semelhança física que a fazia familiar. Victoria já a tinha visto.

Vasculhou as gavetas da memória e delas escapou uma canção longínqua. Arrancou tantas outras dos trilhos e encontrou pétalas boiando em um reflexo ondulante em meio à névoa.

Mas é claro! O pesadelo.

Lembrou-se da mulher que tentara puxá-la para o fundo do lago. A semelhança com a amiga desaparecida era assustadora. Só podiam ser mãe e filha.

E Tarso trazia consigo sua fotografia?

Victoria se recordou da atração que ela própria sentia pelos olhos claros de Uiara. Olhos que se destacavam na pele negra e refletiam o sol, que parecia não querer abandoná-los depois de os encontrar escondidos sob os cílios grossos.

Olhos tão claros quanto os de Tarso.

O que Alethea dissera? *Ela só me contou que encontrou alguém do passado que ela achava que tinha morrido, e ela tava muito feliz por isso. Disse que essa pessoa estava conseguindo ajudá-la a entender mais sobre ela mesma.*

Victoria pensou que, se estivesse formando a imagem certa com as peças que subitamente lhe eram atiradas, sem que ela tivesse tempo de se proteger, o nome de Uiara deveria ser o único a constar no testamento. Por direito de sangue.

Não se surpreenderia se levantasse as tábuas do escritório e encontrasse esqueletos. O lugar era um pântano de mistérios obscuros naufragados na areia movediça. Afundou-se na cadeira de Tarso. Suas energias tinham se esvaído. Precisava sair dali, ficar sozinha. Assim, juntou a baderna de papéis sobre a mesa para devolvê-los ao livro.

Enquanto folheava, uma cascata de números, nomes e cifrões passou. Neles entendeu que a sujeira não se restringia àquela sala. Reconheceu o nome do prefeito, do delegado e de outros calvarianos importantes. Folheou em sentido reverso, quase arrancando as folhas, e sua repulsa só engrossava diante dos registros de ganhos no decorrer de décadas a fio. A adoção não a resgatara, mas a levara ao seio de uma família de criminosos.

Lançou um olhar de reprovação ao quadro do avô.

Quão sujo era o dinheiro que ela tanto queria?

Quase no começo do caderno de contabilidade, ainda que a tinta estivesse desgastada, Victoria parou de folhear quando o nome do orfanato saltou. O registro delatava um pagamento absurdamente generoso de Tarso Casagrande para a madre Agnes Ciavarella em 1962.

O mesmo ano em que Victoria se tornara uma Casagrande.

38

Eu fui roubada!

Esse foi o primeiro pensamento de Victoria quase vinte minutos depois que o menino correu para o orfanato com a moeda pulando dentro do bolso da calça surrada, pois ainda não havia nenhum sinal de Alethea. Pior do que a mensagem não chegar à noviça seria a interceptação dela por outra pessoa.

Por uma em especial.

O roçar de tecido nos arbustos que cobriam os muros do orfanato anunciou uma aproximação iminente, e a ansiedade de Victoria ergueu uma barreira em sua traqueia que só foi derrubada, permitindo que o ar voltasse a entrar, quando os passos furtivos e enviesados apresentaram, por entre os ramos que se aglomeravam de lado, uma esbaforida Alethea.

— Vim o mais rápido que consegui, mas não posso demorar.

— Imaginei.

— O que aconteceu? Descobriu onde a Uiara está?

— Talvez a própria Uiara tenha descoberto algo que não devia e, por isso, deve tá escondida.

— Então ela tá viva?

— É o que parece.

— Quer dizer que... você não tem certeza. Ela pode estar morta?

— Não tenho certeza de muitas coisas, mas essa foi a explicação mais lógica que encontrei.

— E o que foi que descobriu?

Tricotar conspirações não conduziria Victoria para onde ela queria chegar, então se calou em relação ao testamento e fez uma curva para a tangente:

— É como se uma força estivesse me guiando no piloto automático. Por mais que eu tente seguir os rastros da Uiara, e todos eles estão quase apagados, tem essa coisa me flanqueando pra outro caminho.

— Qual caminho?

— Um que me leva à minha própria origem. E acho que tá tudo ligado.

Alethea entreabriu os lábios, mas tornou a fechá-los e semicerrou os olhos. Parecia procurar em Victoria uma tradução para o desabafo. Olhou para trás, aflita. Depois, voltando-se com o semblante mais carregado pela urgência de agilizar a conversa, disse:

— O que garante que essa força que te guia não é o espírito dela?

Victoria sentiu o impacto. Não negou para si mesma que a hipótese já havia se insinuado a ela — especialmente ao "reencontrar" Uiara no cafezal —, mas não queria enveredar por aquela rota. Voltaria a focar mais tarde nessa peça do mistério.

Deu de ombros.

— Tá bom. — E parecendo ler a mente confusa de Victoria, Alethea perguntou: — Como posso ajudar?

Das paredes rachadas no subsolo, que Alethea disse ser uma parte do orfanato pouco visitada pelas religiosas, orações maquinais escapavam em sussurros que só Victoria podia ouvir. Depois de afugentar uma dupla de meninos de um canto escondido com sua presença clandestina, ela preferiu ignorar a audição mediúnica e, sob o capuz do hábito emprestado pela cúmplice, manteve a cabeça abaixada e os olhos atentos enquanto procurava a sala de arquivos.

Nenhuma outra alma cruzou seu caminho pelos cinco minutos seguintes, que foi o que precisou para avistar uma velha plaqueta dourada no alto de um batente. As letras quase apagadas indicavam que havia chegado a seu destino. Adiantando-se à maçaneta e descobrindo a porta destrancada, invadiu o cômodo e trancou-se lá dentro.

Não foi no odor forte de mofo, que grudou nos pelos do seu nariz, que reparou primeiro, nem na falta de lâmpadas ou janelas, mas, sob a iluminação natural que vinha das réstias empoeiradas de sol que vazavam do andar superior, que Agnes mentira. A sala estava longe de ser uma desordem sem tamanho. Perguntou-se que outras mentiras se esconderiam sob o hábito desonrado da madre.

Levantando a barra da indumentária até a cintura, sacou a caixa de fósforos do bolso do short e, estourando a chama de um palito, foi até a mais próxima das prateleiras. Nelas, adesivos toscos indicavam com esferográfica azul que as caixas de papelão repousavam em ordem alfabética. Foram necessários dois palitos para Victoria chegar até aquela com a letra V. Tirou a caixa da estante e a colocou sobre uma mesinha.

A unha do indicador de Victoria prendia as bordas dos documentos e os soltava um a um enquanto marcadores numerados passavam velozes: 1989, 1988, 1984, 1979, 1973, 1967, 1960. Parou. Separou os dois anos ultrapassados e puxou o afilado bloco referente a 1962. Após colocá-lo ao lado da caixa, acendeu o terceiro fósforo.

Libertou as certidões de adoção da mordida de um clipe oxidado e as enfileirou em um semiarco. Não demorou para encontrar seu nome sob a luz trêmula da diminuta labareda — a certidão de Victoria Casagrande era a única com um recibo pregado. O valor batia com o registro no caderno de contabilidade de Tarso. Nem se esforçaram para esconder...

Natural de Monte do Calvário, nascida em 1960.

Pais desconhecidos.

Uma voz veio do escuro.

— *Forje essa maldita adoção!*

Victoria girou rápido demais, o que fez com que sua mente entrasse num remoinho nauseante. Tonta, apoiou-se na mesa. Ainda que estivesse encorpada por um tom bem mais juvenil, ela reconheceu a voz como sendo a de Tarso.

— *Você pensa que está salvando a menina?* — Era Agnes a interlocutora dele, Victoria teve certeza. — *É através dos olhos dela que o teu pecado vai te encarar de volta.*

A palma da mão não encontrou firmeza sobre os papéis, que deslizaram pelo tampo de madeira e assim levaram desequilíbrio às pernas bambas de Victoria.

Desistindo da mesa, ela tateou às cegas para o lado e encontrou o espaço vazio na prateleira onde estivera a caixa assinalada com a letra V. Além de rodar, a cabeça pesava uma tonelada. Sem forças para evitar a queda, os joelhos cederam. Mesmo no escuro, o mundo girou e pareceu desabar a seu redor enquanto ela se encontrava com o chão frio e poeirento.

Custou-lhe um longo tempo, algumas tentativas de reprimir a ânsia do vômito que teimava em sair e muita determinação para trazer de volta à mente uma sensação ainda que frouxa de que era novamente dona de suas faculdades cognitivas. Com os olhos acostumados à penumbra, encontrou-se rodeada por centenas de papéis que a acompanharam na queda quando o armário também caiu. Algumas papeladas ainda choviam em rodopios sobre Victoria.

Espremida entre seus dedos como um buquê rejeitado, a certidão com seu nome estava salpicada de vermelho. Victoria curvou o corpo para ver melhor, e novos pingos rubros se somaram sobre o documento. Esfregou o nariz com as costas da mão, que se enluvou com o líquido quente que abundantemente vazava.

Alguma coisa estalou dentro de sua cabeça. Fechou os olhos, tamanha a dor. As têmporas queimavam. A tontura voltou e com ela o vômito jorrou.

Com os lábios entreabertos e melados, Victoria inspirou e expirou devagar para que a respiração voltasse ao normal. Ergueu a cabeça, apertou as narinas e nessa posição ficou enquanto observava um fio de luz escoando de uma fissura no alto.

Lembrou-se de como Agnes educadamente interrompera a conversa dias antes tão logo se deu conta de quem Victoria era filha. Por isso sabia que de nada adiantaria colocá-la contra a parede. A velha era só mais um dos peões no tabuleiro jogado pelo querer de Tarso; não cabia a ela revelar o que jazia oculto por trás da coisificação de sua vida. Caída na escuridão, estava claro para Victoria que ela não havia sido adotada, mas roubada, comprada ou algo que seguia essa mesma desprezível natureza.

Pensou também que, se pedisse ajuda, acabaria armando uma babel por causa da invasão. O delegado acabaria sendo envolvido e, pior, poderia prejudicar Alethea.

Decidida e imunda como nunca, Victoria se ergueu e guardou no bolso a certidão ensanguentada.

Não havia mais tempo para estratégias e movimentos calculados. Chegou a hora de enfrentar o dono do jogo.

39

O negrume abafado era o de um ataúde com fedor de madeira apodrecida.

Ajoelhado na escuridão, Barão baixou a cabeça contra os dedos entrelaçados e sentiu a testa porejada de suor. Era uma vela derretendo devagar dentro de uma fornalha. Os olhos bem abertos esperavam pela luz que dissolveria a imagem de que fora enterrado vivo.

A cortina enfim escorregou para o lado e uma iluminação amarelada em forma de cruz invadiu por entre os buracos da grelha de madeira do confessionário.

Do outro lado, Agnes se acomodou na cadeira. Um pouco mais aliviado por ter uma companhia no escuro, mas certo de ainda estar longe de se ver livre dos horrores que açoitavam sua paz, Barão esperou que a madre se manifestasse. Ela permaneceu calada pelo longo minuto que se arrastou.

Sem a antiga força que sempre acompanhou seu vozeirão autoritário e lhe dera o posto de touro mais bravo da pastagem, Barão perguntou com um balido que em nada o diferenciava de um novilho doente:

— O que você faz, afinal? Só ouve e perdoa pecados?

— Não tenho poder pra perdoar. — O tom da religiosa era de uma pessoa que perdera a paciência havia muitos anos e que só não abandonara o hábito por falta de opções. — O perdão vem do próprio pecador.

Foi um erro recorrer a ela. Os joelhos já doíam pela falta de familiaridade com a posição servil. Barão ouviu Agnes soltar um suspiro baixo, na certa de aborrecimento, depois de outro minuto de silêncio antes de falar:

— Você pecou?

— Quem não? — Ele se remexeu para se livrar da sensação de ter milho sob as rótulas. — Tô começando a achar que ando vendo materializações dos meus pecados.

Barão deu um tempo para que Agnes assimilasse o significado daquilo. Ouviu o farfalhar das vestes dela e espiou pela grelha. Ela parecia esperar que ele continuasse, e assim ele fez:

— Não tô me sentindo eu mesmo, madre. Tô murchando. — Arquejou. Admitir fraqueza daquele jeito era, ainda que catártico, amargo como o sabor que pesteava sua língua. Mas nem assim parou: — Perdi totalmente o controle... e isso me deixa apavorado.

— E por que é tão importante ter o controle de tudo?

Barão não precisou pensar muito para responder:

— O verdadeiro horror é sobre não ter controle algum.

Alguém devia ter passado do lado de fora do confessionário, pois Barão viu a cortina balançar. Os músculos enrijeceram. Ouviu os passos se afastarem. Puxando um pouco o pano, espiou. Exceto por uma pessoa sentada sob as sombras da última fileira ao lado de uma pilastra, que bloqueava a passagem do sol, a igreja estava vazia.

Fechou novamente o cortinado e procurou a madre através das aberturas.

— Acredita no diabo, madre?

— Por que a pergunta?

— Suspeito que ele tá me assombrando.

Agnes fez um ruído que a Barão pareceu um riso de escárnio. Ele apertou os dedos enlaçados e ouviu os próprios dentes rangendo.

— O diabo não existe dessa forma. A matéria-prima dos demônios é a culpa. Somos nós que os criamos. — Ela soava entediada. — Por acaso fez mal a alguém?

— O problema não é esse, mulher! Estão tentando me enlouquecer porque pensam que cometi a merda de um crime.

— E cometeu?

— Não! Eu não fiz nada de errado.

Barão levou um tempo para perceber que havia erguido não somente a voz, mas o corpo. O eco retumbou dentro do confessionário até morrer por completo. Só então ele refreou a respiração, voltou a se ajoelhar e algo roçou do lado de fora da cortina mais uma vez.

Puxou-a de súbito e espreitou pelos cantos sem colocar a cabeça para fora. Ninguém por perto. Olhou para o último banco. A pessoa não estava no lugar de antes, mas ajoelhada em um genuflexório na metade da distância de antes. Tinha o rosto abaixado em oração. Barão teve a impressão de que ela notara seu intrometimento, voltando a fechar o cortinado. Antes, porém, viu a pessoa se erguer, olhando para ele.

Agnes se mexeu do outro lado.

— Você não tá bem, rapaz. Precisa fazer as pazes com aquilo que te aflige. Principalmente, deve fazer as pazes com os seus inimigos.

Barão riu com a ironia.

— Com todos eles? Receio não ter tanto tempo assim.

— Não vejo outro caminho pra te ajudar. O que teme de verdade?

— A vingança da ira dos mortos.

Ele teve novamente a impressão de ouvir o riso de zombaria da velha. Deixou passar. Se estivesse no lugar dela, também riria.

— Os mortos não se vingam. Quem se vinga são os vivos. Os mortos só querem paz.

— Eu também, madre. — Suspirou. — Eu também. Paz pra continuar cuidando da minha mãezinha. Ela precisa de mim...

Não havia salvação ali, um estande de madeira tão ordinário quanto qualquer caixa de grãos de café. Não havia santidade à sua volta para livrá-lo do que enfrentava. Barão se levantou mais uma vez e não voltaria a se ajoelhar.

Por uma pequena abertura, espionou o templo. Nem sinal da presença que se encontrava ali antes. A tensão escapou num suspiro de alívio.

Com a mão na cortina, ouviu Agnes dizer:

— Não existe ninguém pra cuidar de Faustina caso você falte?

Se não encontrasse uma saída, Barão não poderia deixar a mãe à mercê da boa vontade de um Deus que parecia ter lhe virado as costas. Não, nenhum santo assumiria a tutela de sua amada mãezinha. Essa responsabilidade não carecia de reza, mas de dinheiro. E de alguém que a conhecesse, que fosse tratá-la direito.

Atravessou a cortina torcendo para que encontrasse amparo pelo menos no homem a quem entregara seu corpo e sua alma.

Não era fácil encarar a realidade da cidade grande, e era ainda pior para uma garota do interior, que passara a vida resumida à proteção de uma gaiola. Victoria apostou que enfrentaria o que viesse, sob chuva e sol, e foi o que tentou fazer, mas a verdade é que nunca conseguira ser tão forte assim. Intimidava-se fácil e invejava Simony nesse ponto. Quem cruzasse o caminho da amiga sofria consequências. Se Victoria tivesse metade da firmeza dela, o desfecho do fatídico episódio no jornal teria sido diferente.

E agora, parada do lado de fora do escritório, era a força de Simony que tentava invocar. Felipa avisara que Tarso estava à espera e que estava longe de parecer contente. Victoria desprezou a dor insuportável que crescia em sua cabeça. Estava prestes a cair sem a certeza de que se levantaria novamente, mas tinha que abandonar a Victoria fraca e confrontar o pai.

Pai... A palavra agora soava estranha. E estranha de um jeito ruim.

Inspirou e soltou o ar em um sopro, depois girou a maçaneta, presumindo que o que viria do outro lado não seria rápido e tampouco indolor.

— Que merda você tava fuçando no que não te diz respeito?! — Tarso disparou à queima-roupa.

Victoria chegou a cambalear com o impacto, mas aproveitou para se apoiar na porta enquanto a fechava. Ao encarar o pai sentado em sua cadeira atrás da mesa, encontrou-o com o rosto vermelho.

Impiedoso, ele descarregou o segundo tiro:

— Aprendeu nos esgotos da capital a agir como um rato?

Fuzilada com tanto ódio, Victoria tentou não transparecer quão atordoada ficou. Assim, depois de deixar bolsa e câmera na poltrona sob o quadro, vestiu o colete à prova de balas concebido pela lembrança de Simony e foi direto até a escrivaninha. Meteu a mão no bolso da frente e atirou diante de Tarso a certidão lavrada em sangue.

— Preciso perguntar ou a resposta é tão óbvia quanto parece?

Por um instante, ele pareceu não entender o que estava diante de seus olhos. Esticou a mão até o documento, mas conteve-se antes que os dedos tocassem o papel. Fechou-os e recolheu a mão de volta. A sanha havia deixado seu semblante, e agora Tarso mostrava uma expressão indecifrável. Sob a enigmática fachada, Victoria teve a impressão de que algo lhe passou pelo rosto.

Alívio?

— Não sei por que pensei que o senhor seria honesto olhando nos meus olhos depois de tantos anos evitando a minha presença. — O rosto de Victoria queimava, a cabeça explodia, o coração estava à beira de um ataque, mas ela seguiu em frente: — Se era pra ter um enfeite, por que me adotou? Não, melhor: por que *pagou* tão caro por mim? — Percebeu que respirava rápido demais e sorveu uma golfada de ar antes de enfiar a mão no bolso de trás e continuar: — Talvez isto abra o seu coração.

A foto de Carlota deslizou sobre o tampo da mesa e estacionou ao lado da certidão ensanguentada. Dessa vez, Tarso não interrompeu a viagem da mão. Levou-a até a fotografia e a trouxe bem próxima do rosto. Nuances que Victoria nunca identificara na fisionomia do pai foram evocadas. Tristeza. Saudade. Arrependimento.

— Você nunca deveria ter encontrado esta foto —disse Tarso tão baixo que a princípio Victoria imaginou que fosse apenas um gemido. — Não tem como você entender.

O tiro fora silencioso e a atingira de uma forma que ela não esperava.

Sentiu pena.

— Embora o senhor não me veja dessa forma... — Victoria deixou de lado a compaixão ao alertar a si mesma que só precisava acariciar o animal encurralado para levar uma mordida. — ... eu sou bem inteligente. Sei ligar os pontos como ninguém. Quer ver? — Ela arqueou as sobrancelhas. — O nome da Uiara está no testamento. Sim, pai, eu bisbilhotei isso também. Pela foto da Carlota, até um cego enxergaria a semelhança entre elas duas. E temos também as visitas que a Uiara fez ao senhor na calada da noite. Por incrível que lhe pareça, eu consegui sozinha chegar à conclusão de que a Uiara é sua filha.

Victoria não soube dizer se o choque na cara do pai era pela descoberta de seu segredo mais escuso — um dos inúmeros que ele devia ter — ou por não acreditar que havia subestimado sua inteligência.

— Viu? Não sou tão burra. Agora entendo por que o senhor não queria que eu a encontrasse. Mas tem uma coisa que ainda não entendi. — Apoiou as mãos na borda da mesa e inclinou-se em direção a Tarso. — Por que a renegou pra logo depois me comprar? Foi por causa da cor da pele? — Voltou a ficar ereta e cruzou os braços, movendo a mão direita enquanto falava: — E por que colocar o nome dela no testamento depois que o senhor mandou darem sumiço nela? Me ajuda a entender, porque nesse ponto o senhor me pegou.

— Dar sumiço? — Ele pousou a fotografia na mesa. — A Uiara fugiu.

— Ela pode ter tomado chá de sumiço, mas contra a própria vontade. Encontrei a bicicleta dela com o menino do Pascoal.

— Que Pascoal?

Victoria riu, entediada.

— Só pode tá de sacanagem...

— Ainda sou seu pai, garota! — A voz de Tarso se ergueu mais rápido do que ele conseguiu se colocar de pé. — Me respeite! Olhe nos meus olhos e responda o que te perguntei.

Victoria estremeceu, mas se controlou e disse:

— Um dos seus empregados.

— Tenho tantos, seja específica. Pensa que conheço todos pelo nome?

— Com um nome tão incomum e tendo morrido há um mês imaginei que se lembraria.

— Hum... Acho que ouvi a respeito. É o Barão quem cuida desses assuntos.

Por um momento Victoria parou para pensar. Depois, perguntou:

— O Barão sabia disso? Que ela é sua filha?

— Não. Por que saberia? Só ela e eu.

— Pra dono de Monte do Calvário, o senhor tá bem desinformado. Tô procurando pela Uiara desde que botei os pés aqui e tudo que encontrei leva a crer que fizeram algo muito ruim com ela.

O estremecimento dessa vez veio de Tarso.

— Achei que ela tivesse fugido depois daquela noite. — Ele procurou apoio na mesa, os braços de repente fracos demais para sustentar seu peso. — Eu não queria forçar as coisas para ela voltar. Acha que alguém a machucou?

Victoria precisou ser rápida para alcançá-lo antes que ele fosse ao chão. Conseguiu evitar a queda, mas, ao baixar a guarda e sustentá-lo, o ricochete do contato físico atingiu sua mente com o som e a dor de uma chibatada. Seu rosto foi lançado para o lado.

Por sobre o ombro, teve a visão mediúnica do pai, o mesmo que ela amparava, entrando pela porta do escritório. Ele arregalou os olhos, na sua direção, tomado pela surpresa.

— *O que faz aqui?* — Tarso engasgou, e sua pele perdeu a cor como se nunca tivesse tido uma. — *Você? Como?*

O arrastar da cadeira revelou a Victoria que estava atrás dela a pessoa para quem ele olhava tão abalado. Ela virou o rosto.

Na cabeceira da mesa, Uiara o enfrentava sem nenhum temor.

— *Eu sei quem você é e sei o que você fez* — ela disse.

Depois, Victoria sentiu que ela moveu os olhos em sua direção.

Você também precisa saber.

Uiara se liquefez numa explosão de orvalho.

Victoria se voltou ao Tarso do passado. Ele não estava mais na porta, que permanecia fechada.

Olhou para baixo e o encontrou em seus braços.

Com os dedos cravados no peito e o rosto tomado por uma dor torturante, Tarso sofria um ataque cardíaco.

Barão fechou a porta da caminhonete com delicadeza e culpa. Encontrou o rombo que havia desenhado com o próprio punho na lataria e passou-lhe a mão. Tinha uma vaga lembrança de quando tratava a conquista sobre rodas como seu prêmio maior. Sentimentos tolos que de um dia para o outro haviam se tornado tão enfraquecidos quanto sua mente. Apertou os dedos com força para, dessa vez, conter a raiva e rumou para o casarão.

Em frente ao portão, chutou uma pedra.

Quase três décadas antes, naquele mesmo portão, longe das vistas dos adultos, encontrara-se no meio de um círculo de meninos maiores, filhos dos empregados de Tarso. Eles lhe apontavam o dedo e o chamavam de bastardo. Zombavam sobre a ausência de um pai, que o faria um maricas. Para eles, que tinham pais, já era uma merda, para Barão seria ainda pior. Mas Barão fora rápido, alcançara uma pedra e com ela fizera o maior deles engolir dentes e sangue pela mandíbula arrebentada. Machucara outros dois antes de apanhar até perder os sentidos. Quando acordou, havia aprendido que força bruta era a melhor ferramenta para resolver a maioria dos problemas.

Atravessando o caminho, desviou o olhar da janela do escritório para a esquerda do jardim.

Fora ali, sentado na grama, enquanto Faustina limpava o sangue em seu nariz, que as partes soltas em sua cachola se encaixaram. A mãe explicara que ele não devia dar ouvidos àqueles filhotes de burros de carga, que um pai é alguém que te faz querer ser igual. Ele respondera que deveria então ser o cavaleiro. Ela corrigiu, dizendo que ele deveria ser o dono do estábulo.

Chegou à varanda.

Antes de galgar o primeiro degrau, recordou quando, em seus sete anos, estivera sentado ali saboreando as balas que ganhara de Tarso, e Victoria chegara. Nos braços do patrão, a menina trazia um olhar dissimulado. Ao perguntar para a mãe de onde ela viera, Faustina explicara que ele não devia se meter com a menina, nem fazer perguntas sobre ela. Dali em diante, os sacos de balas foram substituídos por uma ou outra bala em raras ocasiões.

No salão principal, sentiu cheiro de que algo havia acontecido.

No alto, escondido atrás dos balaústres de madeira, ele ouvira uma conversa entre Faustina e Felipa. A mãe confessara sua vergonha em ter se deitado com *aquele* homem enquanto Tarso estava ali. Felipa sugerira que ela tirasse as minhocas da cabeça, que ela não tinha nada que se meter com o patrão. Faustina respondera que ele seria o pai perfeito para o menino dela. Barão sentira vontade de se revelar, mandar Felipa cuidar da própria vida e dizer à mãe que concordava.

A memória se desfez.

Já nas escadas, os degraus rangeram sob seu peso.

A seu encontro vinha ele adolescente, descendo com o antigo capataz, em quem grudara como carrapato. O velhote mal-encarado dizia que o Barão moleque não devia se meter naquela vida, que ele não teria colhões para certos tipos de serviço. Barão se esforçara ao máximo para afirmar, com a voz mais grossa que o normal, que lhe sobravam colhões, que faria o que Tarso precisasse. Em uma última chance, o capataz alertara que era um caminho sem volta. Barão não queria saber. Já tomara sua decisão. Por Tarso, para Tarso, valia tudo.

Ao chegar ao corredor que levava ao escritório, lembrou-se de si, parado diante da porta, chacoalhando do cabelo revolto às botas sujas de terra, tentando fazer desaparecer a dor que queimava os nós dos dedos feridos antes de entrar. Girara a maçaneta somente ao decidir que não seria ninguém além de Barão. Conquistaria o respeito de Tarso e assim faria por merecer seu lugar naquela casa, naquela família.

Deparou com a porta do escritório aberta. Estranhou. Avistou a mesa bagunçada e seguiu até ela. Sua mão foi atraída a um papel ensanguentado, mas antes que o tocasse, seus olhos foram de pronto fisgados por um documento. Pegou-o. O testamento de Tarso. Encontrou o nome de Victoria. Encontrou o nome de Uiara. Não entendeu. Procurou pelo próprio nome. Não estava ali. Procurou no verso. Nada.

Uiara?

Até nisso a desgraçada se metera. As duas. Desgraçadas!

Afastou-se da mesa ao ser tomado por uma súbita vertigem e encontrou na poltrona o amparo. Apoiou a cabeça nas mãos e ofegou, a boca aberta. Notou uma bolsa a seu lado. Uma câmera também. Apanhou-as. Teve vontade de destruir a máquina só com a força do ódio, mas uma fotografia escorregou de dentro da bolsa e caiu a seus pés, atraindo toda sua atenção.

Victoria fotografara a cova revirada sob a grevílea.

No fundo do cérebro de Barão, um clique soou e a tontura aos poucos se dissipou. O peso nos ombros desapareceu, os músculos relaxaram. Pensou ser alívio, mas era anestesia. De repente, os motivos para seguir em uma batalha cega deixaram de existir. Não havia mais um *porquê* para viver, então não poderia suportar os *comos* que haviam restado.

Desistiu.

Que a maldita viesse de uma vez e decretasse sua sentença.

PARTE 7

MEDO E CULPA

42

Sábado, 18 de fevereiro de 1989

— Foi ela quem trouxe? — Faustina perguntou, chupando o osso da galinha. Depois lambeu os dedos e pegou um pedaço que havia caído na camisola, despreocupada com o molho que escorria pela beira do prato para o lençol.

Barão se ajeitou na cadeira em frente à cama da mãe e esfregou os olhos. Ardiam de sono.

— Zélia nem apareceu hoje — mentiu.

— Zélia não sabe fritar um ovo, aquela menina.

— Eu que fiz, mãezinha.

Depois que Zélia desistiu de chamar no portão e foi embora, Barão passou parte da manhã preparando a comida favorita da mãe. Deixou de lado a restrição alimentar de Faustina e caprichou nos temperos. Não seria uma extravagância que a mataria. Agora, vendo-a se lambuzar de um jeito infantil, o júbilo de proporcionar um momento de prazer à mãezinha superou a estafa.

— Percebi — disse Faustina, mastigando. — O frango que ela me traz não é tão temperado.

— A senhora gostou?

Ela lambeu o prato. Barão deu risada e percebeu que lacrimejava. Alcançou o prato e o pousou na mesa de cabeceira. Em seguida, apanhou o guardanapo de algodão no ombro e tomou as mãos da mãe.

— Não vai pro cafezal hoje?

— É sábado. — Ele limpou cada um dos dedos dela com o cuidado de quem desarma uma bomba. Chegava a doer nele imaginá-la sentindo dor. — Tirei o dia pra cuidar da senhora.

— Você tá bem, menino? — Faustina examinou com desconfiança o rosto de Barão quando ele soltou suas mãos. — Tá abatido.

— Muito trabalho, mãe, nada não.

Bocejou ao lembrar que outra noite se foi sem que pudesse se entregar a um tão ansiado descanso. Os olhos doíam por ter passado horas encarando a fotografia da cova sob a grevílea. Maldita princesinha intrometida!

— Não vai no seu adorado lago?

Barão a viu desviar o rosto para concluir a pergunta.

— Hoje não. Mãezinha... — Afugentou dos pensamentos o inseto chamado Victoria e lembrou-se de uma pulga que Faustina colocara uns dias antes atrás de sua orelha. — Quem ia puxar o meu pé?

— A menina da Dejanira.

— E ela tá no Lameiro agora?

Faustina balançou a cabeça.

— Ela tava queimando debaixo da terra, mas agora tá melhor. Arrancaram-lhe o coração, os ovários e o fígado, e agora ela tem pedras por dentro. — Espreguiçou-se. — É uma saca de pedras no fundo do lago.

— Quem fez isso com ela?

Faustina sustentou um longo bocejo.

— Jesus, que sono. — Bocejou novamente. — Nossa... E a Zélia, já chegou?

— Não.

Barão se levantou e ajudou a mãe a prender as bordas do lençol sob o corpo. Procurou os olhos dela, com uma súbita necessidade de encontrar neles um resquício de esperança. Esperança de que ela voltaria a ser independente, de que ainda teria uma chance quando ele não estivesse mais ali. Dardejavam como os ponteiros de um relógio quebrado. Não, o tempo dela não voltaria jamais.

Barão engoliu, para desfazer o nó na garganta, e continuou:

— Ninguém se preocupa de verdade com quem não é do próprio sangue, mãezinha. A gente não precisa de mais ninguém além de nós mesmos. Dorme em paz. Eu mesmo vou cuidar da senhora.

O ressonar de Faustina começou assim que Barão descansou os lábios sobre a testa dela num beijo seco e demorado, que encontrou seu fim somente quando foi tocado por uma lágrima solitária.

Empertigou-se e libertou um suspiro prolongado. Meteu a mão no bolso da calça e puxou o vidro de remédio da mãe. Era o que a ajudava a dormir, e estava quase vazio. Depois de encará-lo por um longo tempo, o suficiente para que seus pensamentos fossem e voltassem uma dezena de vezes por lugares a que ele só havia ido em sonhos de rancor e cobiça, retornou-o ao bolso.

— Sem mim a senhora acabaria jogada em um hospício. — Sentou-se na beira da cama e sussurrou: — Não tenho mais forças pra lutar, mãe. Se ela fosse de carne e osso, vá lá, mas não é. — Curvou-se sobre Faustina. — Quero que a senhora saiba que não fiz nada de errado. Tá bom? Só fiz o que precisava ser feito pra manter o respeito que conquistei. Eu não podia deixar uma fedelha me desrespeitar daquele jeito. Ela queria ficar zanzando no meu cafezal, e eu disse *não*, mas ela não me escutou.

Com os braços apoiados próximos aos ombros da mãe, Barão pegou as pontas do travesseiro. Tirou-o com facilidade de baixo da cabeça dela. Seu sono não sofreu nenhuma variação.

— Amo a senhora, minha mãezinha.

Em um ato de bondade, Barão pousou delicadamente o travesseiro sobre o rosto de Faustina.

43

O estômago de Victoria se contorceu em um ronco quando os ponteiros se encontraram em uma linha vertical perfeita sobre o seis do relógio de parede. Pela janela, a luz cinzenta lentamente definhava na tarde de sábado.

Apertou a barriga, mas o incômodo maior pulsava atrás dos olhos, então tirou os óculos e os pendurou no decote da blusa amarrotada. Massageou as têmporas com a ponta dos dedos enquanto lançava uma espiada ansiosa ao corredor. O enjoo após o ataque no arquivo do orfanato persistia. Cumprimentou uma enfermeira que passou sem pressa. Fora ela, o lugar estava morto. Estranhou Barão não ter aparecido, mas agradeceu pelo sumiço dele. O cérebro dela reclamava com marteladas de protesto só de levar a imagem do infeliz à cabeça.

Puxou sua bolsa, que serviu como travesseiro sobre o banco duro, quando um calafrio arrepiou os pelos de seu braço direito. O leito de observação de Tarso ficava na mesma direção de onde vinha uma estranha energia. Não ruim, mas incômoda. Victoria achou melhor verificar.

Antes de alcançar a porta, viu, pelas persianas, que o quarto estava escuro. Na penumbra amarelada divisou a cama do pai, assim como seu contorno em repouso. Porém, o que lhe acendeu o alerta foram as silhuetas ao redor dele do lado de dentro. Era uma quantidade logisticamente impossível para as dimensões do aposento.

Victoria alcançou os óculos e os equilibrou sobre o nariz no momento em que empurrou a porta. Acionou o interruptor.

Além de Tarso, não havia ninguém ali.

— Oi. — Não conseguiu dizer a palavra *pai*. — O senhor tá acordado?

Ele não se mexeu.

Victoria espiou em torno antes de aceitar que precisava ir para casa descansar depois de quase vinte e quatro horas em vigília.

— Filha?

— Oi. — Espantou-se mais uma vez. — Como o senhor tá?

— Você pode ficar aqui um pouco?

— Ah, c-claro... — O imprevisível a fez gaguejar.

Sentou-se. A poltrona era macia, mas ela se sentiu mais confortável no banco do lado de fora. Ergueu os cantos da boca. Tarso fechou os olhos e virou a cabeça para o lado. Victoria achou que ele parecia tenso, os membros rígidos, o rosto mais branco que de costume. Ofegava inclusive. Aos poucos, no entanto, a respiração dele recuperou um ritmo normal.

Ela percebeu que ele não dormia. As pálpebras entregavam olhos alertas sob a camada de pele fina e enrugada. Victoria se lembrou de tudo que estava escondido no caderno de contabilidade e a repulsa retornou. Encolhido ali em seus próprios tormentos, Tarso exibia a fragilidade de uma folha morta. Fraco...

Mas de fraco ele não tinha nada.

Tarso conquistara tudo o que precisava para, mesmo em seu estado mais indefeso, ser tão perigoso e temido quanto uma serpente no mato alto. Ela vira como, à menção do nome do paciente, profissionais médicos vieram aos montes — e para uma cidade como Monte do Calvário, isso se resumia aos três médicos do hospital inteiro, além de meia dúzia de enfermeiros. Antes de Victoria cair no sono, um deles disse que não havia mais perigo e que poderiam voltar para casa na manhã seguinte.

A conversa sobre certidões e heranças ainda não havia terminado. Mal começara, ela sabia disso. Porém, temia provocar outro ataque no velho. Não tinha ideia de como retomaria o assunto.

Em sua mente, no entanto, estava bastante claro que não queria construir uma vida com o dinheiro sujo que a trouxera de volta àquela terra de desgraçados.

Lúcia saiu do quarto 217 e olhou de um lado para o outro do corredor. O hospital estava às moscas, nada de novo. Enquanto estivessem no verão, os calvarianos continuariam empurrando suas mazelas para debaixo do tapete até elas vazarem pelo outro lado, geralmente no inverno.

Ainda que houvesse pacientes se arrastando pelos corredores, eles não receberiam tanta atenção quanto o dono do cafezal, que chegara em torno das seis horas do dia anterior. Lúcia tinha acabado seu turno dobrado e queria muito ir embora para descobrir se Alice e Miguel tinham derrubado a casa.

Retornou oito horas depois, e a filha do homem continuava em vigília. Desde então, Lúcia preferira se manter ocupada longe da ala onde ele se encontrava sob observação. Agora, porém, dirigia-se à copa dos funcionários. Um pouco de chá poderia resolver alguns problemas.

Os olhos vermelhos de Victoria encontraram os de Lúcia com aparente surpresa quando ela saiu devagar do quarto do pai.

— Fiquei sabendo que seu pai deu entrada ontem. — Lúcia armou um sorriso. Esperou que o cansaço de Victoria não a deixasse notar a falsidade nele. Estendeu a caneca de plástico. — Tome, um pouco de chá. Você parece exausta.

Victoria aceitou e aspirou a fumaça. Lúcia vislumbrou um breve e discreto sorriso. Victoria deu um gole.

— Tá uma delícia. Sim, ele teve um princípio de infarto, mas já estabilizou. Descobri que o meu pai sofre da doença de Chagas. — Levou a caneca aos lábios e, antes de beber mais, disse: — Fase final.

— Sinto muito —mentiu Lúcia.

Victoria esfregou as pálpebras.

— Sabe como chamo um táxi?

— Táxi? — Lúcia franziu a testa e olhou em volta. — Bem, a estação fica a três quadras daqui. Mas já anoiteceu. Não é bom ficar andando por aí.

— Não me importo, só preciso sair daqui...

Victoria deu um solavanco para a frente quando uma de suas pernas falhou.

— Você tá bem? — Lúcia se apressou em ampará-la, tomou seu braço e pegou de volta a caneca.

— Tô me sentindo tonta. — Passou os dedos pelo cabelo amassado.

— Há quanto tempo você não come?

— Pra falar a verdade, nem imagino.

— O açúcar vai ajudar. Vem comigo.

Sustentando-a como fizera algumas vezes com bêbados, Lúcia a guiou até o quarto 217. Lá, fez Victoria se deitar. Antes que pudessem trocar mais palavras, Victoria apagou.

Lúcia se aproximou.

— Moça? — chamou, mas não houve resposta. Bateu no rosto dela. Sem reação. — Esse negócio é mesmo forte. — Atrás de si, ouviu a porta do banheiro se abrindo. Virou-se e deu de cara com Barão. Com um gosto amargo crescendo na língua, disse: — Por favor, agora deixe a minha família em paz.

Em seguida, dirigiu-se à porta.

— Espera — Barão chamou antes que ela saísse.

Lúcia levou alguns segundos para se virar, e então ele perguntou:

— O Tarso, como tá?

— Vivo. — *Infelizmente*, pensou e aguardou. Sentiu o corpo inteiro tremer quando reencontrou o olhar de maluco que a coagiu a dopar a garota, agora mais injetado.

229

Como ele não reagiu, Lúcia se apressou.

Ao fechar a porta, ela viu, pela fresta, Barão se aproximando de Victoria, e não quis imaginar em qual pesadelo ela se encontraria quando acordasse.

45

Em pé, no alto da pedreira, o homem chamado apenas de Barão, que não precisara de um sobrenome para se fazer conhecido e manter a atrasada Monte do Calvário a rédeas curtas, que abraçara o apelido dado por Tarso desde que se dava por gente, deu um gole no uísque e cuspiu no momento em que o gosto terrento envolveu sua língua.

No chão, desacordada diante dele, Victoria Casagrande não reagiu quando seu braço foi atingido pela mistura de saliva e álcool.

— Vem sentir comigo esse gosto de bosta, princesinha.

Barão se aproximou dela a passos capengas e entornou na sua cara o resto da bebida. Victoria se levantou tossindo.

A princípio, pareceu não enxergar Barão.

Sentada sobre o short, que deixava completamente de fora as pernas de vagabunda hipócrita, ela foi atraída pela claridade quase explosiva dos faróis que vinha por trás. Cobriu o rosto com o braço e virou-se de volta. Piscando rápido, seus olhos primeiro encontraram botas cobertas de terra, depois subiram para o rosto de Barão.

Ele sorriu.

— Eu só quero que saiba que pessoalmente não tenho nenhum problema com você estar neste lugar.

Victoria se levantou num pulo desajeitado, mas voltou de joelhos para baixo.

— Como me trouxe pra cá?

— As pessoas fazem cada coisa quando estão com medo... — Barão sorriu e brindou com a garrafa vazia. — E eu sei provocá-lo como ninguém. — Levou o gargalo aos lábios, mas parou o movimento. — Como você descobriu? — Esperou. Malditos olhos de ressaca. Enfiou a mão no bolso da camisa. — Vai, me diz.

— Do que você...?

Barão cortou a ladainha com um grito:

— Como descobriu onde eles enterraram a imunda?!

Ele atirou a fotografia tirada sob a grevílea. O fogo no peito se intensificou quando a viu se abaixar e apanhar a polaroide. Respirou devagar enquanto Victoria encarava o retrato como se para ela fosse algo novo.

— O medo também paralisa gente fraca — ele comentou.

Victoria ergueu a cabeça depois de olhar para a fotografia por tempo demais.

— Amedrontar gente indefesa não te faz inteligente. Foi fácil descobrir a cova. Agora, só quero saber por quê. — Guardou a foto no bolso da bermuda. — Foi porque a Uiara era filha do Tarso?

— Você tá louca? — Sua voz quebrou no meio da frase ao se lembrar do testamento. — Só pode ter sido macumba daquela gente para o Tarso ficar assim tão cego. Aquela coisa nunca sairia dele. Ela era tão filha dele quanto você. Ou pensa que carregar o nome dos Casagrande te faz uma? — Bateu a garrafa no peito. — Eu mereço carregá-lo! É meu direito. Estive aqui todos esses anos. Não fui eu quem fugiu pra torrar o dinheiro dele sem ter que aguentá-lo.

Barão notou que Victoria olhava a câmera pendurada em seu pescoço. Com a mão livre, alcançou a alça no cangote e a puxou por sobre a cabeça. Mas atrapalhou-se quando ela se enroscou nas orelhas, então soltou a garrafa, e conseguiu trazer a alça e a enrolar nos dedos.

Desejou partir a porcaria ao meio apenas pelo prazer, mas percebeu que Victoria agora olhava para o chão. O uísque. Equilibrou-se na perna esquerda e recuperou a firmeza ao apoiar o pé direito sobre a garrafa. Rolou-a para si e a chutou para a beira da pedreira com o calcanhar. Ambos sustentaram o olhar um do outro até ouvirem o som da garrafa encontrando a superfície do Lameiro.

— Você pode pensar que é mais inteligente que eu só porque estudou na cidade grande. Aliás, é um defeito de vocês buscar algo em que *acham* que são melhores que nós. Precisam desse consolo, né? Sempre precisam de um consolo. — Barão segurou a câmera com os dedos envolvidos pela alça e balançou o indicador. — Mas eu fiz a minha tarefa de casa e não precisei abandonar as responsabilidades pra estudar. Eu nunca desertaria o teto daquele que me criou. — Sua mente evocou a imagem de Faustina na cama, finalmente em paz. — Me conta, por que não me entregou? Arrastar o defunto pro Lameiro... Minha mãezinha me contou. Pra quê?

Victoria levou alguns segundos para responder:

— Antes eu precisava saber por que vocês a mataram.

Barão ergueu os ombros.

— Porque ela atravessou o meu caminho.

— A Uiara descobriu algum podre teu e aí precisou ser calada?

— Sim, ela descobriu. Da pior maneira. — Ele riu. — Descobriu que quem manda sou eu. Descobriu que não devia ter invadido depois que eu disse *não*. Vê se pode, ficar zanzando de bicicleta em terra de homem, na minha terra, colhendo florzinha. Vocês só têm futilidade na cabeça.

— A mesma bicicleta que você foi inteligente o bastante pra dar de presente a uma criança que fica o dia todo pelas ruas? Não pensou que ela seria reconhecida?

— Eu mandei o jumento do Pascoal dar sumiço naquela joça!

— Você matou a minha amiga porque ela entrou no cafezal? Só por isso, seu desgraçado?

— Duas vezes. — Ergueu o indicador e o médio. — Mas parece que tem gente que só nasce pra virar comida de minhoca. Na primeira, ela escapou. Deixei por isso mesmo porque ninguém viu. Ela não imaginava que, enquanto arrancava plantas debaixo d'água, eu assistia aqui de cima. Ah, mas, na segunda, eu não deixei quieto. Acredita que ela disse ter vindo rezar pros afogados? — Revirou os olhos. — Atrapalhou o nosso sossego, o nosso baralho. O Sancho e o Pascoal podiam ser fiéis, mas dariam com a língua nos dentes se eu não mostrasse a ela quem manda.

Barão deu dois passos na direção de Victoria. Em seguida, ergueu a câmera e apertou o botão, mas ele não obedeceu. Percebeu que o botão era outro. Apertou novamente. Victoria virou o rosto quando o flash a atingiu.

— Precisa ver a sua cara... — Ele puxou a fotografia e a jogou aos pés dela. — Tá tão assustada quanto ela. — Forçou o riso, mas a vontade de rir de antes tinha perdido a força. Estava enjoado. Viu que

233

Victoria ignorou a fotografia e continuou: — Vocês duas meteram o nariz onde não deviam. Não souberam respeitar um território já dominado. — Trincou os dentes e gritou: — Vou precisar mijar na sua cara pra você entender que quem manda aqui sou eu?!

A vontade de rir voltou quando Victoria se retraiu. Barão desenrolou a alça dos dedos e guardou a câmera no alto da braguilha, teve que soltar o botão da calça para encaixar a máquina sob o abdome.

Um ruído que veio do mato apagou o sorriso de Barão — som de roçar de folhas a poucos centímetros de seus ouvidos. Procurou em volta. O cafezal se movimentava de um jeito estranho, quase vivo. Era efeito do porre, tinha que ser.

Se tivesse bebido menos naquela outra noite, teria conseguido se controlar.

— Eu não queria matar a menina. — Uma bolha de gás se formou em seu estômago e escapou pela garganta em um borbotão azedo. — Era pra ser só um susto, umas palmadas. — A mandíbula doeu. — Mas ela resolveu que podia correr mais do que nós. Ela pulou a cerca, e eu não encontrei as chaves, só as do caminhão. Derrubei o portão com ele e fui atrás da imunda. — A garganta estava seca. Um gole seria recebido com pompas. — Ela entrou na plantação, e eu tava tão bêbado. As terras daqui são muito irregulares. — Olhou para Victoria. — Não perdi o controle. Foi um aclive que acabou tombando o caminhão. E o burro do Pascoal não fechou direito a tampa do tanque. Ele ia começar o trabalho cedinho, chegar lá antes do canto do galo. O piche já tava fervendo!

O olhar de Barão perdeu o foco e imagens da trágica noite se desenrolaram atrás da cortina de sua vista embaçada.

— Parece que tudo conduziu para aquilo acontecer. Talvez a lição que ela precisava levar fosse exatamente a que recebeu. — Ele contraiu as sobrancelhas e procurou Victoria. Quando a encontrou, voltou as mãos em concha para cima. — Procurou, achou.

Recuou alguns passos quando gritos vieram do cafezal. Não podia ser coisa da sua cabeça: Victoria também se assustou. Aguardou em expectativa.

De súbito, uma revoada de anus-pretos estourou por sobre a plantação. A plumagem dos pássaros reluzia sob o luar enquanto eles se empoleiravam nos galhos ao redor. Dezenas se encarapitaram sobre a caminhonete. Barão se lembrou de como ficaram agitados na presença de Uiara e acabaram entregando seu esconderijo. Nunca tinha visto aquelas pestes atacarem pessoas.

— Pragas dos infernos! Não podem desaparecer?

Ele imaginou o bem que faria quando Victoria desaparecesse. Se ela parasse de cutucar os mortos, eles voltariam a ficar quietinhos debaixo da terra. Notou que os olhos de ressaca da garota seguiam para trás dele.

Seguindo-os, descobriu-se perto demais da borda da pedreira.

— Você tá doida pra me ver cair, não tá? Tá torcendo pra isso. — Barão arrastou os pés para longe do precipício. — Sei que me vê como um... Do que me chamou mesmo? Um jagunço. Deve me achar muito idiota. Viu como tava o corpo dela e resolveu que um punhado de piche na maçaneta da minha caminhonete seria um jeito ótimo de começar as suas brincadeiras.

A cor que ainda restava no rosto de Victoria fugiu.

— Por que o piche? — ela perguntou em lágrimas. — Queria garantir a crueldade?

— Foi um acidente, eu disse! Não havia o que fazer depois que o tanque virou. As pernas dela foram cobertas. — Um arrepio passou pelas costas de Barão ao rememorar detalhes que ele tentara esquecer. — Parecia uma cauda preta. E ela não calava a boca, arre, gritava demais! Nem me lembro de ter metido a peixeira na garganta dela. Mas meti. Dois talhos! Eu só precisava pensar, e ela não ficava quieta.

Victoria meneou a cabeça com as sobrancelhas contraídas. As linhas do rosto estavam fundas de raiva.

— Por que você tinha que fazer isso?!

— O que queria que eu fizesse? Que moral eu teria com o Tarso se deixasse a fedelha me fazer de palhaço? Ninguém destrói o respeito que conquistei com tanto suor.

— Ele sabe disso?

— Não levo problemas pra ele, só soluções. Não sou como você. E ele teria assinado embaixo se soubesse. O Tarso sempre celebrou os meus feitos. Ou você pensa que ele não precisa de músculos pra continuar reinando? — Barão arrancou a camisa e bateu no peito com o punho. — Eu sou os músculos do Tarso!

— Não passou pela tua cabeça que podiam ajudá-la num hospital? Pelo menos chamar alguém? Uma ambulância? Vocês são vermes. Os teus cúmplices mereceram o fim que tiveram.

— Você teve dedo nisso também? — Procurou a peixeira na parte de trás da cintura, mas se lembrou de que a perdera por causa do pulguento. — Se teve, mirou nos homens errados, princesinha. O Sancho e o Pascoal não encostaram nela. Quer dizer, tiveram que encostar na hora de enterrar. — Quis que a sensação de anuviamento desaparecesse. Cuspiu. — Dois frouxos, pareciam mulherzinhas. "Solta ela, patrão! Para com isso, patrão!" Frouxos. — Alcançou a camisa embolada no chão e enrolou os dedos no tecido, esticando-a na altura do peito. — Como eu disse, sei provocar medo como ninguém. Quer ver?

Antecipação nos olhares.

Antes que Victoria pudesse reagir, Barão foi para cima dela. Ela só teve tempo de se virar e ensaiar uma fuga, o que serviu para o propósito dele. Primeiro ele passou a camisa sobre o cabelo de Victoria sujo de terra. Em seguida, soltou o peso todo sobre o corpo dela e, depois de dar mais uma volta do tecido nas mãos, puxou.

Victoria enfiou os dedos entre a camisa e o pescoço, e Barão a sentiu debater as pernas entre as dele. Ela emitiu um grito afônico, e ele riu com as possibilidades que se abriam. Esmagada ou enforcada? Era tentação demais para um homem tão regrado. Ela estava por baixo, subjugada, onde era seu lugar.

Aproximou os lábios do ouvido dela e sussurrou com o hálito de álcool:

— Você é mesmo tão inteligente? Então diz pra mim. A carcaça da imunda inchou no fundo do Lameiro? Ou não, se já tava morta? Não tá curiosa? Aliás, ainda tem medo de água? Não parece. Tão cheirosa...

Afundou o nariz no cabelo dela e puxou o aroma cítrico misturado a suor. Ela forçou a cabeça para trás. Estava gostando. Sentiu-a levar uma das mãos até sua virilha. Barão ajeitou o corpo para permitir que ela o apalpasse. Desejou que seu pau reagisse.

— Safada. Pena que é tarde. Tua inteligência não vai te ajudar a boiar. Quer dizer... — Lambeu-lhe o lóbulo da orelha e puxou o brinco com os dentes, Victoria tremeu. — Se você sobreviver à queda.

Barão encontrou apoio com o joelho direito para se erguer e finalmente assistir à princesinha ir embora de uma vez, para bem longe, até desaparecer no fundo do Lameiro. Só não esperou que, num giro de pião, ela enfiasse com tanta força a câmera em sua cabeça. Como ela pegara a maldita câmera?! Sentiu o supercílio arder, e o sangue logo desceu e pintou a visão de seu olho esquerdo de carmim.

Esfregou o rosto com a camisa e a jogou longe. Quando voltou a focalizar Victoria, ela se arrastava para trás, ainda incapaz de se erguer. Criatura fraca. Investiu na direção dela sem adereços homicidas. Tudo que precisava era das próprias mãos.

Estrelas estouraram diante do seu olho direito quando o flash disparou. O clarão o surpreendeu, mas não o fez recuar. Com o punho fechado, antecipou-se à nova tentativa dela de se levantar e desenhou um arco no ar. O golpe que acertou mandou câmera para um lado, óculos para outro e Victoria para o chão, longe do palco delimitado pelos holofotes do veículo.

— Vagabunda!

Outro flash disparou.

Barão avistou a câmera avizinhada ao pneu dianteiro da caminhonete. Ignorou-a. Era melhor ficar vendo Victoria se arrastando desnorteada como um peixe fora d'água. Andou até os óculos, uma das lentes rachada, e os chutou.

Outro flash disparou.

— Essa merda tá assombrada também?!

Um anu gritou.

Ao redor, as penas de todo o bando se arrepiaram. Do cafezal, uma canção se ergueu. Os músculos de Barão se enrijeceram quando chegou a ele o som de ramos se partindo e tombando na mata.

Foi apressado até a caminhonete, mas antes que chegasse a ela um anu o atacou.

— Sai, praga!

Bateu as mãos na frente do rosto, incapaz de ver direito o pássaro contra o manto da noite. O brilho dos faróis, que iluminava um palco vazio em noite de fechamento de espetáculo, mal chegava à cabine. Por fim, apanhou o bicho e ouviu ossos se partindo quando o torceu. Os outros gritaram em coro. Barão esperou o ataque, que não veio.

Puxou a maçaneta, mas recolheu a mão quando os dedos chiaram em contato com o metal. Fedendo a carne chamuscada, estavam cobertos de piche. Cansado de tanta merda, meteu o corpo pela janela e buscou o puxador para abrir por dentro.

Sob a iluminação precária, a mão de alguém saltou do escuro e com força agarrou seu braço. No banco do carona, Pascoal o recebeu com olhos de aparência viscosa e totalmente negros.

— Agora eu também consigo causar medo, patrão. — Os dentes cravados em gengivas escuras se abriram em um sorriso demente. Tinha bafo de peixe e água morta. — Tá orgulhoso?

Barão se atirou para trás e perdeu o equilíbrio quando pisou em falso. No chão, descobriu-se em uma poça de piche. Risadas histéricas vinham dos anus-pretos em polvorosa. Gritavam e ... cantavam?

As pálpebras pesaram, os músculos relaxaram. Lutando contra a vontade de entregar-se, procurou Victoria. Ela continuava imóvel.

Atrás dela, no entanto, os ramos dos cafeeiros se moviam como se balançados pelo vento, mas o ar estava parado. Os frutos de café perdiam o tom avermelhado e, apodrecendo, libertavam-se de seus pedúnculos. Em queda, desfaziam-se em pingos de um preto viscoso que erguia pequenas espirais de fumaça ao contato com o solo. O balançar dos ramos adotou um estranho e intangível controle e, então, eles envergaram para os lados. Abriam uma passagem que, a princípio, parecia chamá-lo. Mas não, a passagem não era para ele.

Galhos se partiam à chegada de alguém que vinha de lá. Os faróis da caminhonete apontavam para o outro lado, mas não se faziam necessários.

Ela veio banhada por uma luz espectral.

— Você tá morta!

Dotada de uma beleza tão misteriosa quanto de uma flor ainda a ser descoberta, Uiara saiu do cafezal.

Com o mesmo vestido com que fora encontrada às margens do Lameiro ao ser derrubada em suas águas por um assalto enfurecido de anus-pretos, que a entregara a um caminho trágico de dor, humilhação e morte na guarita infernal, foi na direção de seu carrasco. Trazia nos olhos claros o brilho de uma supernova.

Cada passo seu, porém, maculava sua aparência.

Pústulas de lama mancharam a brancura do seu vestido. O tecido se desfazia em rasgos e deixava uma trilha de tiras ensanguentadas. Abaixo do ventre, uma rosa vermelho-sangue desabrochou. O olho direito se escondeu como uma pérola sob um calombo violáceo que deformou seu rosto. E atrás dela, justapostos à abertura no cafezal, os espíritos de Sancho e Pascoal esperavam.

Aterrorizado, Barão recuou com a ânsia de que despertaria na segurança de seus tempos áureos, quando a vida não permitia a materialização de histórias para assustar criancinhas. O que o assustava não era a visão fantasmagórica nem o rompimento do limite entre morte e vida — era a força que fluía dela, à qual a dele não se comparava. Era o poder que ela possuía de decidir seu destino, de marcar sua valia no lombo e de bater o martelo. Nenhum outro horror lhe causava tanto medo.

Antes que Uiara, agora nua, chegasse à poça de piche, fibras visguentas saíam vivas dela, seguiam em sua direção e subiram por suas pernas. Abandonando a expressão indecifrável para dar mostras do sofrimento ainda presente em seu ser, ela passava as mãos na altura das coxas. Encurvava-se à medida que, de baixo para cima, uma camada preta e brilhosa envolvia suas pernas e as emendava em uma cauda que impossibilitava que continuasse caminhando até ir ao chão.

Só então Uiara gritou. E depois, ainda aos prantos, se arrastou.

— Por favor... Dói demais. — Ela estendeu uma das mãos, usando a outra para se apoiar. Membranas de piche retesavam-se entre os dedos. Com o rosto banhado em lágrimas, implorou: — Por favor, me ajuda...

Um tremor em seu corpo interrompeu o lamento quando uma fenda se abriu em seu pescoço com um ruído molhado. Logo em seguida, um segundo traço cor de rubi se juntou ao primeiro, e com ele veio um novo solavanco. Em um esforço inútil, Uiara tentou barrar com a mão a cascata escarlate que escoava de seu pescoço.

Um dos pés de Barão escorregou. Percebeu que estava novamente a um passo do abismo. Lá embaixo, à beira do lago, as pedras lhe sorriam. Afastou-se mais uma vez e voltou a atenção aos horrores que o saudavam.

Outro flash disparou.

Quando o breu inverteu tons em um clarão negativo, em que preto era branco e o branco se apagava, Barão vislumbrou o contorno de uma nova presença. Ela sumiu quando ele piscou repetidas vezes, mas logo reapareceu, acentuando-se em uma silhueta cinza.

Em meio aos cafeeiros, com parte do corpo encoberta pela folhagem, Dejanira assistia de camarote ao tétrico espetáculo. O rosto da velha era um misto de prazer vingativo e puro ódio, saboreando sua amarga revanche. Mas, Barão pode ver que a tristeza era ainda mais intensa. Aquela dor excruciante de perder alguém.

Assaltado pelo mesmo mal, lembrou-se de sua mãezinha.

Parou de ranger os dentes e com esforço entreabriu os lábios.

— Perdoe — disse baixinho. O impulso era forte demais, e o choramingo se tornou uma trombeta. — Me perdoe! Foi um acidente. Sinto muito.

Ele se arrependia. De tudo.

Não tinha mais nada. Nunca tivera, de verdade, via isso agora. Continuava, como estivera desde o início, sozinho. Ninguém para amá-lo, para entendê-lo. Sua luta fora em vão. Feridas para ninguém cuidar.

A lágrima que escapou de seu olho bom veio com a missão de limpar tudo. Aos poucos o ambiente perdeu a carga. O vento amainou, os sons minguaram. Deixando as cercanias da plantação, Sancho e Pascoal foram lentamente em sua direção. Barão os acompanhou até que, a seu lado, Sancho chegou à beirada para ser tragado pelo despenhadeiro. Pascoal o seguiu. Não houve um último olhar de acusação ou despedidas.

Sentindo as batidas decrescerem no peito, Barão buscou Uiara. Assim como a poça de piche, ela havia desaparecido. O cafezal repousava em paz com seus frutinhos vermelhos e saudáveis anunciando uma ótima safra.

Seu algoz, feito de carne e osso, no entanto, permanecia no mesmo lugar. O brilho da lua crescente refletia nas lágrimas que Dejanira derramava. Barão, então, sentiu um calor por trás. Sobre o ombro, entreviu Uiara as suas costas quando um último flash disparou.

Uma torrente de penas, bicos e unhas o atingiu no momento em que os anus-pretos se arrojaram sobre ele. Com os sentidos desordenados pelo ataque, Barão escorregou.

Entendeu que a paz era uma queda lenta. Uma queda em que não havia nenhum controle e que só se podia esperar, impotente, o instante em que se chegaria ao fundo.

PARTE 8

ADEUS, MONTE DO CALVÁRIO

46

Domingo, 19 de fevereiro de 1989

O delegado Policarpo colocou um copo de água diante de Victoria e seguiu para o outro lado da mesa. Sentou-se de frente para ela e pousou uma xícara de café diante de si.

— Noite agitada, dona Victoria. A senhora não deve ver a hora de ir pra casa e descansar, imagino. Vai ser rápido, só quero pegar umas informações que ficaram faltando.

Victoria balançou devagar a cabeça. Contra o lado esquerdo do rosto segurava uma compressa com gelo.

— Tem uma coisa que não entendi. Várias, na verdade. — Policarpo se apoiou nos braços da cadeira para se ajeitar, mas continuou na mesma posição. — Por que ele confessou o assassinato com tantos detalhes? — Pegou a xícara e balançou a cabeça. — Pobre menina...

Victoria se perdeu por alguns segundos nos ciscos que mergulhavam lentamente para o fundo do copo. Piscou duas vezes e fungou.

— Apenas guiei o burro aonde eu queria que ele me levasse. Ele tava tão certo de que eu tinha descoberto onde enterraram o corpo... O Barão só queria atenção, então eu o deixei falar. Mas não sei quem de fato exumou o cadáver. Se for como ele disse, esse alguém o jogou no lago. Delegado, quais são as suas expectativas em encontrá-la?

— O corpo da moça? Baixas. Improváveis. Isso se aparecer um dia. Tem certeza de que ela tá no Lameiro?

— Ele disse que a Faustina contou para ele, que ela sabia de alguma forma.

— Nesse caso, será impossível descobrir onde ela conseguiu a informação. — Policarpo tomou um gole do café. — Uma das freiras do orfanato informou que esteve na casa dele ontem pela manhã, mas ninguém atendeu, e ela voltou à noite. Acho que era a cuidadora. Disse que a porta tava aberta. Entrou e encontrou a Faustina na cama. Pensou que estivesse dormindo de olhos abertos. — Deu outro gole. — Foi quando veio me avisar, e começamos a procurar o Barão pra ver se ele tava bem. Acho que a recepção de despedida deixou o homem fora de si. Ele amava a mãe.

Victoria bebeu um pouco de água.

— Tem ideia de como ele conseguiu te raptar? Te dopou, não foi? A senhora demorou pra acordar.

Lembrando-se do sorriso da pequena Alice, que não podia ficar sem a mãe, Victoria decidiu não envolver Lúcia:

— Eu tava exausta por ter ficado tanto tempo no hospital, por causa do... meu pai. O Barão aproveitou enquanto eu dormia. O hospital tava vazio ontem. Creio que ninguém viu.

— Acha que ele envolveu alguém?

— Não. Quando o Barão me derrubou lá na pedreira, fiquei num estado em que não sabia se já tinha desmaiado, mas... ele parecia que tava falando com alguém. Entenda, eu ainda sofria os efeitos da droga, tinha levado uma porrada na cabeça e não fazia ideia de onde meus óculos estavam. E... o jeito como ele falava, o tom, sabe? Tenho pra mim que ele herdou o mal da mãe. — Vagueou o olhar sem rumo, por um momento presa de volta à noite anterior. Espantou a sensação ruim. — Não, ele tava alucinando. Ninguém de carne e osso o ajudou.

— Nunca se sabe o que as pessoas fazem quando são ameaçadas, não é mesmo? Olha o caso dos infartados, que, no final, nunca infartaram de fato. Agora, explicar que foram riscados pelo próprio Barão como queima de arquivo vai me dar uma bela dor de cabeça. — Policarpo ergueu as sobrancelhas e fez um ruído duplo de sucção no canto da boca. — Mas o que é certo é certo. Bom, dona Victoria, por ora, é isso. — Arrastou a cadeira para trás. — Vá descansar antes que a pequena multidão aí fora aumente. Fiquei sabendo que o Tarso já voltou pra casa. Mande minhas estimas.

Victoria fechou os olhos em um cumprimento e levantou-se. Apanhou os óculos sobre a mesa. Uma das lentes estava rachada.

— Delegado, e o Barão?

— Aquele ali poderá se considerar na vantagem se algum dia conseguir limpar sozinho a própria bunda. Pra mim, ele não sai dessa jamais. Pobre desgraçado, virou uma planta.

Depois de tirar a bicicleta da carroceria da caminhonete, Victoria foi até o portão e bateu palmas. O delegado não se opôs quando pediu para ser ela a primeira a conversar com Dejanira. A notícia precisava de mais tato do que palavras. Continuou chamando por dois minutos até desistir e entrar.

Ao lado da porta da cozinha, nos fundos, encostou a bicicleta. Foi até a entrada e bateu. Avisou que era a Victoria, que precisavam conversar. Não teve resposta.

Um farfalhar chamou sua atenção. Vinha mais ao fundo, próximo às árvores do pomar abandonado de cuidados, onde nuvens de moscas zuniam sobre mangas apodrecidas no chão. Seguiu até o ponto de onde o ruído veio e afastou arbustos espinhentos. Um pequeno bando de anus-pretos alçou voo em fuga quando ela chamou novamente. Tapou o nariz e sentiu o estômago revirar. Dejanira não estava lá, mas pairava um cheiro rançoso de carniça.

Lá embaixo, descendo um curto declive, uma coloração púrpura brilhou às margens de um estreito riacho. Victoria afastou os arbustos com cuidado e, prestando atenção onde pisava, desceu.

Uma aglomeração das mesmas plantas violáceas que haviam guiado seus caminhos cobria parte do regato. As que floresceram em solo seco eram meros cadáveres ressequidos, mas as que germinaram sob a água pulsavam, cheias de vida. Victoria submergiu os dedos e tocou uma delas.

Sentiu os olhos revirarem nas órbitas.

— *Cada uma de nós tem seu próprio jardim, minha neta.* — A voz de Dejanira parecia vibrar nas ondas de um rádio mal sintonizado. — *Tua mãe tinha o dela. Não são apetrechos mundanos que canalizam a sua fé. A própria fé se basta.*

— *Como eu decido o que cultivar então?* — O timbre de Uiara, agora leve e livre do pesar que o acompanhara em seus "encontros" anteriores, acelerou o coração de Victoria.

— A Carlota escolheu uma planta que crescia em um arroio perto da nossa antiga vila. Uma planta linda, com folhas roxas.

— Vovó, acho que já vi essa planta.

— Impossível. Ela desapareceu depois da tragédia. Nunca vi aquela espécie florescer em outro lugar. Ou você me desobedeceu e tem andado praquelas bandas?

— Não, vovó. Me confundi.

À medida que as vozes silenciavam, não passou despercebido a Victoria o divertimento sob a mentira de Uiara. Algo que nunca fez, desejou com ardor que ela tivesse escutado Dejanira e se mantido bem longe do local que se tornaria sua sepultura.

Levou a mão ao nariz. Dessa vez não houve sangue ou dor de cabeça.

Quando Victoria finalmente se foi, Dejanira se levantou por entre a folhagem, poucos metros adiante do jardim no riacho, coberta de barro seco. Gemeu profundamente, mas não reservou um segundo sequer para esperar que a dor também fosse embora. Após longos três meses de angústia e amargor, não precisava esperar mais nada. Apanhou um saco de plástico preto no chão e subiu em direção à sua casa, sem se incomodar com o forte odor que, escapando dele, empesteava o ar. Um dia, todos acabariam fedendo igual.

Se até a flor mais cobiçada e especial do jardim fede quando é destroçada e enterrada como osso de cachorro...

Mancando, ela arrastou as botinas encardidas até um galpão de madeira ao lado de seu casebre. Sacou o molho de chaves de um bolso no vestido e destrancou o pesado ferrolho, que caiu junto com a corrente com um ruído metálico.

Mais uma vez alguém bateu palmas. Esperou.

Reconheceu quem era quando ouviu chamarem seu nome. Deixou o saco do lado de dentro do galpão, encostou a porta sem trancá-la e penou até o portão.

Pandora lhe sorria com entusiasmo. Parecia mais leve, o cabelo preso em um coque desarrumado, os olhos estreitados em confidência.

— Notícia boa voa por aqui. — Pandora puxou um embrulho de papel da bolsa vermelha que trazia a tiracolo. Estendeu-o a Dejanira. — É tudo o que sobrou.

Dejanira apanhou o volume e desatou o nó sem cerimônias. De dentro retirou uma garrafa e a ergueu diante do rosto. Folhas cobertas de lodo e fungos acobreados descansavam no fundo sob dois dedos de uma água turva. Agasalhou-a novamente no pacote e o segurou ao lado do corpo.

— Obrigada, Tereza.

Com um sorriso, Pandora disse que era ela quem agradecia.

— E a outra menina? — Fechou a bolsa com um clique. — Já trouxe a dela?

Dejanira meneou a cabeça.

— Domingo a Zélia tem muito trabalho por causa da missa. — Inspirou ruidosamente. O cansaço avisava que não esperaria muito mais para tomar conta. — Mais tarde passo na Faustina e aproveito pra pegar o que sobrou. Ela adora o franguinho que faço. — Tentou sorrir, mas o movimento dos lábios a deixou ainda mais exausta. Suspirou. — Vou cuidar da minha amiga.

A escuridão engoliu Dejanira assim que ela trancou por dentro a porta do galpão, mas ao se virar encontrou a iluminação bruxuleante que vinha das velas em um altar.

Carregando consigo o saco plástico, manquejou até o freezer em um dos cantos do claustrofóbico barraco e sem rodeios ergueu a tampa. De dentro, retirou dois sacos iguais ao outro. Em seguida, aproximou-se de um latão de ferro preto de fuligem e despejou nele o conteúdo dos três sacos. Fígado. Ovários. Coração. Um órgão de sua amada neta para cada desgraçado.

Caminhou até o altar com o peso do mundo nos ombros e ajoelhou-se. Um de cada lado, dois círculos do que sobrara de sete velas de sete dias jaziam secos e endurecidos, dentro dos quais tremeluziam determinados objetos na penumbra: no primeiro, um medalhão oval de bronze que comportava as fotografias de uma mulher e um menino; no outro, um isqueiro de prata. No centro, um grupamento de velas mais recente, que circundava um anel de ouro com um grande B, aproximava-se do seu fim. Porém, suas flâmulas ainda alumiavam a carcaça de um anu com as asas abertas pregado na convergência entre duas ripas de madeira cruzadas. O pescoço fino e ossudo era adornado pelo cordão de Uiara.

— A justiça foi feita, minha neta. Agora você tá com a sua mãe. Já pode descansar.

Com a ponta dos dedos, Dejanira apagou seis velas, uma de cada vez. Quando se levantou, levou consigo a última pequena chama. Então, coxeando até uma prateleira, alcançou um vidro de querosene e banhou os órgãos putrefeitos.

Antes de oferecer uma oração à alma de Uiara, atirou o grosso toco de cera dentro do latão fuliginoso e, por um ínfimo instante, assim como é a vida, uma labareda de aspecto sólido espantou a densa sombra que ali insistia em permanecer.

Durou apenas um segundo.

— Não acho uma boa ideia. — Victoria misturava o açafrão na limonada sobre a mesa do escritório.
— Bebida não pode piorar o que não tem mais jeito, filha.
Tarso terminou de encher o copo de uísque. Quando Victoria ameaçou se levantar para ajudá-lo, dispensou com um aceno e voltou a sua cadeira com passos arrastados, trazendo consigo a garrafa. Sentou-se com dificuldade e, depois de ajeitado, deu um longo gole. Com os olhos baixos, pareceu pensar muito enquanto o álcool esquentava sua garganta. Só voltou a falar após um minuto inteiro:
— Ela deve ter sofrido demais.
A limonada travou na língua de Victoria quando as imagens, que sua mente produzira com tantos detalhes, voltaram para se certificar de que ela nunca as esqueceria.
— Pensei que ela tivesse fugido — Tarso continuou. — Não queria pressioná-la, por isso preferi não me meter.
O quadro onde a imaginação de Victoria pintara os últimos momentos de vida da amiga foi para segundo plano, dando vez a uma mão de cartas com tópicos que ela ansiava esclarecer. O motivo da pressuposta fuga de Uiara, por exemplo. Imaginou até que ponto era seguro cutucar sem que mandasse o velho de volta para o hospital.
— Como o senhor se sente?
Tarso girou o copo com um movimento preciso — uma ação natural para ele e que não havia sido comprometida junto com sua saúde

— e sustentou com a mesma firmeza o olhar de Victoria antes de responder:

— Pode ser direta, filha. Você quer e merece saber das coisas. Além disso, carrego esse peso há tempo demais. Preciso me livrar dele. Não existe mais salvação pra mim, mas talvez eu ainda possa aliviar o fardo.

Um segundo gole secou o copo, e a garrafa chorou mais uma vez. Só depois de servido, Tarso continuou:

— Não sei com quem você andou conversando, e que andou dizendo que te comprei. — Outra tragada. — Foi a Agnes? A idade deve ter bagunçado aquela cabeça velha.

A carta sobre seus sentidos especiais estava fora do baralho, então Victoria optou por um contra-ataque de um jeito educado.

— Não importa como descobri, pai.

— Você tá certa. — Tarso pousou o copo ao lado da garrafa e juntou as mãos sobre o colo.

Victoria viu que o pai a analisava. Incomodou-se com o silêncio que se seguiu, mas se manteve firme, esperando que ele prosseguisse.

— A Agnes só ajudou com a papelada. O dinheiro foi ideia minha. Um ato generoso, pensei. Bastava um sopro pra derrubar aquele orfanato. E foi logo após a tragédia, só Deus sabia quantos órfãos acabariam indo para lá.

— Os meus pais de sangue morreram naquele dia?

Tarso suspirou.

— O sangue que corre nas suas veias é o de uma verdadeira Casagrande, minha filha. Eu disse, não te comprei, nem adotei. Você é minha filha legítima.

Victoria temeu que a pancada de Barão tivesse comprometido sua audição.

— Não entendi.

— Sim, a sua mãe morreu na tragédia, e ela foi a única mulher que amei.

Tentando conectar os fios e trazer lógica à informação que o cérebro recebia, Victoria acompanhou as mãos do pai, que voltavam para cima com a fotografia de Carlota.

— A Carlota? Então a Uiara era minha irmã?!

250

Com as sobrancelhas caídas e os cantos dos lábios levemente erguidos, Tarso se perdeu no retrato.

— O meu pai nunca aceitaria o romance entre um Casagrande e uma habitante do vilarejo. Por isso tive que inventar a adoção. Não pra ele, que sabia de quem você era filha, mas pra todo o resto do povo. *Que acreditassem que os Casagrande tinham sido benevolentes por darem asilo a uma criança,* ele dizia.

— Não a qualquer criança, né? De certa forma, a Uiara acabou tendo sorte de não ter nascido antes de mim.

— Sim, teria sido diferente.

Tarso balançou a cabeça, ainda mergulhado em lembranças, mas agora sem o sorriso. Victoria foi até o aparador, pegou um copo e, de volta à mesa, acompanhou o pai no uísque. Nada de limonada. Uma bebida forte refrearia o enjoo, ou a faria vomitar de vez.

— Na época, as coisas eram ainda piores. Lugar de negro, pro meu pai, era debaixo da sola. — Tarso entregou a fotografia a Victoria. — Nunca entendi como ele não se rendeu aos encantos de uma mulher como a sua mãe. — O meio sorriso voltou. — Você precisava ouvi-la cantar. Em 1958, no dia em que a vi pela primeira vez, ela cantava à beira do rio. Um feitiço irreversível. A canção se foi, mas a melodia resiste.

Victoria via com novos olhos a Carlota desbotada no pedaço de papel gasto. Apesar da cor da pele, a semelhança estava lá. E, agora, via também a sua própria semelhança com Uiara. Entendeu que a atração que as unira ia além da necessidade de acolhimento humano. Era o chamado do sangue.

— O senhor esqueceu esse amor. — Devolveu-lhe a fotografia. — A Uiara poderia ter tido uma vida melhor depois que o vovô morreu.

— O lembrete da minha covardia que os teus olhos carregavam já me consumia o suficiente. Lamento ter permitido que o meu pai exercesse sobre mim tão forte influência.

Por um instante, Tarso pareceu trocar um demorado olhar com o quadro acima da poltrona. Um olhar carregado de ressentimento, não muito diferente de como Victoria se sentia em relação ao mesmo retrato.

— Isso infelizmente refletiu na nossa relação. Sei que você acha que não te amo, filha. Mas não é verdade. O que nos afastou foi a lembrança constante da Carlota nas suas feições. Desde pequena, você tinha o jeito dela. Caridosa, destemida. Curiosa. Frear a tua natureza foi

251

autopreservação. Sei que não fui justo. Mas também sei agora que o que faz de nós o que somos não vai embora pra sempre. Uma hora se liberta.

Tarso encarou o uísque, como se procurasse nele as próximas palavras.

— Quando você falou sobre estudar na capital, fui a dois extremos. Em um, quis desesperadamente reforçar a proteção à sua volta. Meu passarinho... No outro, vislumbrei tempos de acalento pro meu espírito agoniado. O meu egoísmo me envergonha. — Ele respirava devagar. — No fim, o que pesou na minha decisão foi a chance de te ver livre. Imaginei que, talvez, a vida dura, sem mim, te deixasse mais parecida comigo e, quando voltasse, você tomaria as rédeas dos negócios. Sei que é capaz. Mas vejo agora que um pássaro não come mais na sua mão depois que descobre a imensidão do céu.

Apesar da morosidade de sua fala, Victoria teve a impressão de que Tarso fazia um relato ensaiado e deliberado, como se tivesse contado a mesma história para si por anos a fio, e agora, finalmente, pudesse compartilhá-la. Sem pressa, um desabafo dividido em tópicos separados por goles da bebida que ela nunca mais poderia desassociar dos eventos da noite anterior. Até mesmo a doença parecia ter, por enquanto, respeitosamente se retirado.

— E não é só a aparência. Percebi que você tinha algo diferente, igualzinho à sua mãe. Fingi não saber pra não dar mais força à presença dela. É coisa de linhagem, todas as mulheres da família da Carlota tinham disso. Nunca entendi e não acredito, mas acreditava nela. — Pigarreou. — Considerando a intuição que tinha, estranhei ela não ter pressentido que um desastre como aquele aconteceria.

Em conclusão, as estranhezas de Victoria e Uiara haviam sido um presente hereditário. Ela imitou o pai e sorveu um dedo da bebida.

— Tome o meu caso como exemplo. Muitos dos meus negócios, eu fechei na intuição.

Victoria olhou para ele ao se lembrar do livro de contabilidade. Com o ombro esquerdo encolhido, os olhos dele vagavam para o alto. Sinal de mentira? O uísque ardeu na goela.

Tarso encostou a borda do copo nos lábios e girou a cadeira para olhar pela janela antes de prosseguir:

— Também tenho a minha intuição. Acho que todos têm. Foi o que me fez sentir que precisava passar o dia da tragédia com você, o que acabou te salvando.

Victoria percebeu que Tarso chorava. Ele se voltou para ela só depois de enxugar as lágrimas com um lenço que surgiu em sua mão. Sua boca tremia.

— Não consegui encontrar a Carlota. A onda vinha rápido, não pude procurá-la. Ou te tirava logo de lá ou todos morreríamos.

— E a Uiara?

Mais um gole para que Tarso recobrasse a compostura.

— Depois da tragédia, a Dejanira e eu fizemos um acordo. Cada um criaria uma de vocês, e a Uiara já estava com ela. A Carlota teve um parto forçado assim que foi tirada da lama. Só conseguiram salvar a menina. Você deve conhecer a história.

Tarso esfregou os olhos. Em seguida, encarou a fotografia por um longo tempo. Victoria esperou, tentando não pensar em todo o sofrimento vivido naquele dia. O escritório pesou sobre ela, fechando-se à sua volta. Projetou os ombros para trás para mostrar que dali não sairia até que Tarso terminasse de falar.

— Poucos sabiam da verdade, filha. A Agnes, a própria Dejanira. Tinha também o capataz do meu pai. Ele fez o que era pago pra fazer e garantiu que bocas ficassem fechadas.

— Histórias nunca morrem.

Para Victoria, elas podiam ser esquecidas, mas tinham força para continuar vagando até o fim dos tempos. Vinha daí o temor de Monte do Calvário pelos Casagrande. Não quis imaginar o que fora feito para que as pessoas esquecessem a história.

A gente acaba conhecendo os poderosos sem que eles precisem conhecer a gente.

— Sim, filha, o passado tem dentes grandes que um dia vão nos morder... Quando encontrei a Uiara aqui, neste escritório, pensei estar vendo a Carlota; achei que os meus pesadelos tinham ganhado vida pra deixar de só me atormentar e poder ferir a minha carne. Era como um reflexo no espelho, idênticas. A primeira coisa que ela me falou foi que sabia o que eu tinha feito. Que sabia quem eu era. O mais notável foi a falta de julgamento dela. Havia apenas a necessidade de conhecer as suas raízes, fato que negamos a vocês duas. Mas a menina era danada. Enrolou a Felipa só pra me pegar.

— Foi quando a Uiara passou a te visitar todas as noites.

— Não todas, mas sempre que podíamos. Um dia, ela me trouxe um presente. Uma planta que a Carlota cultivava.

— Eu sei. Ela quis procurar no cafezal, mas o Barão proibiu.

A dor de um açoite passou pelo rosto de Tarso.

— Curiosa e determinada como a Carlota. Como você.

— E quando eu nasci?

— Nisso você também me levou a dois limiares. Êxtase e pavor. Não pude dividir com vocês tudo que eu queria. Por isso a Carlota brigou comigo, e ficamos separados por quase dois anos. Quando nos reencontramos, bastou uma noite para que ela engravidasse. Entenda, ela escondeu isso de mim. Depois me afastei novamente. Tive medo de que a Dejanira armasse um escândalo. A bruxa me odiava, e passei a te visitar escondido, tendo que me contentar em ouvir a Carlota cantando de longe. Não a culpo por nada. Ela merecia um homem melhor.

— Você e a Uiara também brigaram? Digo, na noite em que ela saiu às pressas daqui.

Tarso alcançou a garrafa e encheu o copo. Depois, girando novamente a cadeira, levantou-se e a devolveu ao aparador.

— A Uiara começou a me pressionar — disse, de costas. — Queria porque queria que você soubesse. — Voltou-se para Victoria. — Ainda pretende escrever sobre o que aconteceu?

Victoria assentiu.

— Preciso fazer isso pra retomar a minha vida. É o passe pro meu objetivo.

Tarso soltou um suspiro rouco. Apoiou-se no espaldar, parecendo prestes a cair ao menor tremor dos próprios ossos.

— Não vou exigir que fique, Victoria. Eu mesmo deveria ter ido embora com a Carlota. Não se preocupe com nada, vou te ajudar. Considere como um adiantamento da herança.

O dinheiro sujo. Victoria não o aceitaria, mas ainda não era o momento para essa discussão.

— Posso te pedir uma coisa, filha? Fala pra mim sobre o presente da sua mãe.

Por essa, Victoria não esperava. Mas era melhor do que falar sobre a recusa do dinheiro. O assunto poderia apaziguar o estado de Tarso. O que mais ela tinha a perder?

Victoria virou o copo e matou o resto do uísque antes de contar sobre seu dom de enxergar lembranças.

48

Para minha filha, Victoria Casagrande.

Sinto muito que tenha terminado assim. Estou no fim da estrada da vida – não há para onde voltar, então, tenho que seguir em frente. Mas não sinto medo. Se a vida é parte da morte, a morte deve ser uma parte da vida. Além disso, a certeza de que não existe perdão pra mim é o martelo que decide a minha sentença.

Perdoe-me por eu não ser metade do homem que imagina que eu seja. Sou infinitamente pequeno e carrego comigo uma covardia que não só roubou tudo o que eu poderia ter sido de bom, mas também me roubou incontáveis noites de paz. Não me lembro de ter tido alguma pra ser franco. E, desde que você voltou, as minhas noites se tornaram insuportáveis. No entanto, não é sua culpa, minha filha. Se o seu retorno reacendeu a chama da minha culpa é porque eu criei as fagulhas há muito tempo. Sinto-me tão exausto... mas não mais. Posso finalmente descansar.

Tive tempo de começar o tratamento quando soube da minha doença, mas não me importei com isso. Só queria ter forças pra esperar que você viesse e tomasse as rédeas dos negócios. No fim, o seu retorno definiria o que aconteceria comigo. E, mais uma vez, não por sua causa. Apenas tinha que ser assim. O tempo é o melhor dos professores, mas ele mata, infelizmente, todos os seus pupilos.

O escrivão está ciente de que passo pra você tudo que está no meu nome. Nunca fui alguém de quem você poderia se orgulhar, então espero que a herança compense parte do sofrimento que causei. Sinta-se livre para vender o que achar necessário e deixar esta terra de desgraças. Você merece o mundo e tenho certeza de que vai conquistá-lo. Tenho um único pedido: por favor, gaste o que for preciso pra encontrar o corpo de Uiara. Ela merece um sepultamento decente.

A única felicidade que experimentei nesse longo arrastar de dia após dia foi o tempo que passei com ela. Se você, Victoria, lembrava-me das feridas abertas pela Tragédia da Barragem, a Uiara me fazia lembrar do antes. Iluminar o sorriso dela com as histórias que vivi com a Carlota era mais gratificante que todo o dinheiro que as gerações dos Casagrande conquistaram. Cheguei a pensar que, afinal, poderia existir um ensejo... até colocar a cabeça no travesseiro e ouvir os pesadelos batendo os seus dedos gelados na minha janela.

A Uiara me deu mais do que eu ousaria esperar. Mas também exigiu muito. Menina esperta, seguiu bem os ensinamentos da família. Bastou uma xícara de "chá" pra me fazer revelar algo terrivelmente hediondo quando percebeu que havia mais do que eu conseguia contar. Deveras perspicaz. Todas vocês. Mas são decididas também e, por isso, eu sabia que ela não voltaria depois daquela noite. Depois do que contei.

Ela tinha o direito. Eu mesmo não podia me encarar no espelho. Eles sempre estavam lá olhando de volta. A Carlota deixou de ser a mais bela das imagens pra se tornar o meu pior tormento. Todo o amor que eu sentia não me ajudou a entender os dons dela. Fui tolo. Mas acredito em você, Victoria. Acredito sinceramente nas lembranças que diz ver e quero provar.

Pra que mais nada fique sem ser dito ou sabido, vá ao Lameiro. Lá você verá. Depois, decida o que fazer e não se preocupe com a minha memória. Faça o que achar justo. Espero que a sua dor não seja como a minha, mas, se doer, lembre-se de por que fiz o que fiz. Eu não poderia ir embora sem ter a certeza de que você saberia de tudo e, como não tenho a coragem necessária pra contar, deixo que você encontre a verdade por meio do presente da sua mãe. Essa é a maior prova que posso te ofertar de que acredito em você e sempre acreditei.

E, se puder, diga à Carlota que sinto muito.

Tarso Casagrande

49

Uma semana depois

Sentar na cadeira de Tarso trazia um incômodo que, Victoria acreditou, nunca desapareceria. Melhor não pensar nisso. Era, agora, mais do que necessário, seu dever.

— E aquele que não deve ser nomeado? — Simony perguntou. Pela primeira vez, não havia a trilha sonora de Cazuza ao fundo. Até a voz dela parecia diferente, mais presente com a cabeça em vez de só com o coração. — Acabou mesmo?

Com o telefone entre o ombro e a orelha, Victoria levou sua atenção primeiro ao envelope que dona Felipa havia acabado de deixar na mesa. Apanhou-o e agradeceu com um aceno. Por sobre os óculos, viu que Felipa, com um longo e simples vestido preto, continuava ali parada, esperando. Victoria moveu os lábios em um *já tô terminando* e só voltou a Simony quando ficou sozinha.

— A única parte do corpo que o traste mexe é a cabeça. Fica movendo de um lado pro outro, como se procurasse alguém atrás dele.

— A tormenta acabou, Vi. Agora, vou te iluminar com um pouco de sol.

Victoria aproveitou a pausa da amiga, durante a qual podia ouvir papéis sendo manuseados, para abrir o lacre do envelope, de dentro dele puxou uma folha.

Simony continuou:

— O jornal tá tão empolgado com a tua história que topou esticar o prazo. Os caras entenderam que você precisa de um tempo pra ajeitar a lambança por aí antes do teu retorno triunfante.

Enquanto Simony ria, Victoria exalou um suspiro. No documento, seu pedido para mudar o nome de Monte do Calvário havia sido aprovado. Se tudo desse certo, logo seria a vez de Monte da Ventura trazer uma segunda chance àquelas bandas. Já tinha se conformado com o fato de que o processo demoraria, mas ainda tinha muito a aprender em relação a dinheiro. Apertou a carta contra o queixo e sorriu. Estava confiante.

— E tem mais — Simony disse, pescando Victoria de seus vislumbres. — O advogado do jornal não é fraco, não. Adivinha o que eu tô segurando. Dou-lhe uma, dou-lhe duas...

— Tive que adivinhar muito por aqui, Si. Desisto.

— Eu poderia dizer que quem desiste não alcança, mas não funcionaria neste caso. — Pausa dramática antes de quase sussurrar: — Teus escritos, Vi. Todos eles.

Após tão devastadora tempestade, o pote de ouro no fim do arco- -íris se revelava transbordando de presentes. O engraçado era que voltar ao começo dele parecia agora tão distante... Victoria se perdera no caminho. Não, melhor: ela se encontrou.

No dia seguinte à morte de Tarso, Victoria ligou para Simony. Contou o que aconteceu, falou sobre a carta e o que fez em seguida. Foi uma longa conversa que levava do talento mediúnico até tudo que encontrou no Lameiro. Contou também dos desdobramentos que a última visão causou nela, mas sem dar muita importância a elas. Não quis preocupar a amiga.

O objetivo das revelações foi sustentar a decisão que havia tomado naquele mesmo dia. Victoria sabia que Simony relacionava sua decisão ao choque provocado pela sucessão de eventos e ao fato de ela ainda ter esperança. Por isso, reforçou que sua resolução não tinha mudado:

— Não vou voltar.

Sem rodeios. Precisava confirmar a escolha em voz alta, em especial para si mesma. Assim como não houve dúvidas desde que bateu o martelo, o soar acertado das palavras corroborou a sentença.

— Tá certa disso, amiga? Concordo que a tua cidade precisa de uma cura, mas por que o esparadrapo tem que ser colocado por você?

Victoria se levantou e contornou a mesa para ficar de frente para a vidraça, agora sem cortinas.

— Quem mais, Si? Eu perdi muito. Consegui o que vim buscar, mas me tiraram o que eu já tinha. Não é só questão de luto, mas de dever. Não é capricho.

— Sei disso, amiga. Você nunca foi mulher de caprichos. O medo grudava no teu cangote, mas você ia assim mesmo. — Simony respirou colada ao fone por uns segundos antes de continuar: — Tem certeza? Tá pronta pra assumir o posto do ditador oficial do calvário? Você sabe que não vão facilitar a sua vida.

— Nunca estamos prontos. A única opção é enfrentar.

— Se já tá na tua cabeça... — Simony suspirou, vencida. — Tô contigo.

O fardo perdeu um pouco do peso. Victoria fez um ruído baixo ao sorrir. Teve certeza de que Simony ouviu e entendeu.

— Si, preciso ir. É hoje.

— A missa de sétimo dia?

— Uhum. Avisa que logo envio a matéria, tá? Eles merecem ter as suas histórias contadas.

— Combinado. Vi, uma última coisa. Só digo que não tem nada que me prenda aqui. Como diz o meu muso, por você eu largo tudo, carreira, dinheiro, canudo. — Deu uma risada escrachada. — Agora, vai lá, minha Madonna dos trópicos. Detona!

Sentindo-se um pouco mais leve, Victoria devolveu o telefone ao gancho e pegou o copo de uísque ao lado dele. Deu um gole, virou-se e olhou o quadro acima da poltrona. Ergueu o copo em um brinde.

Protegida por uma nova folha de vidro, uma versão ampliada da fotografia de Carlota ocupava o espaço dominado por tempo demais pela imagem de um homem insidioso que não merecia ser lembrado nem em notas de rodapé.

Depois que se livrou do quadro do avô, o ar do gabinete se tornou menos denso, como se a carga da presença do infeliz estivesse atrelada a ele. A bebida se revelou um santo aliado, que lhe dava a força necessária para suportar ficar no escritório.

Não havia como desfazer o mal que ele causara, mas era preciso um primeiro passo. Em sua nova jornada, o simples ato de caminhar se tornou árduo, mas tinha que continuar. Uma mudança pequena ainda era uma mudança. Assim como curar Monte, seria um passo de cada vez para curar todo o resto. Inclusive a si mesma.

O próximo passo seria dar um adeus definitivo a Tarso em sua missa de sétimo dia. Depois ela esqueceria o pai. Se havia ou não um lugar onde se encara os próprios erros, ele estava agora à própria sorte. Victoria, por outro lado, não deixaria Monte da mesma forma.

Não depois do que o Lameiro revelou a ela.

50

Uma semana antes

Um bando de anus-pretos passou no alto da pedreira no momento em que Victoria descia a escadaria entalhada.

Não chorou ao encontrar Tarso depois que o berro de uma arma de fogo chacoalhou as janelas do casarão. Continuava atordoada, ainda sem conseguir precisar se o conteúdo na carta foi tão ou mais chocante que as cortinas cobertas com sangue e tutano. Os gritos de dona Felipa se tornaram distantes enquanto Victoria lia e relia a mensagem ensanguentada, sentindo a cada palavra que o pior ainda estava por vir. Nem esperou que o corpo fosse retirado para correr para a caminhonete.

Chegou às margens do Lameiro com os dedos esfolados.

Debatendo-se sem forças na terra fofa, um peixe abria e fechava as brânquias. Com cuidado, Victoria o devolveu ao lago, tão essencial para que ele continuasse vivendo, mas, para ela, algo do qual fugira como se fosse a morte. Após vivenciar tantos horrores em tão pouco tempo, chegou a hora de enfrentar seu maior medo. Chegou a hora de virar mulher.

Sem pensar muito, caminhou para dentro do lago.

Parou apenas quando a água chegou à cintura. A temperatura era agradável, quase como a proteção do útero materno. E, através do espelho d'água, esperando por ela, Carlota estendia suas mãos. As mesmas mãos que tinham tentado puxá-la quando criança. Agora, porém, não havia o que temer. Nas entranhas encontrava-se a compreensão tardia de que a intenção não era fazer-lhe mal.

Victoria sabia dos riscos ao permitir mais uma vez a manifestação de seu dom. Sentia que, quanto mais antiga fosse a lembrança, mais exigiria dela. Dejanira avisara que a cobrança viria. Sua cabeça ainda doía desde o ocorrido no arquivo do orfanato, e ficou pior após o embate com Barão. Mas, no fundo, aceitou qualquer sequela que pudesse carregar depois. Precisava da verdade.

Pronta para transpor uma porta da qual não existia retorno, Victoria afundou.

Um suave perfume floral foi o que a despertou.

Os cílios roçaram no alto das bochechas ao tremelicarem antes de Victoria abrir os olhos. Não reconheceu o quarto onde estava, mas sabia que o conhecia. As paredes de pau a pique, o véu nacarado que a protegia durante o sono, a cama macia que dividia com sua mãe.

Mamãe...

O manto de renda se abriu, e Carlota surgiu com um sorriso contagiante. Victoria sorriu de volta com a gostosa sensação de quem acabou de acordar de um cochilo despreocupado. De perto, a semelhança da mãe com Uiara era fascinante.

Victoria quis conversar e recuperar uma lasca de tudo o que não haviam vivido, mas não conseguiu dar forma às palavras que pulavam em sua cabeça. Esticou os braços e viu o quanto suas mãos eram pequenas. Mãos de uma menina de dois anos. Entendeu que, mesmo que possuísse a oratória formada, não poderia interferir. Ainda não aprendera a falar tão bem. Embora aquela fosse a experiência mais vívida que já experimentara, era apenas uma memória petrificada no passado.

Carlota afastou o véu e sentou-se na beira da cama. Victoria se encantou com sua formosura. Aproximou-se engatinhando e pousou a mãozinha na pele acetinada do barrigão. Já amava a flor que dali desabrocharia. Encontrou os olhos da mãe e sentiu a força do sentimento que partilhavam. Uma corrente de amor as uniu na eternidade de uma troca de olhares.

O assoalho rangeu sob a aproximação de uma terceira pessoa. Em seguida, uma Dejanira sem o peso de vinte e seis anos de sofrimento apareceu através do cortinado de contas de madeira pendurada na soleira.

— Tô indo à cidade, filha. A carroça tá saindo. Precisa de alguma coisa?

Carlota se empertigou de pronto.

— Quero ir com a senhora.

— Melhor ficar cuidando da menina. Não quero correr o risco de você e aquele traste se trombarem.

— Mamãe... — Uma pontinha de tristeza na voz. — Não vejo o Tarso há tanto tempo...

— Sei exatamente há quanto. — Apontou com o nariz a barriga de Carlota. Depois se virou e, já fora de vista, disse: — Volto tarde.

Cabisbaixa, Carlota levou um tempo para se voltar à Victoria. Carregava desalento nas feições, mas esperança no sorriso.

— Eu não devia, minha querida, mas amo muito o seu pai. Um dia, a família dele vai entender. — Passou os dedos pelo cabelo da filha. — Olha só pra você. Quem não se encantaria com uma menina linda dessa?

Um bálsamo de amoras escapou do selinho que trocaram, e, após pegar uma bacia de roupas ao lado da soleira, Carlota saiu. Somente quando seus passos se distanciaram uma sombra se projetou por trás de Victoria. Ao olhar, ela encontrou Tarso emoldurado na janela. Tentou, mas foi incapaz de conter a felicidade que a levou a passos desajeitados até ele.

Aceitou o abraço com recíproca verdadeira. Como adorava aquele abraço...

Mas havia algo estranho.

Colocou as mãos sobre o peito dele e encontrou inquietação em seu olhar. Tarso ofegava. Antes que ela formulasse uma pergunta que não poderia fazer, permitiu-se ser carregada até o outro lado do casebre.

Escondido, Tarso observou Carlota estendendo as roupas. A canção que entoava preencheu o espírito de Victoria com uma inebriante nostalgia.

Tarso, por outro lado, parecia lutar contra demônios que só ele podia ver.

— Perdão, meu amor — ele murmurou.

Depois correu.

Por sobre o ombro do pai, a humilde casa foi ficando para trás e desapareceu quando a mata os recebeu. Por uma trilha estreita, logo chegaram a uma caminhonete estacionada de qualquer jeito. Depois de prendê-la com o cinto, Tarso pisou fundo morro acima. Pelo espelho de fora, a vila ficou pequena, pequena. Inalcançável. Não demorou até chegarem ao alto da pedreira.

Tarso estacionou. Depois, entregou um saco de balas para Victoria.

— Quer conhecer novos amiguinhos? — Havia algo errado com o sorriso dele. — Eles moram em um lugar bem legal. A tia Agnes, uma amiga do papai, vai cuidar de você por uns dias. Logo te busco pra conhecer o vovô.

— Mamãe?

Ele ergueu o pulso e checou o relógio. Com os lábios apertados, balançou a cabeça.

— O vovô é um homem bom, Victoria, mas tem coisas que o papai não pode mudar. Gente muito importante quer transformar a vila num lugar bonito. — Prendeu atrás da orelha dela a mecha que caiu em sua testa. — Um dia você vai entender que a vida é feita de escolhas, filha. Escolhas que muitas vezes fazemos mesmo sem querer.

Recolhendo a mão, ele cerrou os dedos com força. Em seguida, saiu e bateu a porta.

Victoria teve a impressão de que ele viu algo nos olhos dela que lhe causara muita dor. Em seguida, desvencilhou-se do cinto e ficou de pé sobre o banco, e ali, observando o pai à beira do precipício, comeu praticamente todas as balas.

Um tremor chamou sua atenção.

Primeiro, pensou que vinha dela própria, mas ele aumentou. E em seguida veio o som. Parecia a zoada de uma tempestade. Mas não, aquele era diferente. E crescia, cada vez mais.

Seria um dos monstros das histórias da vó Dejanira?

Sim, era um monstro. Um monstro feito de lama, com fome de destruição. Um monstro que abriu caminho pela mata, derrubando árvores e afugentando revoadas de pássaros que zarpavam desesperados de seus ninhos. Um monstro que, longe, no alto do outro lado do vale, gritou num jorro lamacento ao estourar e seguir em uma catarata avermelhada em direção ao vilarejo.

Um monstro provocado intencionalmente por outro monstro.

Victoria apertou as mãos contra o vidro, tão forte quanto se apertava seu coração. Tarso devia ter sentido, pois olhou para trás. Seu rosto estava molhado. Os olhos vermelhos pareciam não acreditar na mentira que um dia contaria para ela de que não encontrara Carlota, de que não houvera tempo.

Victoria disse algo, mas não pôde entender o quê. Alto demais, o estrondo gorgolejante do monstro ribombava pelo vale que, ao se tornar o Lameiro, tanta fortuna traria aos Casagrande.

Os olhos de Victoria arderam quando Tarso deu-lhe as costas e voltou a olhar para baixo. Contra o sol, envolto em uma bola de fogo, cegou-a. Ela desviou o rosto e depois cuspiu quando os gritos que chegaram de longe amargaram o doce da bala.

Sim, a vida é feita de escolhas.

Uma escolha mudaria tudo.

E mudou.

FINAL

AS
POLAROIDES

51

Depois

Victoria passou a chave na porta do escritório. Queria sossego. A última página de um livro dolorosamente ruim foi virada com o término da missa de sétimo dia de Tarso, agora ela precisava reunir inspiração para começar uma nova história. Seria um processo difícil, e ela se via incapaz de realizá-lo. Mas tentaria. Era sua escolha.

Atirou a bolsa na poltrona e, com o auxílio da bengala com que já se acostumara, que a ajudava a apoiar o lado direito do corpo, paralisado desde que fora resgatada do Lameiro por trabalhadores do cafezal, foi até o aparador. Serviu-se de um copo cheio de uísque. Virou metade e jogou a cabeça para trás. Soltou o ar quente entre os dentes e pediu forças.

Completou o drinque novamente e decidiu se sentar um pouco. Antes que alcançasse a cadeira, notou um embrulho sobre a mesa. Contornou-a, o eco do cajado de mogno negro contra o assoalho enchendo o gabinete, e apanhou o pacote. Trazia um carimbo grosseiro da delegacia. Apoiou-se na quina da mesa e abriu.

De dentro, puxou sua Polaroid Sun 600 LMS, ainda com vestígios de terra. Um dos cantos havia se quebrado. Fora isso, parecia em perfeito estado. Quando sobrasse um tempo, veria se continuava funcionando. Deixou-a de lado e virou outro gole.

Percebeu a ponta de um envelope amarelo saindo do pacote. Desinteressada, puxou-o e rompeu o lacre adesivo com os dentes. Eram as polaroides da noite de 18 de fevereiro, a sétima noite desde que retornara a Monte. Pousou o copo ao lado da câmera e, dando a volta na mesa, ajeitou-se com dificuldade na cadeira. Acendeu a luminária.

Uma a uma, colocou as fotografias sobre o tampo. Todas com sinais de manuseio inadequado, mas sem danos que comprometessem as imagens nelas impressas.

A primeira mostrava Victoria inconsciente no leito do hospital. Na segunda, parecia uma rodilha na caçamba da caminhonete. Acordou só na terceira, quando Barão disse que ela deveria ver a própria cara. Não concordou que precisasse reviver a dor ao descobrir o "motivo" do assassinato. Afastou-a. A seguinte exibia a face lunática de Barão em primeiríssimo plano, com metade do rosto ensanguentado. Traste nojento...

As outras, todas em plano geral, haviam sido tiradas depois que a câmera foi arremessada para longe. Capturavam parte da caminhonete, as pernas de Victoria, caída, e a lua crescente despontando sobre o precipício.

Numa delas, Barão foi registrado praguejando com a boca arreganhada, logo após a pancada que levou Victoria semiconsciente ao chão. Noutra, Barão chutava seus óculos. A seguinte o pegava de costas, sentado na terra. Olhava para o alto, em direção à porta do motorista. A fotografia terminava antes de pegar a janela. Talvez estivesse assustado com algo. Os anus, provavelmente. Subsequente a ela, Barão estava a poucos passos da beira do barranco.

Victoria se lembrou de tê-lo ouvido conversando com alguém. Na verdade, gritando. Ou implorando, não tinha certeza. A cabeça do homem estava ferrada demais.

Um calafrio percorreu os dedos, a mão e o braço de Victoria quando apanhou a última polaroide, que eternizou um Barão repleto do mais puro terror. Sobre o ombro, procurava alguém atrás dele.

O que ele via?

Além dos demônios que nascem da nossa culpa, que só nós enxergamos e que estarão conosco mesmo depois que nossa carne estiver apodrecendo sob a terra, sendo devorada por vermes e tornando-se adubo, estamos todos sozinhos com as consequências de nossas escolhas.

**ASSINE NOSSA NEWSLETTER E RECEBA
INFORMAÇÕES DE TODOS OS LANÇAMENTOS**

www.faroeditorial.com.br

CAMPANHA

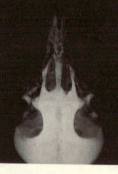

Há um grande número de pessoas vivendo com HIV e hepatites virais que não se trata. Gratuito e sigiloso, fazer o teste de HIV e hepatite é mais rápido do que ler um livro.

FAÇA O TESTE. NÃO FIQUE NA DÚVIDA!

ESTA OBRA FOI IMPRESSA
EM AGOSTO DE 2021